Jürgen Seibold

Gründlich abgetaucht

Jürgen Seibold

Gründlich abgetaucht

Ein Baden-Württemberg-Krimi

Silberburg-Verlag

Jürgen Seibold, 1960 geboren und mit Frau und Kindern im Rems-Murr-Kreis zu Hause, ist gelernter Journalist und arbeitet als Buchautor. Im Silberburg-Verlag sind von ihm bisher mehrere Regionalkrimis und die Stuttgart-Komödie »Bloß keine Maultaschen« erschienen.

Sie wollen mehr wissen über Gottfried Froelich?

Kein Problem: Das für diesen Krimi erfundene Bestattungsinstitut ist online … www.institut-froelich.de

1. Auflage 2012

Schönbuchstraße 48, D-72074 Tübingen.

Lektorat: Michael Raffel, Tübingen.
Umschlaggestaltung: Christoph Wöhler, Tübingen.
Coverfoto: © Ulrike Steinbrenner – fotolia.
Druck: CPI books, Leck.
Printed in Germany.

ISBN 978-3-8425-1187-3

Dienstag, 25. Oktober

Gottfried Froelich stand in der Haustür und sah Inge nach, bis ihr Wagen in die Geiselbachstraße eingebogen war und leicht ruckelnd davonfuhr.

Eine Weile blieb er noch stehen, blinzelte in die Oktobersonne, dann schlurfte er gemächlich zu der Ente hinüber, die neben dem Leichenwagen im Hof stand. Ein Freund Sanfftlebens, ein arbeitsloser Automechaniker, hatte den Wagen wieder in Schuss gebracht, und Froelich genoss seither die Ausfahrten mit dem altmodischen Gefährt.

Mit seinem stattlichen Gewicht an Bord neigte sich der Wagen zwar in jeder Kurve spektakulär nach außen, aber das erhöhte Froelichs Freude an der alten Karre nur noch mehr. Also wendete er die Ente umständlich im Hof und fuhr los, zu einem seiner aktuellen Lieblingsplätze hoch oberhalb der Stadt. Wenig später stand er, den Segelflugplatz im Rücken, an einer kleinen Feldwegkreuzung und schaute aufs Neckartal hinab. Die Esslinger Innenstadt wurde von einigen Büschen und Bäumen verdeckt, doch die Fildern gegenüber und die Häuser an den Hängen waren gut zu sehen. Alles schien im kräftigen Orange der Nachmittagssonne zu dösen und den warmen Tag so spät im Jahr auskosten zu wollen.

Seit einigen Wochen leitete Gottfried Froelich nun das Institut Sanfftleben in der Beutauvorstadt. Über Monate hinweg hatte er sich ein paar Mal mit dem Vorbesitzer getroffen, seinem älteren Kollegen, mit dem er befreundet war. Und schließlich hatten sie die Übernahme des Instituts durch Froelich für den Jahreswechsel verabredet. Aber am Ende war dann doch alles sehr schnell gegangen.

Sanfftleben, der nach dem Selbstmord seines Sohnes vor ein paar Jahren plötzlich ohne Nachfolger dagestanden hatte, holte sich eine Lungenentzündung, Froelich sprang kurzfristig für ihn ein – und als der alte Bestatter wieder halbwegs auf dem Damm war, wollte er für die verbleibenden rund drei Monate bis zur geplanten Übergabe die Leitung des Instituts gar nicht mehr übernehmen. Inzwischen schien er sehr damit zufrieden, noch ein wenig mitzuhelfen, aber keine Verantwortung mehr für das Geschäft zu tragen.

Inge organisierte den Umzug von Besigheim, wo sie zuletzt in der dortigen Niederlassung des Bestattungsinstituts Fürchtegott Froelich & Söhne eine kurze, aber glückliche Zeit miteinander verbracht hatten. Froelich, der sich währenddessen um die Esslinger Geschäfte kümmern musste und darum, dass das Besigheimer Institut einen fähigen neuen Leiter bekam, war ihr dabei keine Hilfe. Und als sie ihm vor einer Woche eröffnete, dass sie einen Reportageauftrag angenommen habe, für den sie gut eine Woche lang unterwegs sein würde, konnte er ihr das schlecht ausreden.

Sie hatte sich die Auszeit allemal verdient, und Froelich hatte das Blitzen in Inges Augen völlig zu Recht als begeisterte Vorfreude auf die Recherche gedeutet.

Langsam zuckelte er mit seinem Wagen wieder zurück ins Tal hinunter. Mit breitem Lächeln ließ er sich durch die Serpentinen der Wiflingshauser Straße schaukeln, fuhr dann noch einige überflüssige Kurven kreuz und quer durch die Randbezirke der Stadt und bog schließlich wieder auf den Hof des Instituts ein.

Hunger hatte er, aber keine Lust zu kochen. Noch war es ein wenig früh für ein Abendessen, also sortierte er weitere Leichenhemden aus, die Sanfftleben schon viel zu lange in den Schubladen in seinem Büro aufbewahrt hatte. Das würde ihn vom Hunger ablenken, bis sein neues, nur ein paar Schritte vom Institut entferntes Stammlokal öffnete.

* * *

Auch Markus Clarsen genoss den Tag. Er bummelte Überstunden ab, ergatterte in einem Café in der Esslinger Altstadt einen schönen Fensterplatz, aß zum Cappuccino ein Stück

Käsekuchen und ließ sich dabei die erfreulich intensive Sonne auf die Halbglatze scheinen.

Lässig blätterte er in der Tageszeitung und sah nach, ob es sich lohnte, noch zum Kino hinüberzugehen. Keiner der Filme interessierte ihn sonderlich, also machte er sich lieber auf den Weg in die Webergasse, wo er sich von Zeit zu Zeit in einem kleinen, netten Ristorante ein Nudelgericht schmecken ließ.

Auch der weitere Abend verlief zunächst ohne nennenswerte Zwischenfälle. Auf dem Weg zurück wurde er beim Alten Rathaus von zwei Jugendlichen angerempelt, die aber keinen Streit suchten, sondern mit halbleeren Wodkaflaschen einfach schon etwas unsicher auf den Beinen waren.

An der Inneren Brücke sah er kurz zu einer Dachwohnung hinauf: Es brannte kein Licht, Lisa war wohl nicht zu Hause. Neben der kleinen Kapelle in der Mitte der Brücke blieb er stehen und blickte noch eine Zeitlang hinunter auf die Maille: Der Park mit seinen großen Bäumen versank allmählich in der Dunkelheit, links begrenzt vom Roßneckarkanal, rechts vom Wehrneckar und im Hintergrund vom vielbefahrenen Altstadtring. In einem spontanen Entschluss tänzelte Clarsen eine der Treppen von der Brücke herunter. Unten angekommen, sah er sich nach allen Seiten um, damit sich seine Augen vor dem Gang durch den Park an die Dunkelheit gewöhnen konnten.

Da kam jemand vom Roßneckarkanal her auf ihn zu, mit schnellen Schritten, das Gesicht vor Wut verzerrt – der letzte Mensch, den Markus Clarsen vor seinem Tod sah.

Mittwoch, 26. Oktober

Das Klingeln drang nicht gleich zu ihm durch, aber schließlich schleppte sich Gottfried Froelich in den Flur zum Telefon und meldete sich mit etwas heiserer Stimme.

»Sanfftleben hier. Es gibt Arbeit, Herr Kollege.«

Zehn Minuten später schob sich Froelich hinter das Steuer des Leichenwagens, faltete noch einmal den Stadtplan auf, um auch ja gleich die Zufahrt zur Maille zu finden. Bald rollte er langsam auf die niedrige Durchfahrt unter der Inneren Brücke zu. »Zufahrt zu privaten Stellplätzen frei«, stand unter dem Schild mit Mutter und Kind; der Fußgängerweg unter dem sehr niedrigen Brückenbogen hindurch schien also entgegen dem ersten Eindruck doch für Autos befahrbar zu sein. Froelich ließ das Seitenfenster herunter und beugte sich hinaus, dann rollte er langsam mit dem Leichenwagen unter die Brücke und sah die ganze Zeit über skeptisch auf die alten Steine direkt über dem Wagendach.

Immerhin – es reichte, und als Froelich den Leichenwagen gleich nach der Brücke ein wenig zur Seite lenkte und dort abstellte, wo er die Polizei vermutlich nicht bei der Arbeit stören würde, herrschte an diesem nordwestlichen Ende des Stadtparks bereits reger Betrieb.

Der Park selbst war so früh am Morgen noch nicht allzu belebt, aber zu Füßen der Inneren Brücke, dort, wo eine steinerne Rampe in den Roßneckarkanal hinein dazu diente, Boote zu Wasser zu lassen, standen und hockten eine ganze Reihe Männer und Frauen beisammen, umgeben von rotweiß-gestreiftem Trassierband. Das brusthohe Gittertor, das den Weg zur Rampe üblicherweise versperrte, stand weit offen. Auf dem Wiesenstück daneben stand ein Mann in weißem Overall und fotografierte.

Froelich knöpfte die schwarze Anzugjacke zu, die er aus dem Schrank gezogen hatte, und marschierte auf die Gruppe zu. Ein uniformierter Polizist, der ihn bei der Fahrt durch den Brückenbogen beobachtet und aus dem Leichenwagen hatte kommen sehen, hob das Trassierband für ihn an und deutete mit dem Kopf knapp in Richtung des offenstehenden Gittertors.

Doch noch bevor Froelich der angedeuteten Einladung folgen konnte, löste sich ein großer, sehr hagerer Mann aus der Gruppe an der Rampe und kam auf ihn zu. Richard Sanfftleben war optisch exakt das, was man sich gemeinhin unter einem Bestatter vorstellte. Er wirkte asketisch, hielt seinen mageren Körper stocksteif aufrecht, und der schlohweiße Haarkranz um die glänzende Glatze und die buschigen Augenbrauen bildeten einen schönen Kontrast zum schwarzen Anzug und dem schwarzen Mantel, die übergroß an der knochigen Gestalt des Mannes hingen.

Dabei war Sanfftleben im Privaten ein sehr lustiger Mensch, wie Froelich von den langen gemeinsamen Abenden in dessen Stammkneipe, dem kleinen Rosenhäusle, wusste – und wer ihm in die listig funkelnden Augen sah, konnte das auch an diesem Morgen erkennen.

»Was ist denn hier los?«, fragte Froelich, als der Vorbesitzer seines neuen Instituts ihn erreicht hatte.

»Mord, würde ich sagen«, raunte Sanfftleben seinem Nachfolger zu. »Markus Clarsen heißt der Mann, und eines natürlichen Todes ist er nicht gestorben.«

»Hm«, machte Froelich, weil er daran gewöhnt war, dass er in beruflichen Gesprächen am besten damit fuhr, wenn er einfach abwartete und Geduld bewies. Aber Sanfftleben machte keine Anstalten weiterzureden und sah stattdessen aufmerksam zum Kanal hin. Er hatte eine Tageszeitung aufgerollt, die er nun unablässig in den Händen knetete.

»Kannten Sie diesen Clarsen?«, fragte Froelich nach einer Pause.

Sanfftlebens Kopf ruckte herum.

»Warum fragen Sie?«

»Na, Sie haben gerade seinen Namen genannt.«

»Ich … nein, den Namen hab ich von der Polizei. Der Tote hatte seine Brieftasche noch einstecken.«

Froelich musterte seinen Kollegen, aber der hatte sich wieder gefasst und wirkte ruhig wie zuvor.

»Und warum wurden gerade wir gerufen?«

Zuletzt war es im Institut Sanfftleben eher ruhig gewesen, weil die meisten Beerdigungen in der Stadt von den beiden anderen Bestattern ausgerichtet wurden. Sanfftleben hatte das Geschäft etwas schleifen lassen, und Froelich hatte noch nicht genug Kontakte geknüpft, um den Laden wieder in Schwung zu bringen.

»Ich …« Ein kurzes Grinsen huschte über Sanfftlebens Gesicht. »Ich war zufällig gerade in der Nähe.«

Sanfftleben war über siebzig, sah aber jünger aus – solange er nicht den Mund so weit öffnete, dass seine gelblich verfärbten Zähne sichtbar wurden.

»Zufällig?«

»Ja«, sagte Sanfftleben und lächelte Froelich fast entschuldigend an. »Ich schlafe seit ein paar Jahren nicht mehr so gut.«

Froelich vermutete, dass das seit dem Selbstmord von Sanfftlebens Sohn so war, und fast tat ihm seine Frage leid. Aber der alte Bestatter sprach in ruhigem Tonfall weiter.

»Am meisten erfrischt es mich, wenn ich sehr früh am Morgen einfach kreuz und quer durch die Stadt spaziere.«

Froelich schlief auch oft schlecht, aber auf die Idee, deswegen nachts durch Esslingen zu wandern, war er noch nicht gekommen. Er sah zu seinem mächtigen Bauch hinunter und dann zu seinem mageren Kollegen hinüber. Vielleicht sollte er es doch einmal probieren. Obwohl … laufen? Und dann noch so früh am Morgen? So sehr störte ihn sein Übergewicht dann doch nicht.

»Und als ich gegen halb fünf hier durch die Maille ging, sah ich eine Frau auf der Treppe von der Inneren Brücke herunterkommen. Sie hatte einen Hund dabei und schlenderte ein paar Minuten lang am Fuß der Brücke entlang. Als ich den Steg vor dem Café dort drüben« – er nickte mit dem Kopf auf die andere Seite des Parks – »erreicht hatte, hörte ich einen gellenden Schrei. Ich rannte her und sah die Frau mit hängenden Armen stehen. Sie stand vor dem sperrangelweit offenen Gittertor und starrte auf den Kanal, und ihr Hund stand ein, zwei Meter vor ihr und knurrte.«

Sanfftleben wirkte eher aufgeregt als betrübt.

»Da lag ein Toter, ich hab die Frau ein Stück weggeführt und auf sie eingeredet. Das hat ihr kleiner Köter leider falsch verstanden.«

Er deutete auf sein Hosenbein, in dem ein Riss klaffte. Die Hose sah außerdem nass aus, und die Schuhe waren etwas mit Schlamm verschmiert.

»Als sie sich leidlich beruhigt hatte, rief ich die Polizei und bin noch einmal kurz rüber, um nachzusehen, ob der Mann nicht womöglich doch noch lebte. Aber da war nichts mehr zu machen.«

»Und warum sind Sie sich so sicher, dass es sich um keinen natürlichen Todesfall handelt?«

»Na ja. Da hängt ein Toter über dem Bug eines Stocherkahns, das Gesicht nach unten, die Beine noch im Wasser, die Arme hinter dem Rücken gefesselt, auch die Beine zusammengebunden. Und um die Brust ein weiteres Seil geknotet, das fein säuberlich neben dem Kopf des Toten auf dem Boden des Kahns aufgerollt ist. Das wird er kaum allein hinbekommen haben.«

Froelich hielt kurz verblüfft die Luft an.

»Stimmt«, sagte er dann und sah unschlüssig zwischen seinem Kollegen und den Polizisten hin und her, die ihm die direkte Sicht auf die Leiche verstellten. »Aber ein Stocherkahn …? Gibt es solche Boote nicht eher in Tübingen als hier in Esslingen?«

»Der Kahn ist noch nicht lange hier. Ich habe gehört, dass einer der Anwohner damit Besucher über die Neckarkanäle schippern wollte. Eine Gondel wie in Venedig hat er auch noch – diese Bootsfahrten sollen wohl etwas exotischer werden.« Sanfftleben zuckte mit den Schultern. »Übrigens können wir den Toten noch nicht mitnehmen. Im Moment sind die Kriminaltechniker und eine Rechtsmedizinerin zugange.« Der alte Mann beugte sich leicht zu Froelich hin und raunte ihm mit Verschwörermiene zu: »Eine sehr hübsche Rechtsmedizinerin, übrigens.«

Froelich blickte Sanfftleben irritiert an, und er war noch mehr irritiert, als er tatsächlich ein etwas anzügliches Grinsen auf dessen faltigem Gesicht bemerkte. Kurz standen die beiden Männer schweigend nebeneinander, dann räusperte sich Froelich.

»Das wird ja wohl noch eine Weile dauern. Rufen Sie mich, wenn wir den Toten mitnehmen können?«

Er zog sein Handy aus der Tasche, hielt es hoch und warf dem anderen einen fragenden Blick zu.

»Ja, ja, gehen Sie nur, Herr Froelich«, sagte Sanfftleben und ging langsam auf einen der Brückenpfeiler zu. Ein Stück abseits der Polizeiabsperrung rollte er seine Zeitung wieder auf, legte sie direkt neben dem Pfeiler auf den Boden und machte es sich darauf halbwegs bequem. Dabei achtete er darauf, dass die Objekte, die er vorhin noch vor dem Eintreffen der Polizei beiseitegeschafft hatte, ordentlich in seinem Taschentuch eingewickelt waren. Er musste unbedingt darauf achten, dass das Wasser, das vielleicht noch aus den Fundstücken sickern konnte, keine Flecken auf seinem Jackett verursachte. Nicht, dass noch jemand unangenehme Fragen stellte.

Froelich marschierte die Treppe hinauf, grinste über die Marotten seines alten Kollegen und machte sich daran, in der Altstadt einen starken Kaffee und ein ausreichendes Frühstück zu bekommen.

* * *

Vor ihm dampfte der Milchkaffee, das Rührei war ordentlich mit Speckwürfeln und zerkleinertem Schnittlauch bestreut, und das Croissant und der Teller mit Brötchen, Wurst, Käse, Obst und Marmelade sahen ebenfalls sehr lecker aus.

Doch Froelich hatte keine Augen für sein Frühstück. Langsam schweifte sein Blick durch das Café, und wie er da einzelne Gäste und Paare zwischen sich und dem großen Panoramafenster, das auf den Platz hinausging, sah, ging ihm ein Gedanke nicht aus dem Sinn: Wenn der Mann am Kanalufer einem Mord zum Opfer gefallen war – saß womöglich sein Mörder dann genau jetzt genau hier, in genau diesem Café, und ließ sich ebenfalls einen Kaffee schmecken?

Er musterte die anderen Gäste.

Ein Mann in den Fünfzigern, mit dünnem Haar und einer ähnlich barocken Figur wie Froelich, hatte sich hinter einen Ecktisch gezwängt, trank seinen Kaffee in kleinen Schlucken, las in der Lokalzeitung und sah sich zwischendurch immer wieder aufmerksam im Raum um.

Ein ältliches Paar, beide etwas fahrig und ziemlich altmodisch gekleidet, schwiegen sich an einem Vierertisch an, sahen stumm zueinander hin, stumm voneinander weg und nippten nebenbei an ihren Teetassen.

Eine junge Mutter, völlig übernächtigt und mit wirren Haaren, versuchte ihrem Kleinkind löffelweise Rührei zu füttern, zwei Tische weiter saß eine dünne Frau mit langen, glatten schwarzen Haaren reglos vor ihrem Glas mit Latte Macchiato und stierte ins Leere.

Er sah hinaus durch das große Fenster auf die Passanten. Manche gingen paarweise untergehakt vorbei; ein älterer Mann marschierte mürrisch voraus und seine Frau tappte hinterher. Ein paar Buben schubsten sich lachend herum, einer fiel hin, und die anderen halfen ihm wieder hoch. Dann rannten sie johlend davon, man konnte sie noch hören, als sie schon längst in der nächsten Straße verschwunden waren.

Von links kam ein abgerissen wirkender Mann dahergeschlendert. Er trug schulterlanges, fettig wirkendes Haar. Froelich schätzte ihn auf Mitte, Ende dreißig. Er hatte beide Hände in den Taschen vergraben und sah sich anscheinend gelangweilt um. Froelich beobachtete ihn. Tatsächlich ging der Mann an dem Korb vorbei, den das Ladengeschäft gegenüber vor das Schaufenster gestellt hatte – fast zu schnell, um bemerkt zu werden, zuckte seine linke Hand in den Korb und verschwand gleich wieder in der Tasche. Froelich sah angestrengt zu dem Laden hinüber, aber er konnte nicht erkennen, was in dem Korb auslag. Das Schild darüber trug die Aufschrift »Jedes Teil 1,50« – allzu wertvoll war die Beute also nicht.

Der Dieb ging gemächlich weiter, schaute sich ebenso unauffällig wie zuvor um und erstarrte dann mitten in der Bewegung. Froelich folgte seinem Blick und sah einen zweiten, etwa gleich alten Mann herankommen. Seine Haare waren über der hohen Stirn zurückgekämmt, und um den Mund versuchten sich seine Haare an einem Schnauz- und einem fadenscheinigen Kinnbart. Er ließ die Schultern hängen, schlurfte schlecht gelaunt daher, und als er an einem Plakat vorbeikam, das für die Stadtführungen der Esslinger Stadtmarketing-Gesellschaft warb, blieb er kurz stehen, sah sich nach links und rechts um und riss, als er sich unbeobachtet fühlte, ein Stück des Plakats ab und ließ das Papier achtlos zu Boden fallen.

Froelich schaute wieder nach links, aber den ersten Mann entdeckte er zunächst nicht. Dann sah er ihn, wie er sich hinter einer Hausecke verbarg und den Plakatfreund beobachtete. Der merkte nichts, und als er sich dem Laden mit der Einsfünfzig-Auslage näherte, huschte der Dieb in einer Seitengasse davon.

»Was diese beiden wohl für Probleme haben?«, ging es Froelich durch den Kopf. »Der eine scheint den anderen nicht zu mögen, der eine klaut, der andere zerreißt Plakate …« Es war ein Elend mit den Leuten. Froelich dachte über sein eigenes Leben nach, das es zuletzt recht gut mit ihm gemeint hatte. Er dachte an Inge, die gerade irgendwo allein unterwegs war, und an Sanfftleben, der nachts nicht schlafen konnte. Der Tote am Kanal kam ihm in den Sinn und die Frage nach dem Grund, der seinen Mörder zu seiner Tat getrieben hatte.

Schließlich riss er sich los von seinen trüben Gedanken. Er schaufelte das Rührei in sich hinein, vertilgte zwei Brötchen und ein Croissant, dick mit Butter und Marmelade bestrichen, und legte im Aufstehen Geld auf den Tisch.

* * *

Als Froelich satt und etwas wacher als zuvor wieder zurück in den Stadtpark kam, war in den Pulk innerhalb der Absperrung Bewegung gekommen. Ein Polizist hob das Absperrband hoch und ließ zwei Frauen durchschlüpfen, die sich angeregt unterhielten. Die eine war normal groß und etwa Mitte vierzig, hatte dunkelblonde Haare und ein angenehmes Gesicht, stellte Fragen und hörte sehr konzentriert den Antworten zu. Die andere wirkte etwas jünger, sie trug Stiefel, enge Jeans, ein weit fallendes Oberteil, und ihre knallrote Mähne wippte mit jedem Schritt.

Froelich sah zu dem Brückenpfeiler hinüber, und sofort wusste er, warum ihn der Kollege nicht angerufen hatte: Der alte Mann war leicht zur Seite gekippt, lehnte schräg am Pfeiler, hatte die Augen geschlossen, den Mund geöffnet und schlief offenbar tief und fest.

Die beiden Frauen hatten Froelich nun erreicht.

»Guten Morgen«, sagte er und nickte den beiden zu. »Mein Name ist Gottfried Froelich, ich bin der Bestatter. Zusammen mit meinem Kollegen Sanfftleben« – er deutete zu dem Schlafenden hinüber und grinste – »wollen wir den Toten nachher in die Rechtsmedizin bringen.«

»Ach, sind Sie der Nachfolger von Herrn Sanfftleben? Er hat mir schon von Ihnen erzählt. Jana Bednarz, Kripo Esslingen«, sagte die Ältere und schüttelte ihm die Hand. »Und das ist Dr. Wilde, Rechtsmedizinerin.«

»Zora Wilde, angenehm«, sagte sie und lächelte. Ihr Händedruck war fest und trocken, und hinter ihrer randlosen Brille funkelten große, umwerfend grüne Augen. »Sie können Ihren Kollegen noch ein wenig schlafen lassen. Ich bin hier fertig, aber die Kollegen von der Kriminaltechnik brauchen noch einen Moment. Bringen Sie den Toten bitte ins Bosch, ja?«

Damit drückte sie ihm ihre Karte in die Hand, nickte beiden kurz zum Abschied zu und flitzte wenig später in einem Kleinwagen davon. »Dr. Zora Wilde«, las Froelich auf der Vorderseite der Visitenkarte. Er drehte sie um: Auf der Rückseite waren eine Handynummer sowie die Nummer und die Adresse der rechtsmedizinischen Abteilung an der Uniklinik Tübingen aufgedruckt. Er wusste, dass die Rechtsmedizin der Tübinger Universitätsklinik unterstand, doch die Obduktion sollte wie für die meisten Mordopfer in der Umgebung der Landeshauptstadt auch diesmal im Stuttgarter Robert-Bosch-Krankenhaus stattfinden.

»Ihr Kollege Sanfftleben war dabei, als die Leiche heute früh gefunden wurde«, sagte Jana Bednarz.

Froelich schrak hoch, er hatte gar nicht darauf geachtet, dass die Kommissarin noch immer neben ihm stand.

»Ja, so hat er mir das vorhin erzählt«, antwortete er und sah zu dem noch immer schlafenden alten Mann hin. »Er geht wohl gerne mal frühmorgens spazieren – aber das haben Sie sicher schon alles von ihm selbst erfahren, oder?«

Sie nickte.

»Der Tote heißt Markus Clarsen, sagte mein Kollege.«

»Ja, wir fahren nachher auch gleich zu seiner Familie. Wollen Sie mir Ihre Visitenkarte mitgeben? Die haben sicher einiges wegen der Bestattung mit Ihnen zu besprechen.«

Froelich kramte eine Karte hervor und gab sie der Kommissarin.

»Hat Herr Sanfftleben den Namen des Toten von Ihnen?«

»Von mir persönlich nicht, aber der alte Herr kennt hier ja fast jeden. Und falls er den Toten nicht ohnehin schon kannte, wird ihm irgendein Kollege den Namen genannt haben. Und sobald ich weiß, wer von Clarsens Familie sich um die Bestattung kümmern wird, gebe ich Ihnen die entsprechende Telefonnummer durch.«

»Gut, danke.«

»Ihr Kollege war übrigens schwer beeindruckt von unserer hübschen Rechtsmedizinerin, als er sie vorhin kennenlernte.«

Ein Lächeln ging über ihr Gesicht.

»Ich weiß, er hat es mir vorhin selbst gesagt«, erwiderte Froelich und grinste. »Und da kann ich ihn verstehen: Frau Dr. Wilde wirkt sehr sympathisch, und sie sieht wirklich nicht schlecht aus.«

»Sie untertreiben, Herr Froelich.« Sie lachte leise auf. »Und obendrein hat sie auch beruflich etwas auf dem Kasten.«

»Freut mich. Es ist immer schön, mit Leuten zu arbeiten, die ihr Handwerk verstehen.«

»Und wenn sie dann noch so hübsch sind …«

Sie zwinkerte ihm zu.

»Das betrifft dann wohl eher Herrn Sanfftleben«, versetzte Froelich. »Ich bin in festen Händen, und ich bin es gern.«

Er lachte, zuckte mit den Schultern und machte sich an der Seite der Kommissarin auf den Weg zur Absperrung hin, um zur Stelle zu sein, wenn die Leiche zum Abtransport bereit war. Doch die Kriminaltechniker vertrösteten ihn und schätzten, dass es mindestens noch eine Stunde dauern würde.

Also machte sich Froelich auf den Heimweg, den Leichenwagen ließ er gleich in der Maille stehen. Der Spaziergang tat ihm gut, machte ihn aber wieder schläfrig, und nach ein paar Minuten schnarchte er schon, in Schuhen und Anzug auf dem Sofa liegend.

* * *

Die beiden Männer gingen langsam am Kanal entlang, jeder hatte eine lange Stange geschultert, an deren Ende ein Netz mit jedem Schritt hin und her wippte. Nach der Unterführung sahen sie zu dem großen Gebäude hin, in dem unter anderem das Kommunale Kino untergebracht war. In der zweiten Etage stand ein Fenster offen, und heraus dröhnte laute Musik: Ein Mann sang böse Verse über Tauben, begleitet von Klavierakkorden.

»Oje«, sagte der ältere der beiden Spaziergänger, »der zieht nachher wieder los, was, Rolf?«

Der andere nickte und grinste.

»Sag mal, Karl«, fragte er nach einer kurzen Pause, »meinst du, dass der Pfleiderer dir deinen alten Kescher geklaut hat?«

Karl zuckte mit den Schultern, die beiden gingen schweigend weiter, und als sie fünf Minuten später auf einem kleinen Steg stehenblieben und forschend auf das Wasser hinunterschauten, brummte Karl: »Kann sein, kann nicht sein. Wär mir eigentlich egal, ich hab ja noch genug andere. Aber den hat mir halt mein Vater geschenkt, damals als Bub. Da hängt man doch dran.«

Für Karls Verhältnisse war das eine lange Rede gewesen. Die Männer schwiegen, standen nebeneinander auf dem Steg, tauchten ihre Kescher ins Wasser und zogen sie wieder heraus. Das Rascheln des Windes in den Bäumen über ihnen, das Gluckern und Rauschen des unter ihnen fließenden Wassers, das stetige Brummen und Surren des Verkehrs in den Straßen, ab und zu ein paar plaudernd vorbeigehende Studenten von der benachbarten Hochschule – mit seligem Lächeln und total entspannt genossen die beiden ihre Zeit am Kanal.

»Grüß Gott, Herr Marohn«, sagte ein drahtiger Typ Anfang vierzig. »Grüß Gott, Herr Klenk.« Er hatte einen sehr höflichen, aber doch auch etwas süffisanten Ton angeschlagen, stellte sich grinsend direkt neben die beiden Angesprochenen und sah ohne ein weiteres Wort ebenfalls zum Kanal hinunter.

»Tag«, sagte Karl Marohn.

»Grüß Gott«, brummte Rolf Klenk.

Beide stierten weiterhin aufs Wasser hinab, aber ihre Mienen waren deutlich säuerlicher geworden. Und nach ein paar Minuten ging durch Marohn ein Ruck, er holte seinen Kescher ein, stellte sich gerade hin, trat einen Schritt zurück und ging mit den Worten »Ich muss dann mal los!« in Richtung Hochschule davon. Klenk sah ihm nach, brummte »Ich auch!« und verschwand in die Gegenrichtung.

Frieder Wünschle blieb, wo er war, sah mit einem immer breiter werdenden Grinsen auf das Wasser, bis er lachend den Kopf schüttelte und ebenfalls wieder seines Weges zog. Er hatte gerade an einem seiner Boote gearbeitet, als er Marohn und Klenk auf dem Steg entdeckt hatte. Die beiden Angler störten sich an seinem Bootsverleih und schimpften, wann immer es jemand hören wollte, über die fatalen Folgen, die Ausflügler auf den Kanälen für die Fische und ihre Laichgewohnheiten hatten. Da gönnte er sich gerne mal zwischendurch den Spaß, die beiden allein durch seine Anwesenheit ein wenig zu ärgern.

* * *

Auch diesmal weckte ihn das Telefon. Froelich nahm das Gerät vom Tisch und meldete sich im Liegen. Der Polizeibeamte, dem er vorhin im Stadtpark seine Karte gegeben hatte, war dran und informierte ihn, dass er den Toten nun abholen könne.

Als er die Innere Brücke erreichte, ging Kommissarin Bednarz gerade mit einer Kollegin in eines der Häuser über dem Neckarkanal, denen die Brücke ihre Ähnlichkeit mit Bauwerken wie dem Ponte Vecchio in Florenz verdankte.

Neben dem Pfeiler lag noch Sanfftlebens Tageszeitung. Froelich hatte seinen Kollegen vorhin noch geweckt und dachte, er sei nach Hause gegangen. Nun wollte er ihm Bescheid geben, dass er im Stadtpark gebraucht würde. Er rief Sanfftlebens Handynummer an. Vorne am Kanalufer war ein kurzes Stück aus einem Schlagerrefrain zu hören.

»Ja?«

»Hat sich schon erledigt«, sagte Froelich. »Ich wollte Sie zum Kanal rufen, aber Sie sind ja noch hier – hab gerade Ihren Klingelton gehört.«

Dabei beugte er sich ächzend vornüber und schlüpfte unter dem Absperrband durch. Sanfftleben plauderte mit einem Polizisten in Uniform. Als er Froelich mit schweren Schritten näher kommen hörte, wandte er sich um.

»Wir können unseren Kunden jetzt mitnehmen«, sagte er. Der Mann zu seinen Füßen lag auf dem Rücken, unter ihm war eine Kunststofffolie ausgebreitet, und die Kriminaltechniker würden diese Folie gleich so über ihm zusammenlegen, dass während des Transports möglichst keine neuen Spuren an den Leichnam gelangen konnten. Die Fesseln hatte man gelöst, gerade verstaute noch ein Techniker im Ganzkörperanzug ein Stück Seil in einer Klarsichttüte.

Froelich sah den Toten nun zum ersten Mal, bis dahin war ihm immer durch die Beamten die Sicht versperrt gewesen, und vor Blicken von der Brücke aus war der Fundort der Leiche mit Planen geschützt.

Neben dem Toten waren eine Gondel und ein Stocherkahn am Ufer vertäut; am vorderen Ende des Kahns waren Markierungen zu sehen, die von der Spurensicherung angebracht worden waren. Mit weißer Kreide waren außerdem die Umrisse eines Oberkörpers auf das Holz des Bootes gemalt.

Der tote Mann steckte in nassen Kleidern, die ihm am Leib klebten. Die Vorderseiten seines Pullovers und seiner Hose waren an mehreren Stellen eingerissen, und sein Gesicht war bis hinauf zur hohen Stirn mit Schrammen und Rissen überzogen, vor allem die Nase und die Lippen waren übel zerschunden. Seine Augen und der Mund waren weit aufgerissen, als versuchte er noch immer verzweifelt, nach Luft zu schnappen.

Doch das seltsamste Detail war eine mittelgroße Zwiebel, die ihm im aufgerissenen Mund steckte.

»Die kam wohl als letzte Garnierung dazu«, sagte Sanfftleben, der Froelichs Blicken die ganze Zeit über wortlos gefolgt war.

»Hm?«

»Die Zwiebel. Die wurde dem Toten nach dem Ertrinken in den Mund gestopft.«

»Aha ...«, machte Froelich, und er sah Sanfftleben verständnislos an. »Und was soll das?«

»Na, vermutlich ein Verweis auf unsere kleine Stadtlegende.«

Froelich sah fragend zu dem alten Kollegen hin, der still in sich hineinlächelte.

»Eines Tages vor langer Zeit soll der Teufel nach Esslingen gekommen sein, um sich in der Stadt umzusehen. Es wurmte ihn, dass er seit der Reformation in Esslingen nicht mehr so recht hatte Fuß fassen können, und wahrscheinlich wollte er sich daranmachen, wieder ein paar neue Seelen einzufangen. Er hatte sich als wohlhabender Bürger verkleidet, und jeder, der ihm auf der Straße begegnete, grüßte den vermeintlichen Ehrenmann freundlich. Auf dem Markt bekam der Teufel Hunger, und an einem Obststand konnte er sich gar nicht sattsehen an den reifen Äpfeln. Er bückte sich, schnupperte – da rutschte ihm das Hosenbein ein wenig hoch, und die Marktfrau konnte kurz den Huf an seinem Bein erkennen. Der Teufel bat die Marktfrau also um einen ihrer Äpfel, und sie hielt ihm stattdessen eine Zwiebel hin. Der Teufel biss hinein, schimpfte sich in Rage und wetterte, dass die Esslinger künftig nur noch Zwieblinger genannt werden sollten – und dann fuhr er mit Gestank und Getöse zum Stadttor hinaus.«

Froelich grinste.

»Natürlich machte er sich sofort auf den Weg nach Stuttgart ...«, fügte Sanfftleben noch hinzu und kicherte leise.

Der Polizist neben ihm, der nicht weiter auf die Erzählung des alten Bestatters geachtet hatte, sah kurz irritiert herüber und ging dann kopfschüttelnd zu seinem Kollegen an der Absperrung.

»Und warum ist der Tote vorne so verschrammt?«, fragte Froelich.

»Der wurde wohl kielgeholt.«

»Der wurde – was?«

»Na ja, Sie wissen doch: Diese Strafaktion früher auf Segelschiffen – da wird der Verurteilte am einen Ende des Schiffes ins Wasser geworfen und dann an einem Tau so lange unter dem Kiel entlanggezogen, bis er am anderen Ende wieder auftaucht. Und wenn einer sehr viel Glück hat, überlebt er die Prozedur knapp.«

Froelich starrte den Toten an. Für so gefährlich hatte er den Neckar, dessen Wasser durch die Esslinger Kanäle floss, selbst nach dem Mord auf dem Neckarschiff »Anna Schäufele« vor rund einem Jahr nicht gehalten.

»Und das wurde hier mit diesem … Stocherkahn veranstaltet?«

Sanfftleben zuckte mit den Schultern.

»Scheint so. Aber es sollte wohl von vornherein zum Tod des Mannes führen: Er war so gefesselt, dass er sich nicht bis hinauf zur Wasseroberfläche kämpfen konnte – und er dürfte sehr, sehr langsam unter dem Kahn hindurchgezogen worden sein.«

Froelich fröstelte, und er schaute sich langsam um. Die Brücke, der Kanal, der Stadtpark, das imposante Gebäude des Amtsgerichts – ein so malerisches Fleckchen als Schauplatz eines so elenden Todes …

»Wollen wir?«, fragte Sanfftleben, spuckte in beide Hände und marschierte, als Froelich nickte, zum Leichenwagen hinüber, um den »Unfallsarg« zu holen, wie sie die Kunststoffwanne zum Transport von Leichen insgeheim nannten. Froelich hatte zwar schon ein neues Modell in der moderneren, holzähnlichen Optik bestellt – aber bis die neue Wanne geliefert wurde, musste er mit dem alten grauen Plastiksarg aus dem Bestand des Instituts vorliebnehmen.

Der dicke Froelich am vorderen und der klapperdürre Sanfftleben am hinteren Griff des Sargs gaben ein kurioses

Bild ab, und der uniformierte Beamte, der für die beiden das Trassierband hochhielt, konnte sich ein Grinsen nicht verkneifen.

* * *

Die silberfarbene Limousine fuhr langsam in die Einfahrt, und die beiden Frauen blieben noch kurz im Wagen sitzen. Dann stiegen sie aus, atmeten tief durch und klingelten an der Haustür. Das Gebäude war groß, aber nicht protzig; es lag schön, umgeben von einem ansehnlichen Garten. Alles wirkte gepflegt, die Bewohner des Hauses schafften es, alles aufgeräumt wirken zu lassen und dem Garten dennoch einen Hauch von Lässigkeit zu gönnen.

Die Tür schwang auf, und eine schlanke Frau mit kurzen Haaren sah ihnen fragend entgegen.

»Frau Clarsen?«

»Ja, bitte?«

Margarete Clarsen musterte die beiden Frauen vor sich. Die eine war Anfang dreißig und hatte ihre strohblonden Haare streng zu einem glatten Zopf nach hinten gebunden, die Sprecherin war Mitte vierzig und strich sich im Moment eine dunkelblonde Strähne hinters Ohr. Dann zog sie eine Ausweiskarte aus der Jacke, auch die andere holte einen Ausweis hervor.

»Mein Name ist Bednarz, Kripo Esslingen. Und das ist meine Kollegin Krock. Wir sollten Sie kurz sprechen, wegen Ihres Sohnes Markus. Können wir bitte reingehen?«

Einen Moment zögerte die Frau, dann trat sie zurück und bedeutete den Kommissarinnen mit einer fahrigen Geste, den Flur entlang vorauszugehen.

Die Haustür schloss sich hinter den dreien. Unmittelbar danach schwang das Garagentor auf, eine jüngere Frau kam heraus, eine Hacke und einen kleinen Eimer in den Händen. Monika Clarsen sah das fremde Auto in der Einfahrt stehen, legte ihre Sachen ab, kramte einen Schlüssel hervor und ging ebenfalls hinein.

Im Flur blieb sie stehen. Vom Wohnzimmer her war die Stimme ihrer Mutter zu hören, dann sprach eine fremde Frau und brachte Margarete Clarsen den Tod ihres Sohnes so schonend wie möglich bei. Danach war es ruhig bis auf ein Schluchzen, das sich stetig steigerte. Monika Clarsen stand starr, ballte die Fäuste und blickte ins Leere. Tausend Gedanken gingen ihr durch den Kopf, all die Gespräche, die sie in den vergangenen Wochen mit ihrem Bruder geführt hatte. Schließlich fasste sie sich ein Herz und ging zu den anderen ins Wohnzimmer.

* * *

Sanfftleben, der sonst so gerne selbst fuhr, hatte heute gleich auf dem Beifahrersitz des Leichenwagens Platz genommen und sah gedankenverloren zum Fenster hinaus. Während er durch die Innenstadtgassen kurvte, beobachtete Froelich den nachdenklichen Kollegen unauffällig. Auf der B10 angekommen, versuchte er ihn erst mit belanglosem Smalltalk, dann mit Kalauern etwas aufzumuntern. Und als es ihm schließlich gelungen war, bereute er es auch schon wieder: Sanfftleben konterte mit schmutzigen Witzen, die er so gerne erzählte. Als der Kollege die dritte derbe Zote über dralle Rothaarige zum Besten geben wollte, war schon das auf einem Berg über dem Stuttgarter Kessel thronende Robert-Bosch-Krankenhaus zu sehen. Selten hatte sich Froelich so über diesen Anblick gefreut.

»Herr Sanfftleben, langsam müssen Sie wieder Ihre ernste Miene üben. Wir können dort oben schlecht mit unserer Leiche anrollen, und Sie wischen sich noch die Lachtränen aus den Augenwinkeln.«

Sanfftleben sah verblüfft zu seinem Kollegen hin, zuckte dann aber mit den Schultern, tippte ein wenig am Autoradio herum und drehte, als er einen Schlagersender seines Geschmacks gefunden hatte, die Lautstärke kräftig nach oben.

Froelich bemühte sich, ernst zu bleiben, aber auch aus den Augenwinkeln war Sanfftleben, wie er aus vollem Hals und völlig falsch einen schmalzigen Gassenhauer über die Sehnsucht nach der ganz großen Liebe mitschmetterte, ein Anblick zum Niederknien. Seine trübe Stimmung von vorhin schien völlig verflogen.

Als der Leichenwagen durch die tunnelartige Einfahrt auf den Innenhof des Krankenhauses zurollte, schaltete Froelich das Radio aus, und Sanfftleben merkte erst ein, zwei platte Reime später, dass er inzwischen ohne Musikbegleitung krähte.

»Ach, sind wir schon da, Herr Froelich?«, fragte er, räusperte sich und grinste breit.

»Sieht so aus«, antwortete Froelich und versuchte sich erfolglos in einem tadelnden Tonfall. »Sie müssen Ihre Karaoke-Show also bitte bis zur Rückfahrt unterbrechen.«

»Mach ich glatt«, versicherte Sanfftleben ernsthaft. Dann huschte noch einmal ein Grinsen über sein Gesicht, aber schon Sekundenbruchteile später bildeten seine hageren Züge routiniert jene leicht leidende, tiefernste Miene, die offenbar jeder von einem Bestatter erwartete.

Froelich stellte den Leichenwagen ab und stieg aus. Oben auf der Rampe neben der Tür, die ins Gebäude führte, stand ein groß gewachsener Mann und rauchte. Sektionsgehilfe Krüger stand in Froelichs Erinnerung immer rauchend an dieser Stelle, wenn er eine Leiche zur Untersuchung in das Krankenhaus brachte. Und er fragte sich nicht zum ersten Mal, ob das nun Zufall war oder Einbildung – oder ob Krüger tatsächlich nie Urlaub nahm oder sich krankmeldete.

»So, die Herren, bringt ihr mir wieder Arbeit?«

»Herr Krüger, schön, Sie rauchen zu sehen«, sagte Sanfftleben. Überraschend behende kletterte der alte Bestatter auf die Rampe hinauf und schüttelte dem anderen die Hand.

»Tja, aber Ihnen wird das nichts helfen, Herr Sanfftleben. Selbst wenn die Zigarette schnell wirken sollte: Ich wohne nicht in Ihrem Gebiet.«

Froelich ging während des gutmütigen Geplänkels der beiden ans Heck des Leichenwagens und zog die graue Wanne mit dem toten Clarsen heraus. Die Kunststoffgleiter des Sargschlittens waren erst vor kurzem repariert worden, seither machte es fast keine Mühe mehr, einen Sarg allein herauszuziehen – aber spätestens für den Weg die Treppe zur Rampe hinauf brauchte er den Kollegen.

Er wollte ihn gerade rufen, da kam Sanfftleben schon heran, packte den vorderen Griff, schwenkte die Wanne auf dem drehbaren Stück des Sargschlittens herum und marschierte mit Froelich am hinteren Griff los.

»Den üblichen Weg entlang, die Herren«, rief ihnen Krüger unnötigerweise hinterher. »Ich komm gleich nach.«

Als die beiden Bestatter wieder auf der Rampe standen und Krüger im Sektionssaal die Obduktion vorbereitete, steuerte Sanfftleben nicht auf die Treppe zu, sondern lehnte sich entspannt an eine Rollbox mit Bettwäsche.

»Wollen wir nicht wieder fahren?«

»Ach, ich würde gerne noch ein paar Minuten bleiben«, sagte Sanfftleben und bemühte sich sehr, seiner Stimme einen gleichmütigen Klang zu verleihen.

»Hier?«

Froelich sah sich um, dann zuckte er mit den Schultern.

»Meinetwegen«, sagte er. »Wir haben im Institut ja nicht viel zu tun, ich habe keinen Termin – und wir können auf der Rückfahrt auch gerne noch irgendwo einkehren.«

»Klingt gut.«

Froelich musterte den älteren Kollegen, dann fiel ihm auf, dass Sanfftleben sehr aufmerksam beobachtete, wie ein Kleinwagen flott auf den Hof gefahren kam und neben dem Leichenwagen stehenblieb. Die Tür wurde schwungvoll aufgestoßen, und die rothaarige Zora Wilde schlüpfte aus dem Auto.

»Aha«, machte Froelich und grinste Sanfftleben an.

»Nichts ›aha‹, Herr Kollege«, versetzte der, grinste dazu aber breit und ging der Rechtsmedizinerin langsam entgegen.

»Guten Tag, die Herren«, sagte Zora Wilde, als sie die beiden Bestatter erreicht hatte. »Ist Clarsen schon drin?«

»Ja«, sagte Froelich. »Herr Krüger hat sich schon an die Arbeit gemacht.«

Zora sah kurz auf ihre Armbanduhr.

»Ach, da hab ich sicher noch ein paar Minuten Zeit. Sie warten hier auf jemanden?«

»Ja, Herr Sanfftleben –«

Sanfftleben stieß Froelich einen Ellbogen in die Seite, und der Jüngere verstummte mitten im Satz. Zora Wilde sah fragend zwischen den beiden hin und her.

»Sie wollten etwas sagen?«, wandte sie sich an Froelich.

»Nein, wollte er nicht, Frau Dr. Wilde«, warf Sanfftleben ein.

»Na, egal«, meinte Zora. »Ich bleib einfach noch kurz bei Ihnen stehen.«

Mit einer flinken Handbewegung zauberte sie einen dünnen Zigarillo aus ihrer Jacke.

»Stört es Sie, wenn ich …?«

Beide Männer schüttelten beflissen den Kopf, und sie zündete den Zigarillo an.

»Hab ich mir gerade erst angewöhnt. Die Dinger sind gar nicht mal so übel, und als Rechtsmedizinerin muss ich mir ja von meinen … Patienten auch keine blöden Sprüche anhören, wie ungesund das Rauchen ist, nicht wahr?«

Sie lachte und nahm einen tiefen Zug.

»Ich wollte Herrn Froelich gerade ein, zwei Witze erzählen«, sagte Sanfftleben schließlich und grinste, als er dessen genervte Miene bemerkte.

»Au ja, prima: Witze – ich liebe Witze! Vor allem, wenn Bestatter welche erzählen. Legen Sie los.«

Sanfftleben wirkte sehr zufrieden mit sich, und Froelich wappnete sich für das Schlimmste. Tatsächlich blieb Sanfftleben seinem Humor von zuvor erschreckend treu.

»Also … kommt eine Rothaarige in den Saloon, wirft den Hut zum Barkeeper hinüber und setzt sich neben den Klavierspieler …«

»Ach, schade«, unterbrach ihn Zora Wilde, »den kenn ich schon.«

Froelich atmete erleichtert auf. Das war denkbar knapp gewesen, doch die Rechtsmedizinerin fuhr fort: »Aber dann erzähle halt ich Ihnen einen. Auch mit einer Rothaarigen, okay?«

Sanfftleben nickte begeistert, Froelich ergab sich regungslos in sein Schicksal.

»Eine Rothaarige fährt mit ihrem Sportcabrio aufs Land, biegt falsch ab und gerät mit ihrem Wagen auf einer Wiese mitten hinein in eine Rinderherde. Da kommt plötzlich …«

Zora Wilde hatte offenbar großes Talent zum Witzeerzählen, und sie schien auch besonders deftige Stücke ohne besondere Hemmungen vorzutragen. Als sie endlich die derbe Schlusspointe gesetzt hatte, konnte sich Sanfftleben jedenfalls vor Lachen kaum mehr auf den Beinen halten, und Froelich grinste und freute sich, dass die Witze der Rechtsmedizinerin um Welten besser waren als die Zoten seines Kollegen. Sie sah Froelich an, lachte dann noch etwas lauter und tippte sich ans Ohrläppchen.

»Oh«, sagte er. »Wieder mal rot geworden?«

Sie nickte und lachte weiter.

»Ach, wissen Sie, Frau Dr. Wilde«, warf Sanfftleben in einem betont gönnerhaften Tonfall ein, »die jungen Männer vertragen heute ja nichts mehr.«

Dabei kicherte er, bis er sich verschluckte und erst einmal die Atemwege freihusten musste.

»Obacht, Herr Sanfftleben«, warnte Zora ihn mit gespieltem Ernst. »Sie sollten nicht riskieren, dass Sie womöglich mit öffentlichen Verkehrsmitteln zurück nach Esslingen fahren müssen.«

Sie legte Froelich eine Hand auf den Unterarm und strahlte ihn an.

»Nicht wahr, Herr Froelich?«

»Ja, ja, aber Sie können sich wirklich etwas einbilden auf Ihren Witz: Das mit den Ohrläppchen ist mir schon lange nicht mehr passiert.«

»Gut, aber ich muss jetzt an die Arbeit«, sagte sie, schlug ihr rechtes Bein über das linke und drückte den Zigarillo auf ihrer Stiefelsohle aus, als wäre das keine große Sache. Froelich bekam schon vom Zusehen Hüftschmerzen. Dann flog der Stummel in einen alten Eiseneimer, der am Rand der Rampe stand, und schon war die flotte Rechtsmedizinerin im Inneren des Robert-Bosch-Krankenhauses verschwunden.

* * *

Froelich hatte in seinem neuen Institut noch nicht die alte Routine. Und so stand im Kühlraum zwar in einer Ecke alles beisammen, was er fürs Musizieren brauchte – nur die kleinen Wärmkissen, die er sich vor dem Gang in den acht Grad kalten Raum im Untergeschoss gerne in die Manteltaschen steckte, hatte er auf die Schnelle nicht gefunden.

Nun hockte er mit Mantel und Mütze vor seinem Keyboard, knetete sich die klammen Finger und hauchte sie immer wieder an. Schließlich fühlten sie sich warm genug an, und Froelich versuchte ein paar Harmonien.

Ein paar Moll-Akkorde später kam er allmählich in Schwung, fand passende Wechsel und einen etwas melancholischen Grundrhythmus. Und dann auch erste Worte für einen Text: »I'm drowning in my sadness«, brummte er in einer wehmütigen Melodie vor sich hin, »drowning like in deep, deep water …«

Wie er sich selbst so in tranigen Floskeln zerfließen hörte, schüttelte es ihn, und er schwenkte schnell in einen flotten Boogie um, bevor seine Improvisation in einen Blues-Klassiker mündete. Das ging ein, zwei Minuten so, bis er die letzten Töne anschlug und das Fußpedal des elektrischen Klaviers drückte.

Er horchte dem Akkord nach, ließ sich von dem Klang einhüllen, der sich verhallend durch die glatten Steinwände im Kühlraum ausbreitete. Schön, dachte er, das hätte vielleicht auch dem Toten in dem schmucklosen Sarg hinter ihm gut gefallen. Ralph Krimmer war, nach allem, was er von den Hinterbliebenen gehört hatte, ein begnadeter Bluesgitarrist gewesen – aber den Tod hatte er durch einen Autounfall auf der Rückfahrt von einer Party gefunden, für die er als DJ Ralphy Achtziger-Jahre-Pop auflegte.

Tatsächlich erklang nun ein dünner Applaus hinter seinem Rücken, und Froelich fuhr erschrocken herum. Mitten im Raum stand der alte Sanfftleben, wie immer in einem etwas zu weiten schwarzen Anzug, und schlug seine knochigen Hände gegeneinander.

»Bravo«, krächzte er. »Bravo, Herr Kollege.«

Dann kam er langsam und mit etwas wackligem Schritt auf Froelich zu.

»Mir ist ja Andrea Berg lieber, auch figürlich …« Er grinste spöttisch und nickte Froelich zu. »Aber trotzdem: wirklich gut!«

Dass Sanfftleben am späten Nachmittag damit begann, sich das eine oder andere Gläschen zu gönnen, wusste Froelich schon. Und daran, dass der alte Kollege deshalb schon am frühen Abend manchmal etwas unsicher unterwegs war, hatte er sich ebenfalls schon gewöhnt. Ein-, zweimal hatte er sich überlegt, ob er Sanfftleben auf seine überhandnehmende Trinkerei ansprechen solle, aber dann überlegte er sich es doch jedes Mal anders. Sanfftleben litt unvermindert am Tod seines Sohnes – und wenn er sich diesen Schmerz in seinem fortgeschrittenen Alter mit Bier, Wein und dem einen oder anderen Schnaps etwas betäubte – sollte sich Froelich ihm gegenüber als Moralapostel aufspielen?

»Danke«, sagte Froelich und erhob sich.

Sanfftleben trat an den Sarg des Musikers, er musterte den Toten und nickte anerkennend.

»Gute Arbeit, Kollege.«

»Ja, ich bin auch ganz zufrieden. War ein übler Unfall – und seine Frau ließ sich einfach nicht davon abbringen, ihn vor der Bestattung noch aufzubahren. Sie meinte, die Fans von DJ Ralphy würden unbedingt noch von ihm Abschied nehmen wollen.«

Er schüttelte den Kopf.

»Immerhin konnte ich es ihr noch ausreden, Notenblätter und ein paar CDs auf dem Toten zu drapieren. Manchmal frage ich mich wirklich, was in manchen Leuten vorgeht.«

Eine Weile standen sie schweigend am Sarg, dann seufzte Sanfftleben.

»Wer macht so etwas?«

»Das mit den Notenblättern? Na, wie gesagt: Ich konnte es Frau Krimmer zum Glück ausreden.«

»Nein, ich meine den Mord in der Maille.«

Froelich zuckte mit den Schultern.

»Wenigstens ist er bei uns gelandet«, sagte Sanfftleben nach einer weiteren Pause.

Froelich sah den alten Mann an und runzelte die Stirn.

»Was ist denn?«, fragte Sanfftleben. »Stimmt es denn nicht, dass ohne diesen DJ und den toten Clarsen hier sonst tote Hose wäre?«

Der alte Bestatter bemerkte sein Wortspiel selbst nicht gleich, doch dann legte ein breites Grinsen sein Gesicht in Falten, und er kicherte halblaut vor sich hin.

»Ja, aber …«, setzte Froelich an, aber Sanfftleben stoppte ihn gleich mit einer fahrigen Handbewegung.

»Ich weiß, ich weiß. Aber …« – er sah sich theatralisch um – »… sehen Sie hier irgendwelche Angehörigen? Ich meine: Wir beide sollten doch miteinander Klartext reden können, finden Sie nicht auch?«

»Ja, schon …«

»Eben. Und deshalb geh ich jetzt rüber ins Rosenhäusle, ich habe Durst. Kommen Sie mit?«

»Nein, noch nicht. Ich mach noch ein bisschen weiter.« Froelich nickte zu dem Klavier hin. »Ich komm nach, ja?«

»Gut, bis später also«, sagte Sanfftleben und wandte sich zum Gehen.

Langsam hielt er auf den Ausgang zu, hinter sich hörte er den Klavierhocker unter Froelichs Gewicht ächzen. In der Tür drehte sich der alte Mann noch einmal um und beobachtete seinen jungen Kollegen: Froelich klimperte schon wieder vor sich hin und schien bereits ganz versunken in seiner Musik.

Der alte Bestatter seufzte noch einmal, dann schlüpfte er leise zur Tür hinaus und machte sich auf den Weg zu seinem Stammlokal.

* * *

KP ging gemächlich am Kanalufer entlang. Immer wieder stellte er sich direkt an die Brüstung, lugte hinunter und suchte die Wellen ab. Manchmal nahm er den alten Kescher von der Schulter und versuchte, etwas aus dem Wasser zu fischen. Seinen Fang begutachtete er jedes Mal sorgfältig und mit dem absoluten Interesse eines Mannes, der sonst gerade nichts zu tun hat; das eine warf er zurück in den Kanal, das andere verschwand in einer seiner Jackentaschen.

So ging das eine Stunde oder zwei, da fiel ihm jemand auf, dem er nicht unbedingt begegnen wollte. Schon gar nicht, wenn er den Kescher bei sich trug, den er ihm vor ein paar Tagen aus seinem alten Anglerschuppen geklaut hatte. Er hatte zwar aus Rücksicht den genommen, der am ältesten und schäbigsten aussah, aber gestohlen blieb gestohlen.

Donnerstag, 27. Oktober

Gegen halb drei schreckte Froelich hoch. Er musste sich einen Moment lang besinnen, bis er wieder wusste, wo er war. Er hustete, setzte sich auf und rieb sich die Augen.

In der Küche schaltete er die Kaffeemaschine ein, blieb eine Weile am Esstisch sitzen, bis ihm Sanfftlebens eigenartige Reaktion auf seine Frage, ob er Markus Clarsen kannte, wieder in den Sinn kam. Er schenkte sich noch einmal Kaffee nach, dann schlurfte er hinüber ins Büro und klappte einen Karton mit alten Unterlagen auf, den er demnächst im Keller hatte einlagern wollen. Darin stapelten sich Ordner, in denen Aufzeichnungen zu früheren Bestattungen abgeheftet waren. Obenauf lag eine dicke schwarze Kladde, in der Sanfftleben wie ein altmodischer Buchhalter Zeile für Zeile alle Bestattungen aufgelistet hatte, die das Institut unter seiner Leitung durchgeführt hatte.

Froelich arbeitete seit Jahren mit dem Computer, Sanfftleben dagegen hatte bis zuletzt jeden Auftrag mit Datum, Name des Toten und Kontaktdaten der Familie mit dem Füllhalter in seiner steilen, etwas krakeligen Handschrift in dieses Buch geschrieben. Kommissarin Bednarz hatte ihm die Adresse von Markus Clarsens Mutter im Aichwalder Ortsteil Aichelberg gegeben und hatte ihn darauf hingewiesen, dass Margarete Clarsen vor einigen Jahren ihren Mann verloren hatte. Das war für das demnächst anstehende Gespräch mit der trauernden Mutter natürlich eine gute Information – aber es war auch ein Anhaltspunkt für die Suche, an die er sich jetzt machte: Die Bestattung von Clarsens Vater könnte durchaus vom Institut Sanfftleben betreut worden sein, und falls das zutraf, würde der Name in der Kladde auftauchen. Und da Froelich das brillante Namensgedächtnis von Sanfftleben kannte, würde das nur einen Schluss zulassen …

Nach einer Stunde nickte Froelich über der Liste ein, wachte kurz danach wieder auf, riss sich zusammen und suchte weiter. In den Einträgen für das Jahr 2006 wurde er schließlich fündig. »Hartwig Clarsen« stand dort neben dem Todestag und dem Datum der Bestattung. »Kontakt: Sohn Markus Clarsen«, war daneben notiert, zusammen mit einer Telefonnummer mit 0711er-Vorwahl und dem Vermerk »Aufbahren, Friedhof Aichelberg«.

Er ließ sich in seinem Bürosessel nach hinten sinken und sah nachdenklich auf die Kladde vor ihm. Also hatte Sanfftleben tatsächlich gelogen, also kannte er Markus Clarsen – aber warum wollte er das ihm gegenüber nicht zugeben?

Darauf konnte sich Froelich auch im Bett noch keinen Reim machen, als er fast eine Stunde später endlich in einen unruhigen Schlaf glitt.

* * *

Um vierzehn Uhr begann die Trauerfeier für Ralph Krimmer. Es waren viele junge Leute auf den Ebershaldenfriedhof gekommen, aber nur die wenigsten wollten vor der Zeremonie noch einmal persönlich von dem toten Musiker Abschied nehmen, der in einem kleinen Raum in der Aussegnungshalle aufgebahrt lag.

Ein Freund des Toten hielt eine launige Rede, die mal rührend war, mal im nächsten Moment einige der Anwesenden zum Schmunzeln brachte. Krimmers Frau bedankte sich unter Tränen bei ihm auf ihrem Weg hinaus ins Freie. Für den Weg zum Grab stimmte eine kleine Bläsergruppe eine getragene Melodie an und marschierte, als der Trauerzug das offene Grab erreicht hatte, davon und auf den Ausgang des Friedhofs zu. Dabei erklang dieselbe Melodie in einem anderen Arrangement nun immer beschwingter und fröhlicher, wurde schließlich in der Ferne leiser und endete.

»So stelle ich mir Begräbnisse in New Orleans vor«, raunte ihm Sanfftleben zu. »Sie wissen schon: trauernd hin zum Grab, feiernd wieder weg.«

Froelich hielt kurz die Luft an. Der alte Bestatter hatte sich zu ihm hingebeugt, um nicht laut reden zu müssen, und sein nach Schnaps riechender Atem hüllte den Kollegen für einen Moment ein.

Als sich die Trauergemeinde wieder zerstreut und Frau Krimmer sich von ihnen verabschiedet hatte, wollte Froelich zusammen mit seinem Kollegen noch in der Aussegnungshalle aufräumen. Doch Sanfftleben war verschwunden, also machte er sich allein an die Arbeit. Schließlich kehrte er zum Leichenwagen zurück, um ins Institut zu fahren und noch etwas Büroarbeit zu erledigen. Die Heckklappe stand offen, und auf der schwarzen Gummimatte, auf der sie die Särge während des Transports abstellten, saß Sanfftleben und nahm gerade einen Schluck aus seinem Flachmann.

»Muss das sein, Herr Sanfftleben?«

Der alte Kollege fuhr herum, seine Augen schimmerten feucht und er setzte ein dünnes Lächeln auf, das wohl entschuldigend wirken sollte.

»Die Trauernden sind noch nicht lange weg, und Sie hocken hier im Leichenwagen und trinken Schnaps aus Ihrem Flachmann.«

»Ich bin auch Trauernder.«

»Ja, ich weiß. Aber heute hätten Sie sich ruhig ein bisschen zusammenreißen können. Sie hatten schon vor dem Begräbnis getrunken, das war sehr deutlich zu riechen.«

»Na und?«

Sanfftleben stand auf, steckte den Flachmann weg und baute sich dicht vor Froelich auf.

»Wenn ich trinken will, trinke ich. Sie sind mein Nachfolger, nicht mein Vater!«

Froelich winkte ab und setzte sich ans Steuer. Ein paar Minuten später wurde die Heckklappe geschlossen, die Seitentür öffnete sich und Sanfftleben ließ sich auf den Beifahrersitz gleiten. Ohne ein Wort zu wechseln fuhren die beiden Bestatter den kurzen Weg in die Beutauvorstadt.

* * *

An diesem Abend hatte Gottfried Froelich keine Lust mehr auf Sanfftlebens Gesellschaft. Also ließ er den alten Mann allein in seine Stammkneipe gehen, auch wenn ihm dadurch Fleischküchle mit Spätzle und Soße entgingen – eine seltsame, aber sehr leckere Mischung, die er im Rosenhäusle schnell zu schätzen gelernt hatte. Stattdessen marschierte er unter der Straßenbrücke hindurch in die Innenstadt.

Er nahm Kurs auf die Webergasse, wo er im La Rocciosa einkehrte, einem kleinen italienischen Lokal, das er durch seine Recherchen nach dem Tod des Gourmet-Kritikers auf dem Neckarschiff kennengelernt hatte. Das Schild über der Eingangstür war protzig wie eh und je, der Name des Lokals stand dort groß in geschwungenen Lettern – die Zeile darunter war allerdings verändert worden: »Trattoria da Felice« stand hier nur noch, dahinter war ein heller Farbklecks. Im vergangenen Jahr hatte es noch »Trattoria da Felice e Lilo« geheißen.

Im Inneren war irgendein rührseliger italienischer Schlager zu hören. Einige der Tische waren noch frei, trotzdem wartete Froelich aus Höflichkeit, bis die blutjunge Bedienung ihm einen Tisch für zwei in der Ecke zuwies. Sie huschte zur Theke, holte eine Speisekarte und empfahl Froelich darüber hinaus in schwäbisch eingefärbtem Hochdeutsch die Spezialität des Abends – »Tackliatelle mit Protschutto und Erbsen«. Froelich lächelte, weil er sich denken konnte, dass dem Mädchen *piselli*, das italienische Wort für Erbsen, vermutlich nicht leicht über die Lippen gehen würde, aber die Empfehlung nahm er gerne an.

Als er sie fragte, welchen Rotwein sie ihm dazu empfehlen würde, entschuldigte sie sich kurz und verschwand in der Küche. Im nächsten Moment rauschte ein drahtiger Typ mit stark gegelten schwarzen Haaren, mit buschigen Augenbrauen und einem leuchtend bunten, weit aufgeknöpften Hemd in den Gastraum.

»Wo kann ische ’elfe mit vino rosso vome Feinste?«

Er sah sich um, entdeckte Froelich und ließ sofort die Schultern hängen. Langsam kam er zu seinem Gast an den Tisch, stützte sich mit beiden Händen auf und fragte, nun mit gesenkter Stimme: »Ond? Trollinger oder Chianti? I han boides do.«

Felice hatte nicht vergessen, dass Froelich schon bei seinem ersten Besuch sein übertriebenes Getue mit dem angeblichen italienischen Dialekt durchschaut hatte – und er schien es ihm vorzuwerfen, dass ihn seine Freundin Lilo verlassen hatte. Zwar hatte das Ende der Beziehung tatsächlich etwas mit dem Mordfall zu tun, in dem Froelich damals auf eigene Faust mitermittelt hatte, aber schuld an der Trennung war natürlich Felice, nicht Froelich. Der Wirt sah etwas abgekämpft aus – inzwischen dürfte er begriffen haben, wie viel Arbeit ihm Lilo damals abgenommen hatte.

»Chianti wäre schön, am besten bringen Sie mir ein ganzes Fläschchen, ich habe Zeit heute.«

Das stimmte zwar, aber vor allem wollte sich Froelich nicht mit dem drittklassigen Supermarkt-Chianti abspeisen lassen, den Felice manch ahnungslosem Gast als urwüchsiges Tröpfchen aus seinem italienischen Heimatdorf unterjubelte. Da würde er notfalls lieber eine nicht ganz geleerte Flasche stehen lassen, als zuvor Gaumen und Zahnfleisch mit dem sauren Billigwein zu strapazieren.

Felice trottete davon und kehrte kurz darauf zurück. Er stellte ein Weinglas und eine Karaffe vor Froelich auf den Tisch, dann holte er die Flasche vom Tresen und entkorkte sie am Tisch mit großer Geste.

»Bittschee!«, sagte der Wirt noch, als der dekantierte Wein in Froelichs Glas und in der Karaffe funkelte, dann war er wieder in der Küche verschwunden. Auf dem Weg dorthin hatte Felice etwas zur Bedienung hingebrummt, das Froelich nicht verstand – aber es hatte wohl mit ihm zu tun, denn die Bedienung machte sich daraufhin an den freien Tischen zu schaffen und sah zwischendurch immer wieder verstohlen zu ihm her.

Der Chianti war zu gut, als dass er sich lange hätte ärgern mögen, und auch die Tagliatelle waren ausgezeichnet. Felice mochte nicht besonders nett zu ihm sein, aber seinen Beruf als Koch beherrschte er aus dem Effeff.

»Was haben Sie denn heute als Dessert?«, fragte Froelich, als er sich nach dem Essen noch einen Espresso hatte schmecken lassen. Die Bedienung drehte eine Tafel, auf die mit schwungvollen Kreidestrichen die Spezialitäten des Tages gekritzelt waren, zu ihm hin, und Froelich ließ sich nach kurzem Nachdenken ein kleines Stück Schokotorte mit Vanilleeis und Sahne kommen.

Allmählich leerte sich das Restaurant, und Froelich schenkte sich mit leichtem Bedauern den letzten Rest Rotwein ein. Der Wein entspannte ihn, das Essen bescherte ihm eine wohlige Wärme im Magen, und das beständige Gemurmel der anderen Gäste, ab und zu unterbrochen von einem fröhlichen Lachen, hatte ihn sehr angenehm eingehüllt.

Als er sein Glas leerte, zog sich auch die Bedienung den Mantel über und schlüpfte durch die Tür nach draußen. Felice lugte aus der Küche, sah sich im beinahe leeren Ristorante um und bemerkte dann seinen letzten Gast. Erst huschte ein Schatten über sein Gesicht, dann gab er sich einen Ruck, griff eine Flasche und ein Glas aus dem Regal hinter der Theke und kam herbeigeschlendert. Ein kariertes Geschirrtuch baumelte ihm vom Hosenbund, und mit einer müden Handbewegung zog er sich einen Stuhl heran.

»Nomol oin?«

Felice wartete Froelichs Antwort gar nicht ab, sondern schenkte erst ihm und dann sich selbst großzügig ein.

»Ja, bitte«, sagte Froelich trotzdem und grinste dabei. »Salute!«

Felice hob eine Augenbraue und musterte sein Gegenüber.

»Salute? Wollen Sie mich veräppeln?«

»Nein, nein, keine Sorge«, beruhigte ihn Froelich. »Ich mag die italienische Sprache, und Sie haben ein schönes italienisches Ristorante – da passt das doch.«

»Hm«, brummte Felice, noch nicht ganz überzeugt.

»Solange Sie mir nicht wieder mit Ihrem antrainierten Gigolo-Radebrech kommen, bin ich sehr gerne hier – und ich hab auch wirklich nichts gegen Sie.«

»Hm«, brummte Felice noch einmal.

»Als Koch sind Sie einsame Spitze, ganz ehrlich!«

Der Wirt grinste, dann nickte er zu Froelichs stattlichem Bauch hin.

»Ond Ihr Urteil gilt was beim Essa, gell?«

Froelich schluckte, sagte aber nichts. In dieser Stadt schienen die Anspielungen auf seine Figur kein Ende zu nehmen. Zum Glück hatte er selbst kein Problem damit. Felice lachte kurz laut auf, dann prostete er seinem letzten Gast zu.

»Salute!«

Schien ganz so, als seien sie nun quitt.

Eine Zeitlang tranken sie still, prosteten sich zu und lümmelten schweigend auf ihren Stühlen.

Plötzlich wurde die Tür noch einmal aufgedrückt, und ein junger Mann lugte unsicher herein.

Felice erhob sich umständlich, komplimentierte ihn mit einem schon leicht gelallten »Scusi, ma wir abe geslosse!« wieder hinaus und schloss die Tür hinter ihm ab. Dann nahm er eine weitere Flasche aus dem Regal und schenkte beide Gläser noch einmal voll.

»Isch echt gut«, brummte er und hob sein Glas.

»Primitivo.« Froelich las laut die Traubensorte vom Etikett ab.

»Ja, den kann i meine meischte Gäscht net schenka, die nemmat des womöglich sonscht persönlich. Ond Schraubverschluss hot'r au no«, grinste Felice und zuckte mit den Schultern. »Aber den trenk i privat am liebschta.«

Froelich lächelte.

»Dann darf ich jetzt also sozusagen die Hausmarke probieren? Danke, Felice.«

»Koi Ursach.«

»Gottfried«, sagte Froelich dann noch und hielt ihm die Hand hin.

Felice zögerte.

»Tut mir leid, wie das für Sie und Lilo gelaufen ist, aber ich kann doch auch nichts dafür, dass Sie heute nicht mehr zusammen sind.«

Felice nahm noch einen Schluck, dann griff er nach Froelichs Hand.

»Schtemmt wahrscheins …«, murmelte er und sah aus, als würde er sich gleich Tränen aus den Augen wischen müssen.

Froelich schwieg, und nach einer Weile schien sich Felice wieder zu fangen.

»I han scho wieder mit ma Mordfall zom do«, sagte er schließlich und schüttelte den Kopf, als könne er das selbst nicht fassen.

»Wieso das denn?«

»Drüba en dr Maille hen se doch oin gfonda.«

»Der Tote im Stocherkahn? Ich weiß, ich habe ihn in die Rechtsmedizin gefahren.«

»Echt?«

Felice sah Froelich an und lachte freudlos auf.

»No semmer jo wieder beianandr.«

»Und was haben Sie damit zu tun?«

»*Du*, net *Sie*. Mir hen doch grad …«

Felice hob die rechte Hand ein wenig an.

»Gern«, nickte Froelich. »Also: was hast *du* mit dem Mord zu tun?«

»Der war vorher no bei mir em Lokal.«

»Ach?«

»D' Polizei hot mei Kärtle in seiner Tasch gfonda. Patschnass ond verknittert.«

Felice zauberte eine andere, glatte und trockene Visitenkarte aus der Brusttasche seines Hemds und schnippte sie vor Froelich auf den Tisch: vorne war die italienische Flagge und der Name des Ristorantes aufgedruckt, hinten die Adresse und die Öffnungszeiten.

»Ond no sen se komma ond hen mi noch dem Ma gfrogt.«
»Kennst du ihn?«
»Bloß als Gascht, sein Nama han i net gwisst.«
»Markus Clarsen«, sagte Froelich.
»Wäga mir«, brummte Felice. »Hot au Tagliatelle gässa wie du heit. Ond isch lang gsässa, dr ganze Obend eigentlich.«
»Allein?«
Felice nickte.
»Hot guat Trinkgeld gäbba, hot koin Ärger gmacht. Ond isch emmer mol wieder komma. Hot eigentlich ganz zfrieda ausgsäh, wie er so alloi do gsässa isch.«
Felice seufzte.
»Ond jetzt isch er heh. Schad drom.«
Froelich ließ seinen Blick durch den Gastraum schweifen. In einer Ecke stand ein Klavier, das mit allerlei Dekorationsnippes vollgestellt war. Felice folgte Froelichs Blick.
»Schpielsch du?«
Froelich nickte, und Felice wuchtete sich hoch und ging auf unsicheren Beinen hinüber zu dem Instrument. Er räumte einige kleine Blumenvasen aus Messing oder Kupfer beiseite, klappte den Holzdeckel über den Tasten auf und setzte sich wieder zurück an den Tisch.
Nach ein paar Minuten waren draußen in der Webergasse die ersten wehmütigen Akkorde zu hören, und bald schmetterten zwei Männerstimmen einige Melodien von Zucchero und Paolo Conte.

Freitag, 28. Oktober

Der nächste Morgen begann für Gottfried Froelich mit heftigen Kopfschmerzen. Felices Wein hatte gut geschmeckt, und der Brummschädel musste nicht zwingend auf dessen

Qualität zurückgehen – ab einer bestimmten Anzahl geleerter Flaschen hat auch der beste Tropfen unangenehme Folgen.

Der Radiowecker zeigte sieben Uhr, und Froelich schlurfte zur Dusche. Er hatte heute einige Termine, unter anderem auch ein Treffen mit der Familie des toten Markus Clarsen. Zwar hatte die Rechtsmedizin die Leiche noch nicht freigegeben, aber die Vorbereitungen für die gewünschte Bestattungsart konnten ja schon einmal getroffen werden.

Die zweite Tasse Kaffee trank Froelich auf der Terrasse. Die frische Luft tat ihm gut, und mit geschlossenen Augen lauschte er ein paar Minuten den Geräuschen der Stadt. Dann ging er zurück ins Haus und suchte im Büro die Unterlagen für das Gespräch mit Familie Clarsen zusammen.

Sanfftleben kam nach einer Weile vorbei, trank einen Kaffee und war ansonsten eher wortkarg. Er sah nicht weniger müde aus als sein jüngerer Kollege, auch wenn das Rosenhäusle schon im Dunkeln gelegen hatte, als Froelich auf dem Heimweg daran vorbeigewankt war.

Schließlich erhob sich Sanfftleben wieder.

»Danke für den Kaffee«, murmelte er und wandte sich zum Gehen. An der Tür blieb er stehen und drehte sich noch einmal um. »Nehmen Sie mir das noch übel? Das von gestern?«

»Was meinen Sie?«

»Na, dass ich da auf dem Friedhof … mit meinem Flachmann.«

Froelich winkte ab und legte die Tageszeitung vor sich auf den Tisch.

»Tut mir echt leid, ich hab mich manchmal nicht so im Griff, wie ich das gerne hätte.«

Froelich sah auf.

»Das mit meinem Sohn nagt an mir. Und wenn dann noch irgendetwas dazukommt …«

Er ließ den Satz unbeendet und sah trübe vor sich hin.

»Kam denn was dazu?«, fragte Froelich nach einer Pause.

Sanfftleben reagierte erst nicht, dann sah er ihn an, sagte aber nichts.

Froelich wechselte das Thema. »Ich habe im La Rocciosa gegessen. Und danach habe ich mit dem Wirt noch etwas Wein getrunken. Er kannte übrigens unseren neuesten Kunden: Clarsen war im Ristorante, bevor er in der Maille ermordet wurde.«

»Oh«, machte Sanfftleben.

»Leider kannte Felice, der Wirt, ihn nur als regelmäßigen Gast. Aber ich spreche heute mit Clarsens Familie – ich kann Ihnen ja hinterher erzählen, was es Neues gibt.«

»Das wäre nett. Wären die Clarsens eine alteingesessene Esslinger Familie, könnte ich Ihnen sicher alles erzählen, was Sie wissen wollen – aber so …«

Froelich musterte den Kollegen. Sanfftleben hatte ihm schon mehr über alteingesessene Esslinger und ihre Eigenheiten, ihre Stärken, Schwächen und Vorlieben erzählt, als er je hatte wissen wollen – und der alte Bestatter schien nach jeder Anekdote immer noch einige weitere auf Lager zu haben. Aber warum schwieg er so beharrlich darüber, dass er Familie Clarsen doch kannte?

Er nahm noch einen Anlauf. »Sie kennen Familie Clarsen wirklich nicht?«

»Nein, ich … Wohnen die nicht droben auf dem Schurwald? Da kenne ich nun wirklich nicht jeden.«

»Woher wissen Sie denn, wo die Familie wohnt?«

Sanfftleben erschrak ein wenig, fasste sich aber schnell wieder.

»Haben Sie mir das nicht erzählt? Hm … dann hab ich's wahrscheinlich von der Polizei.«

»Ich glaube eher, dass Sie sich einfach noch gut erinnern.«

»Erinnern? Woran?«

Froelich tauchte kurz hinter seinem Schreibtisch ab und legte Sanfftlebens alte Kladde vor sich auf den Tisch. Er deutete auf einen Eintrag.

»2006, Hartwig Clarsen, Erdbestattung.«

Sanfftleben wurde bleich.

»Oh ... das hab ich wohl vergessen. Kann ja mal passieren.«

»Das glaube ich Ihnen nicht. Sie haben mich mit Ihrem phänomenalen Personengedächtnis schon so oft verblüfft, und so lange liegt die Bestattung von Herrn Clarsen ja auch noch nicht zurück.«

Der Alte suchte nach Worten.

»Ihr Kontakt zur Familie lief damals über Markus Clarsen, den Sohn des toten Hartwig. Und natürlich haben Sie ihn erkannt, drunten am Roßneckarkanal. Und falls nicht, dann wäre er Ihnen sofort wieder eingefallen, als sie seinen Namen gehört haben.«

Sanfftleben schwieg.

»Warum haben Sie mich angelogen? Warum haben Sie mir erzählt, Sie würden Markus Clarsen und seine Familie nicht kennen?«

Er wartete auf eine Antwort, aber Sanfftleben blieb einfach stumm vor ihm stehen, schluckte und versuchte, die Tränen zurückzuhalten.

»Verraten Sie's mir, wenn Sie so weit sind«, sagte Froelich. Er wandte sich ab, schlug die örtliche Zeitung auf und begann zu lesen. Der Lokalteil begann mit einem großen Bericht über den Fußgängersteg bei der Frauenkirche, und darunter zeigte ein Foto eine Szene vom mittelalterlichen Weihnachtsmarkt des Vorjahrs – im zugehörigen Artikel ging es um einen ersten Preis in der Kategorie Großstädte, mit der die Esslinger Marketinggesellschaft vom Handelsverband Baden-Württemberg und dem Wirtschaftsministerium des Landes bedacht worden war.

* * *

Hannes Maurer hatte den kleinen Ausflug noch verschieben wollen, als er von dem Leichenfund am Roßneckarkanal erfuhr, aber die Kollegen und vor allem die Eltern seiner Schüler überredeten den Klassenlehrer dann doch, alles wie geplant zu veranstalten. Schließlich hatten sich die Kinder schon so lange darauf gefreut, und der Gang durch die Geschichte ihrer Heimatstadt war wie geschaffen dafür, den Schülern das Gelernte der vergangenen Wochen noch einmal spannend vor Augen zu führen und das Wissen zu festigen.

Zusammen mit den Leuten vom Stadtmarketing hatte er eine bereits bestehende Tour, die Kindern und Jugendlichen das mittelalterliche Leben in Esslingen näherbringen sollte, etwas abgewandelt und an den Schulstoff angepasst. Und der Abschluss des Rundgangs war eine Rundfahrt auf den Neckarkanälen, bevor es dann ein Stück am Hammerkanal nördlich der Altstadt wieder zur Schule zurückging.

Maurer hatte die Klasse zusammen mit der jungen Kollegin und drei Müttern als Begleitpersonen vom Marktplatz her über den Kesselwasen und dann am Wehrneckar entlang geführt, um einen möglichst weiten Bogen um die Stelle unterhalb der Inneren Brücke zu machen, an der am Mittwoch der Tote gefunden worden war.

Doch die Schüler rannten so fröhlich lärmend an der Musikschule vorbei, an der er selbst ein paar Jahre lang unterrichtet hatte, und über den Steg beim Café in die Maille hinüber, dass Maurer aufatmete. Im Moment jedenfalls schien keines der Kinder an den Mord zu denken, der nur rund hundert Meter von hier entfernt geschehen war.

Die Boote, in denen sie ihre kleine Rundfahrt unternehmen wollten, dümpelten schon zur Abfahrt bereit am Kanalufer vor sich hin, und an der Anlegestelle erwarteten sie zwei junge Männer, die ihnen beim Einsteigen behilflich waren und sich dann, jeder mit einer großen Kühlbox in der Hand und einer Umhängetasche über der Schulter, als Letzte ebenfalls in die Boote schwangen.

Vor allem Maurers etwas wasserscheue Kollegin war positiv überrascht, wie wenig wacklig die Boote im Kanal wirkten – je zwei von ihnen waren nebeneinander montiert und stabilisierten sich gegenseitig, und als die auf den Booten befestigten Tische kurz darauf unter Limonadenflaschen und Leberkäswecken fast verschwanden, war die gute Stimmung endgültig gesichert.

Es ging unter der Brücke hindurch, gemütlich mit der Strömung voran, und Maurer versuchte im allgemeinen fröhlichen Durcheinander noch seine Botschaft loszuwerden, dass die Kanäle heute zeigten, wo überall im Mittelalter der ursprüngliche Neckar die Senken unter Wasser setzte. Er deutete auf einige Anlegestellen, erzählte vom Wäschewaschen und vom Fischen – aber irgendwann gab er auf, setzte sich, lächelte die Kollegin entschuldigend an und schnappte sich ein Brötchen.

Sie umrundeten gerade die Alte Ziegelei, als vom anderen Doppelboot her ein spitzer Schrei zu hören war. Maurer stand auf und sah hinüber. Eine der Mütter hatte sich wohl erschrocken, und bald sah Maurer den Grund dafür: Jemand warf von der Brücke etwas auf sie herunter. Schon wieder landete ein Stein im Wasser, kaum einen Meter vom Bootsrand entfernt, und spritzte einige der Insassen nass. Die Kinder störte das nicht weiter, sie riefen munter nach oben und johlten begeistert über die zusätzliche Action – die Mütter allerdings fanden den Zwischenfall weniger spaßig. Und als der nächste Stein so knapp am Boot vorbei in den Kanal plumpste, dass man noch kurz sein Anstoßen am Bootsrumpf hören konnte, schimpfte vor allem Caroline Henninger, die Mutter des schmächtigen Hendrik, zu dem Mann hinauf, der nun oben am Brückengeländer aus seiner Deckung kam.

»Sind Sie denn wahnsinnig?«, schrie sie hinauf. »Wollen Sie unsere Kinder verletzen?«

Der Mann auf der Brücke sagte nichts, sondern fuhr sich nur durch sein mittellanges Haar und streifte es aus der hohen Stirn.

»Wissen Sie, was da passieren kann?«, rief Frau Henninger, ganz außer sich vor Wut. »Ich werde Sie anzeigen, Sie Idiot!«

Der Mann oben auf der Brücke verzog sein Gesicht zu einem hämischen Grinsen, das zusammen mit seinem seltsamen Bart ziemlich skurril aussah. Dann hielt er der Frau den ausgestreckten Mittelfinger entgegen und ging in aller Ruhe von dannen.

Frau Henninger hatte sich selbst nach dem Fußmarsch zur Schule noch nicht beruhigt. Immer wieder streifte sie sich nervös die langen schwarzen Haare glatt und band das dünne Stofftuch ein ums andere Mal neu, obwohl es ihr auch schon zuvor die Haare noch verlässlich aus dem Gesicht gehalten hatte. Aber alle Aufregung half nichts: Für eine Anzeige hatte sie nicht genug Informationen, denn niemand schien den Mann zu kennen. Hannes Maurer war sich nicht sicher, ob er ihn nicht doch schon einmal gesehen hatte, damals, als er nebenbei in der Musikschule unterrichtete. Aber dann fiel ihm zu dem Gesicht kein Name ein, und er ließ die Sache auf sich beruhen. Es war ja auch alles glimpflich abgegangen, niemandem war etwas geschehen.

* * *

Das Läuten der Türglocke riss Froelich aus seinen Gedanken. Er hatte es sich auf seinem Bürosessel gemütlich gemacht und sah zum Fenster hinaus. Eine Zeitlang hatte er einer Katze zugesehen, die auf einem Fensterbrett lag, danach waren seine Gedanken zu Markus Clarsen geschweift und zu den Fragen, die er seinen Hinterbliebenen stellen wollte.

Froelich sah auf die Uhr: Das mussten sie sein. Er schnappte den Ordner mit den Unterlagen, erhob sich, meldete sich durch die Sprechanlage und ging hinunter zur Haustür.

Als er die Tür öffnete, standen vor ihm zwei Frauen: eine sehr schlank und mit modisch kurz geschnittenen Haaren, die andere etwas fülliger und mit dunkelblonden schulterlangen Locken.

»Frau Clarsen?«, fragte Froelich, und die Ältere nickte.

»Kommen Sie doch bitte«, sagte der Bestatter und deutete in den Hausflur hinein. An den Wänden des Flurs hingen Bilder weitläufiger Landschaften, dazwischen waren dezent leuchtende Lampen angebracht. Froelich hatte Sanfftlebens alte Ausstattung – Holzschnitte an den Wänden und Schilfgras in großen Blumenkübeln in den Ecken – gleich in den ersten Tagen weggeräumt und auch die Wände heller, in einem unaufdringlichen Beigeton, streichen lassen.

Schließlich hielt er den beiden Frauen eine Tür auf, und als sie beim ersten Blick in den Besprechungsraum überrascht zögerten, huschte Froelich ein kurzes Lächeln übers Gesicht: Das Zimmer war mit den hohen Fenstern zum vorderen Hof und der indirekten Deckenbeleuchtung das hellste im ganzen Gebäude. Und die Verblüffung der beiden Frauen zeigte, dass er die erwünschte Wirkung erzielt hatte, eine, die so gar nicht mit den klischeehaften Erwartungen an ein Bestattungsinstitut übereinstimmte.

Eine bequem wirkende sandfarbene Sitzgruppe beherrschte die eine, ein ausladender Holztisch mit acht gepolsterten Stühlen die andere Hälfte des großen Raums. Dazwischen hatte Inge einige Zimmerpflanzen zu einer kleinen grünen Oase arrangiert, und an den weißen Wänden sorgten halbhohe Schränke aus hellem Holz und großformatige Fotografien von Seen und Schönwetterwolken für eine freundliche Atmosphäre.

»Darf ich Ihnen einen Cappuccino anbieten?«, fragte Froelich. »Oder einen Espresso?«

Die ältere Frau sah sich noch immer mit leichtem Staunen um, die jüngere bat um einen Espresso für sich und einen Cappuccino für ihre Mutter. Froelich hantierte mit geübten Bewegungen am Kaffeeautomat, und wenig später stellte er drei Tassen auf den Tisch.

»Zunächst noch einmal mein herzliches Beileid, Frau Clarsen«, sagte er zu der Älteren und nickte auch der anderen kurz zu.

»Vielen Dank. Ist denn Herr Sanfftleben nicht da?«

»Oh, nein«, sagte er und gestattete sich ein leichtes Lächeln. »Herr Sanfftleben führt dieses Institut nicht mehr. Mein Name ist Gottfried Froelich, ich bin Herrn Sanfftlebens Nachfolger – er selbst arbeitet nur noch gelegentlich mit.«

»Oh, ich wollte nicht …«, murmelte die Ältere, doch Froelich hob beschwichtigend die Hände. »Mein Name ist Margarete Clarsen, Markus war mein Sohn.«

Ihre Stimme stockte und sie presste ihre Lippen fest aufeinander. Dabei hielt sie sich kerzengerade, sah allerdings für einen Moment an Froelich vorbei zum Fenster, und ein leichter Schimmer bildete sich auf ihren Augen. Kurz mahlten ihre Kiefer, dann hatte sie sich wieder gefasst.

»Und das ist meine Tochter Monika«, sagte sie und deutete auf die jüngere Frau neben sich.

»Angenehm, Frau …?«

»Clarsen«, antwortete die Tochter knapp.

Ein wenig bedauernd dachte Froelich an Zeiten zurück, wo er aus dieser Information schon hätte schließen können, dass Markus Clarsens Schwester noch unverheiratet war. Doch inzwischen konnte sie ihren Familiennamen natürlich einfach auch mit in die Ehe genommen haben.

»Was müssen wir denn alles besprechen?«, fragte Monika Clarsen. Sie schien ein wenig in Eile zu sein und fühlte sich offensichtlich nicht wohl im Institut – wie auch, schließlich ging es hier ja um den Tod ihres Bruders.

»Nur so viel, wie Sie wünschen, Frau Clarsen«, bot Froelich schnell an. »Wir können uns um alles kümmern und Ihnen alles abnehmen, wenn Sie das möchten – aber wir richten uns auch gerne in allen Punkten nach Ihren Vorstellungen. Das liegt natürlich ganz bei Ihnen.«

Monika Clarsen sah fragend zu ihrer Mutter hin; diese nickte und klappte ihre schwarze Handtasche auf. Sie holte einen gefalteten Zettel hervor und reichte ihn über den Tisch.

Froelich faltete ihn auseinander. Oben war in grauen Buchstaben »Clarsen Präzisionstechnik GmbH« und eine Adresse in Nürtingen eingeprägt, darunter stand eine Liste mit Punkten, zu denen sich Markus Clarsens Familie offenbar schon Gedanken gemacht hatte: ein Bibelzitat, die Anschrift einer Gärtnerei in Aichelberg und die Vorgabe »Eiche massiv« für den Sarg. Das Wort »Erdbestattung« war doppelt unterstrichen, außerdem gab es einige Vorgaben für die Bestattungszeremonie selbst, inklusive der Telefonnummer und Adresse eines Nürtinger Pfarrers und der Telefonnummer des Dirigenten eines Posaunenchors, der der Vorwahl nach zu urteilen ebenfalls in Nürtingen oder Umgebung wohnen musste.

Froelich strich das Papier glatt und sah die beiden Frauen an. Margarete Clarsen hatte ihn offenbar die ganze Zeit dabei beobachtet, wie er den Aufschrieb durchgelesen hatte, ihre Tochter sah zum Fenster hinaus.

»Natürlich müssen Sie die Bestattung nicht mit unserem Institut durchführen, nur weil wir Ihren Sohn zuerst … ich meine …«

»Nur, weil Sie seinen Leichnam abtransportiert haben?«

Monika Clarsen schnaubte, das Gespräch schien ihr ziemlich auf die Nerven zu gehen. Froelich hatte keine Ahnung, warum ihm die Frau so gereizt begegnete – in der Regel waren Hinterbliebene traurig, vielleicht auch verzweifelt, aber doch selten dem Bestatter gegenüber aggressiv.

»Sie sind mir ja ein Bestatter. Wollen Sie sich nicht um Markus kümmern, oder wie sollen wir das verstehen? Komm, Mama, wir gehen wieder.«

Froelich war etwas überrumpelt, den plötzlichen Ausbruch der jungen Frau konnte er sich nicht recht erklären.

»Nein, nein«, beeilte er sich. »Wir machen das sehr gern für Sie. Aber es könnte ja sein, dass Sie Ihren Bruder lieber von einem anderen Institut, vielleicht in Nürtingen, betreuen lassen würden. Vielleicht kennen Sie ja einen Kollegen von mir persönlich und würden es lieber sehen, wenn er sich um alles kümmert. Ein Todesfall ist immer ein schwerer Schlag, da können persönliche Beziehungen manches erleichtern.«

»Wir wollen Markus ja nicht in Nürtingen begraben. Wir haben nur zu all diesen Leuten noch freundschaftliche Beziehungen aus unserer Zeit in Nürtingen. Der Pfarrer zum Beispiel hat Markus schon getauft. Mein Sohn kommt ins Familiengrab, und das ist in Aichelberg.«

»Gut«, sagte Froelich und hielt das Blatt Papier hoch. »Das kann ich behalten, nehme ich an?«

Die Mutter nickte, und Froelich machte sich erste Notizen.

»Darf ich den Pfarrer und den Dirigenten schon einmal anrufen? Wir müssen den Termin ja noch offenhalten, aber wir könnten den Ablauf der Zeremonie schon einmal miteinander durchsprechen.«

»Ja, machen Sie das«, sagte Margarete Clarsen. »Hier ist meine Karte.«

Sie reichte ihm eine Visitenkarte aus teuer wirkendem Karton über den Tisch. Die Adresse kannte er schon von Kommissarin Bednarz. Außer der Hausanschrift waren auf der Karte nur »Margarete Clarsen« zu lesen, eine Telefonnummer und eine Mailadresse, die auf einen der großen Internet-Provider lautete.

»Mein Mann ist in Aichelberg begraben«, sagte Margarete Clarsen. »Diese verdammte Firma hat ihn umgebracht. Nun liegt er dort oben, wir leben vom Verkaufserlös und brauchen das alte Briefpapier auf.«

Ein bitterer Ton hatte sich in ihre Stimme geschlichen, und auch ihr Blick aus den schmal gewordenen Augen wirkte nun bitter. Froelich hätte das Thema von sich aus nicht angeschnitten – aber die Frau schien darüber reden zu wollen, also konnte er ihr den Gefallen gern tun.

»Fünf Jahre ist das her«, sagte sie. »Herzinfarkt. Wie gesagt: Die Firma war zu viel für ihn.«

»Das tut mir leid.«

»Tja, das hilft ihm nicht mehr. Die Bestattung hat übrigens Ihr Kollege, Herr Sanfftleben, übernommen. War sehr feierlich damals, das hat er gut gemacht.«

»Danke, ich werde es ihm gerne ausrichten.«

Margarete Clarsen machte eine Pause, trank von ihrem Kaffee und räusperte sich.

»Wir müssen dann auch wieder los«, sagte sie schließlich, machte aber keine Anstalten aufzustehen. »Sie haben sicher auch keine Zeit mehr und müssen sich um allerlei dringende Angelegenheiten kümmern.«

»Nein«, sagte Froelich. »Sie sind heute mein einziger wichtiger Termin, Frau Clarsen. Und wenn es Ihnen hilft, über den Tod Ihres Mannes zu sprechen, nehme ich mir dafür gerne Zeit.«

Froelich trank seinen Espresso aus, machte sich einen neuen und setzte sich wieder.

»Aber ich muss los«, schaltete sich Monika Clarsen ein und schob ihren Stuhl nach hinten. »Mama, wir wollten noch einkaufen.«

Margarete Clarsen sah zwischen ihrer Tochter und Froelich hin und her. Es war offensichtlich, dass sie im Moment jemanden zum Reden brauchte.

»Wissen Sie was, Frau Clarsen?«, wandte sich Froelich deshalb an die Tochter. »Sie machen Ihre Besorgungen, und Ihre Mutter bleibt noch ein bisschen hier. Und wenn Sie wollen, bringe ich Ihre Frau Mutter nachher nach Hause – ich wollte mir ohnehin noch den Friedhof und das Familiengrab ansehen, dann habe ich gleich einen Eindruck von den Verhältnissen vor Ort und kann die Zeremonie besser darauf abstimmen.« Er wandte sich wieder an die Mutter. »Wären Sie so nett und würden mir das Grab zeigen?«

»Ja, das kann ich gerne machen.«

»Sehr gut, vielen Dank. Was meinen Sie, Frau Clarsen?«, fragte er nun wieder die Tochter.

Die sah noch einmal zwischen ihrer Mutter und dem Bestatter hin und her, dann schüttelte sie missmutig den Kopf, verabschiedete sich von der Mutter mit einem flüchtigen Wangenkuss und ging eilig hinaus. Froelich sprang auf und folgte ihr auf den Flur. Doch Monika Clarsen hatte sich den Weg offensichtlich gut gemerkt, und kurz darauf fiel die Haustür ins Schloss.

»Sie müssen Monika bitte entschuldigen«, sagte die Mutter, als Froelich wieder ihr gegenüber Platz genommen hatte und im Hintergrund zu hören war, wie ein Wagen zügig vom Hof des Instituts fuhr. »Der Tod ihres Bruders ist ihr sehr an die Nieren gegangen. Sie hatte zuletzt keine leichte Zeit, wissen Sie? Ihr Freund hat sie verlassen, beruflich läuft es nicht besonders – und der Tod meines Mannes …«

Sie zog ein Taschentuch hervor und schnäuzte sich.

»Wollen Sie mir davon erzählen?«, fragte Froelich. »Das hilft manchmal.«

»Gibt es für Bestatter denn auch so etwas wie ein … Schweigegelübde oder so etwas?«

»Nicht ausdrücklich, aber was Sie mir erzählen, werde ich gerne für mich behalten. Betrachten Sie unser Gespräch doch einfach als Unterhaltung mit einem alten Bekannten, den Sie lange nicht mehr gesehen haben.«

Sie lächelte schmerzlich.

»Ich hatte vor etwa zwei Jahren selbst einen schweren Verlust«, sagte Froelich nach einer Weile. »Das hat mich damals fast umgehauen, obwohl ich als Bestatter ja mit dem Tod ständig zu tun habe. Es ist doch etwas ganz anderes, wenn man selbst betroffen ist.«

Sie nickte.

»Damals hat es mir sehr geholfen, mit zwei älteren Damen zu reden, die ich zu der Zeit noch nicht einmal besonders gut kannte. Heute sind Hilde und Dorothea zwei meiner besten Freundinnen. Reden hilft wirklich, Frau Clarsen.«

»Das glaube ich Ihnen gerne. Leider habe ich nicht allzu viel Gelegenheit dazu. Natürlich kenne ich meine Nachbarn im Dorf, und eine Cousine meines Mannes lebt nur zwei Straßen weiter – sie hat uns das Grundstück vermittelt, auf dem wir 2004 unser Haus gebaut haben. Aber sie ist nach dem Tod von Markus selbst ganz fertig. Ich habe auch Freunde und Bekannte, mit denen mein Mann und ich mal ins Theater oder zum Essen gegangen sind, aber so richtig vertraut …«

Sie ließ eine Pause entstehen, und Froelich blieb einfach ruhig sitzen und wartete ab. Ihre Hand knetete das Taschentuch, bis ihre Knöchel weiß hervortraten.

»Wir wohnen seit sieben Jahren in Aichelberg«, begann sie schließlich. »Mein Mann war mit seinen Kräften erkennbar am Ende – zumindest habe ich das erkannt, er selbst wollte es sich wohl nicht eingestehen. Als unser Hausarzt ihm wegen der ständigen Arbeitsüberlastung und wegen einiger Herzrhythmusstörungen ins Gewissen redete, nahm ich ihn deswegen auch noch ins Gebet. Daraufhin hat er mir versprochen, dass er es künftig etwas ruhiger angehen lassen würde. Solange wir nur zwei Straßen von der Firma in Nürtingen entfernt wohnten, war daran nicht zu denken – mein Hartwig war einfach nicht der Typ Unternehmer, der auch mal alles seinen Leuten überlassen konnte. Also sind wir rauf auf den Schurwald gezogen, ich habe Hartwig das Versprechen abgenommen, sich nach und nach aus der Geschäftsleitung zurückzuziehen und sich mehr Zeit für sich und seine Familie zu nehmen.«

Sie lachte bitter auf.

»Zwei Jahre lang haben wir beide, mein Mann und ich, jeden Tag einen gemeinsamen Spaziergang unternommen. Mal direkt vom Haus, mal von einem anderen Ort im Schurwald aus. Mal eine halbe Stunde lang, mal eine ganze – und manchmal, wenn er doch wieder erst gegen neun, halb zehn aus der Firma heimkam, auch noch recht spät am Abend. Es waren schöne Stunden, es tat gut, mal wieder lange miteinander zu reden, draußen in der Natur und ungestört vom täglichen Kram und den Problemen in der Firma. Doch dann, eines Tages, kam er gar nicht heim. Der Mann vom Wachdienst fand ihn bei seinem Rundgang an seinem Schreibtisch. Er lag tot auf den Quartalszahlen. Herzinfarkt, sagte der Arzt – aber das hatte ich ja schon erwähnt.«

Froelich nickte, unterbrach sie aber nicht.

»Ich kann Ihnen nicht einmal sagen, ob er wirklich vorgehabt hatte, sich aus der Firma zurückzuziehen. Er hatte zum Zeitpunkt seines Todes noch keinen Nachfolger bestimmt, und delegiert hatte er auch noch nicht viel. Seine Sekretärin sagte mir später unter Tränen, er habe sich immer sehr beeilt, früher nach Hause zu kommen – und habe dafür den ganzen Tag Druck gemacht und mittags nur ein Brot oder eine Pizza nebenher gegessen. Da hatte ich dann nicht nur einen toten Mann, sondern auch noch ein schlechtes Gewissen …«

Sie tupfte sich mit dem Taschentuch die Augenwinkel.

»Markus und Monika waren mir damals eine große Hilfe. Zwar hatten beide längst eigene Wohnungen, aber nach Hartwigs Tod war fast jeden Tag einer der beiden bei mir in Aichelberg, und wann immer es sich einrichten ließ, trafen wir uns freitags am späten Nachmittag in unserem Haus zu Kaffee und Kuchen, und danach blieben die Kinder bis zum Abendessen.«

»Schön«, sagte Froelich und meinte es auch so.

»Ja, das war schön. Für uns alle, auch die Kinder haben diese Nähe genossen. Und Markus, der den Tod seines Vaters bis zuletzt kaum verwunden hatte, war wohl auch froh, dass er viele Jahre zuvor auf meinen Rat gehört hatte. Er wollte sich damals selbstständig machen und eine kleine Firma aufziehen, irgendetwas mit Computern. Ich hab ihm das dann mühsam ausgeredet – es hat eine Weile gedauert, bis er verstanden hatte, was ich meinte. Wissen Sie: Wenn Sie eine Firma gründen, aufbauen, leiten … Da ist nie wirklich ein endgültiges Ziel erreicht, es gibt immer wieder einen neuen Grund, dass genau in diesem Jahr noch einmal mehr Einsatz nötig ist, dass der Chef noch etwas mehr Zeit und Kraft investieren muss. Und wenn Sie dann abends allein in Ihrem teuren Haus sitzen und sich Talkshows ansehen, statt mit Ihrem Partner bei einem Glas Wein oder einem Tee über den Tag zu reden oder über Urlaubspläne oder über was auch immer ... dagegen hilft auch das ganze Geld nicht, das Ihnen eine solche Firma im besten Fall einbringt.«

»Was hat Ihr Sohn denn dann beruflich gemacht?«

»Eigentlich dasselbe, mit dem er sich selbstständig machen wollte – nur dass er es als Angestellter machte. Er war ein guter Programmierer, soweit ich das beurteilen kann, und die Firmen, für die er arbeitete, hatten allen Grund, mit ihm zufrieden zu sein. Zuletzt war er bei CarvSys in Oberesslingen angestellt. Er hat mir mal ganz stolz einen Gehaltszettel gezeigt – die Leute in Oberesslingen wussten offensichtlich, was sie an ihm hatten. Wobei er zuletzt nicht mehr nur als Programmierer beschäftigt war.«

»Sondern?«

»Na ja, er hat sich immer gern engagiert – und da haben ihn die Kollegen zum Betriebsrat gewählt. Das hat ihm zunächst sehr viel Spaß gemacht, aber in jedem Job gibt es eben auch unangenehme Seiten – und die hatten zuletzt wohl zugenommen.«

»Wissen Sie Genaueres?«

Margarete Clarsen sah ihn traurig an, und Froelich fürchtete schon, er habe zu direkt nachgefragt und sie wolle nicht weitererzählen.

»Nein, leider nicht. Er hat in den vergangenen Wochen nicht mehr so viel erzählt wie früher. Manchmal hatte ich das Gefühl, als würde er mir ... na ja: irgendwie entgleiten. Er wurde zunehmend verschlossen, sprach immer weniger über seine Arbeit. Und an den Freitagen kam er auch immer seltener. Er schob das immer auf irgendwelche Verpflichtungen, aber über eine Nachbarin habe ich durch Zufall erfahren, dass er mindestens an einem der Freitagabende allein in einem italienischen Lokal in Esslingen saß. Ich habe mir immer wieder vorgenommen, ihn darauf anzusprechen – aber ich hatte Angst, dass er sich noch mehr zurückziehen könnte. Schließlich wirkte das ja fast, als würde ich ihm nachspionieren, und ... und wenn er keine Lust hatte, am Freitagabend zu mir und Monika nach Aichelberg zu kommen, konnte ich ihn ja schlecht dazu zwingen.«

Froelich nickte.

»Und jetzt ...«

Sie schniefte und hob das Taschentuch an ihre Nase.

»Und jetzt ist es zu spät.«

Froelich wartete still, bis sich Margarete Clarsen die Nase geputzt und ein paar Tränen weggeblinzelt hatte.

»Wohnt Ihre Tochter bei Ihnen im Haus?«

Sie sah ihn irritiert an.

»Sie sagten gerade: Markus habe keine Lust gehabt, zu Ihnen und Ihrer Tochter nach Aichelberg zu kommen.«

Ein wehmütiges Lächeln huschte über ihr Gesicht.

»Sie hören aber genau zu.«

Froelich zuckte mit den Schultern.

»Ja, Monika wohnt inzwischen wieder bei mir. Vor einiger Zeit hatte sie eine Wohnung direkt in der Innenstadt, direkt an der Inneren Brücke, wo jetzt mein Sohn gefunden wurde ...«

Sie räusperte sich, Froelich schluckte.

»Genau dort«, sagte sie schließlich und ließ noch einen Moment verstreichen. »Kleine Dachwohnung, verhältnismäßig günstige Miete. Na ja, und dann hat sie sich auch noch verliebt ... Monika war sehr glücklich damals. Aber wie das manchmal so ist: Die Beziehung hielt nicht, meine Tochter war am Boden zerstört – und weil sie in ihrer Wohnung und drumherum alles an ihren Exfreund erinnerte, zog sie zu mir ins Haus. Ich hab ja auch Platz genug, und froh war ich außerdem, dass ich nicht mehr allein leben musste.«

»Das kann ich mir vorstellen«, sagte Froelich, um das Gespräch in Gang zu halten und die trauernde Mutter möglichst schnell von ihren Gedanken an die Innere Brücke abzulenken.

»Auch Monika tat der Tapetenwechsel gut. Dann bekam sie Probleme im Job, es drohte die Entlassung, und sie schob

Überstunden, um sich nur ja nicht angreifbar zu machen. Und dann, vor ein paar Monaten, ist sie komplett ausgerastet. Ich hab sie morgens sturzbetrunken im Keller gefunden. Da hatte sie sich in der Nacht wohl mit einer Flasche Cognac in den Hobbyraum gesetzt, und irgendwann ist sie neben der fast leeren Flasche eingeschlafen.«

»Was hat sie denn so aus der Spur geworfen?«

»Hm«, sagte Margarete Clarsen. »Wenn ich das wüsste ... Als ich sie morgens im Hobbykeller fand, half ich ihr hinauf in ihr Zimmer. Vor dem Einschlafen lallte sie irgendetwas von einem ›Flittchen‹ und davon, dass sie es ihr schon noch zeigen würde, aber ich wurde nicht recht schlau daraus. Und als sie ihren Rausch ausgeschlafen hatte, wollte sie nicht mit mir über ihre Probleme reden. Sie hat komplett zugemacht, schlimmer noch als Markus zuvor. Ich war ganz verzweifelt, weil ich nun an keines meiner Kinder mehr richtig rankam. Wir haben zwar schon noch miteinander geredet, aber eigentlich nur noch über Belanglosigkeiten – mit ihren Problemen wollten sie wohl nicht mehr zu mir kommen.«

Sie seufzte.

»Das tut einer Mutter weh, das können Sie mir glauben, Herr Froelich.«

Froelich nickte.

»Vor etwa zwei Wochen wurde es dann plötzlich besser. Monika blühte regelrecht auf, aber sie wollte immer noch nicht über ihre Probleme reden – und auch den Grund für ihre neuerdings gute Laune konnte ich nicht erfahren. Sie machte immer nur Andeutungen, mit denen ich nichts anfangen konnte. Und sie kam abends später von der Arbeit heim. Dann sprach sie von Überstunden, aber sie hatte meistens keinen Hunger mehr, und manchmal konnte ich riechen, dass sie Bier oder Sekt getrunken hatte. Aber von sich aus hat sie nichts erzählt, und was sollte ich sie gezielt danach fragen? Monika ist eine erwachsene Frau, da muss ich nun wirklich nicht mehr die besorgte Glucke spielen. Das ging dann bis zum Tod meines Sohnes so: Monika war gut drauf und oft unterwegs – vielleicht hat sie sich neu verliebt, dachte ich damals. Aber als ihr Bruder tot aufgefunden wurde, brach sie völlig zusammen. Seither hockt sie nur noch bei mir zuhause herum und ist mal völlig apathisch, dann wieder ohne erkennbaren Grund wütend – es ist nur schwer auszuhalten. Wenn Sie so wollen, war sie vorher hier bei Ihnen noch gut drauf …«

»Tut mir leid für Sie«, sagte Froelich. »Vielleicht ist das einfach ihre Art, mit ihrer Trauer umzugehen.«

»Mag sein«, sagte Margarete Clarsen. »Aber ich werde das Gefühl nicht los, dass Monika noch etwas ganz anderes zu schaffen macht.«

* * *

Lisa Hetzel war morgens aus dem Haus gegangen und wie immer in den vergangenen Monaten mit dem Rad hinaus nach Oberesslingen gefahren. Dabei hätte sie sich das eigentlich auch schenken können: Seit ein paar Tagen stand sie ohne Job da.

Um die Miete für ihre kleine Dachgeschosswohnung musste sie sich keine Sorgen machen, sie würde ohnehin bald umziehen. Aber die Kündigung wurmte sie natürlich trotzdem, und der Typ auf dem Arbeitsamt hatte ihr nicht viel Hoffnung gemacht, dass sich bald etwas Neues für sie ergeben könnte.

Finanziell fiel sie weich, ihr Freund hatte Geld genug für sie beide, auch wenn er unter Druck stand, seit in seinem Stocherkahn der Tote gefunden wurde. Aber mit dem Gedanken, künftig nur noch zwischen Supermarkt und Küche pendeln und vielleicht irgendwann in den nächsten Monaten schwanger zu werden, wollte sie sich noch nicht so recht anfreunden.

Eine Weile hockte sie in der Nähe ihrer alten Firma auf einem dieser Sicherungskästen aus hellgrauem Metall, dann piepte ihr Handy den eingespeicherten Alarm: Nun war es kurz vor zwölf, und bald würden die ersten Kollegen aus dem Gebäude mit dem markanten Logo kommen und zur Frittenbude oder hinüber zum Restaurant direkt am Neckarufer gehen. Ihnen wollte sie nicht unbedingt begegnen, also schwang sie sich wieder aufs Fahrrad und strampelte der Innenstadt entgegen.

»Verdammt«, ging es ihr wieder und wieder durch den Kopf, »wenn mir dieses Schwein doch nur geholfen hätte!«

* * *

Der alte Sanfftleben war in der Innenstadt erfolgreich gewesen, nur Lisa Hetzel war in einem ungünstigen Moment aus dem Haus, in dem sie wohnte, auf die Innere Brücke herausgetreten. Sanfftleben drehte sich schnell weg und besah aufmerksam die Auslage des Tabakwarengeschäfts, bis die junge Frau auf ihrem Fahrrad an ihm vorbei war und, ohne ihn zu erkennen, davonradelte.

Sanfftleben dagegen hatte sie sehr wohl erkannt. Sie sah zwar ganz anders aus als damals, als er sie mit seinem Sohn gesehen hatte – aber diese Veränderung lag schon einige Zeit zurück, inzwischen war er mit ihrem aktuellen Aussehen einigermaßen vertraut.

Dass Sanfftleben auf dem Heimweg einen Umweg machte und dadurch Margarete Clarsen und ihre Tochter auf den Hof des Bestattungsinstituts fahren sah, war Zufall. Dass er nach einigem Zögern durch den Hintereingang ins Sarglager huschte und von der Tür zum Flur im Erdgeschoss versuchte, Froelichs Gespräch mit den beiden Frauen zu belauschen, war keiner.

Einmal zuckte er zurück, als sich die Tür des Besprechungsraums öffnete. So konnte er nicht sehen, wie Monika Clarsen auf den Flur herauskam und davonrauschte und wie Froelich ihr noch kurz nachsah. Als Froelich die Tür wieder geschlossen hatte, wagte er sich etwas näher und horchte. Er hörte mit, wie Margarete Clarsen vom Tod ihres Mannes erzählte und davon, dass ihre Tochter vor einiger Zeit zu ihr gezogen war.

Das war alles nicht neu für ihn, und ihr Lob für die stimmungsvolle Bestattungsfeier Hartwig Clarsens schmeichelte ihm, aber trotz allem hatte er absolut keine Lust darauf, jetzt jemanden aus dieser Familie zu treffen. Schließlich ging er durch das Sarglager wieder nach draußen und machte sich auf den Weg zum Ebershaldenfriedhof.

* * *

Im Hof hatte Froelich kurz die Qual der Wahl zwischen zwei unpassenden Fahrzeugen. Er wollte Margarete Clarsen nach Hause bringen und sich vorher von ihr das Familiengrab in Aichelberg zeigen lassen – und da der neutral lackierte Kombi noch immer in der Werkstatt war, standen vor ihm nur der Leichenwagen und die Ente.

»Macht es Ihnen etwas aus, wenn wir die alte Ente nehmen?«, fragte Froelich schließlich und schob sich schnell zwischen seine Besucherin und den schwarz glänzenden Leichenwagen.

»Der ist ja nett«, sagte Margarete Clarsen und ging lächelnd auf den renovierten Oldtimer zu. »Ich wollte früher selbst mal einen, aber mein Mann fand das nicht passend für eine Unternehmersgattin.«

Froelich nestelte den Autoschlüssel aus seiner Jackentasche und hielt Margarete Clarsen die Beifahrertür auf. Sie nickte ihm dankbar zu und schlüpfte hinein. Als er selbst einstieg, neigte sich der Wagen merklich nach links, und er lächelte seiner Beifahrerin entschuldigend zu, als er den Motor startete.

Vor den ersten Aichelberger Wohnhäusern bog Froelich von der Hauptstraße ab und ließ kurz darauf den Wagen auf dem Parkplatz beim Friedhof ausrollen.

Unter Bäumen hindurch ging Margarete Clarsen voran und führte ihn zu einem Doppelgrab. Dahinter kamen noch einige weitere Grabstellen, der Rest des Friedhofs bestand in dieser Richtung dann nur noch aus Wiesen, Büschen und Wegen.

»Hier soll Markus liegen«, sagte sie und deutete auf das Grab.

Ein aus einem großen Felsstück gehauener Grabstein trug bisher nur den Namen Hartwig Clarsen, seinen Geburts- und Todestag, und die polierte Vorderseite des Steins bot noch Platz.

Ein leichter Wind wehte, die Äste der Bäume rauschten ein wenig und im Hintergrund war zu hören, wie ein Lastwagen in Richtung Dorf vorbeifuhr.

»Ein schöner Platz«, sagte Froelich und ließ seinen Blick über den Friedhof schweifen, um sich einige Details für die Beerdigung zu merken.

Margarete Clarsen sah eine Zeitlang auf den Grabstein ihres Mannes, dann begann sie leise zu weinen.

* * *

Sanfftleben war gern hier. Er schlenderte fast jeden Tag über die Wege des Ebershaldenfriedhofs und atmete die würzige Luft zwischen Bäumen und Sträuchern ein. Er kletterte gemächlich die Treppen hoch, studierte immer mal aufs Neue die Inschriften der Grabsteine und schmunzelte vor den besonders wuchtigen Grabanlagen einiger vermögender Esslinger Familien über die Versuche der Menschen, der eigenen Vergänglichkeit mit behauenem Stein zu trotzen. Er lächelte wehmütig, wenn er vor dem schön gestalteten Engel stand, der einen Grabstein wie schützend umfasste, und er ließ anderswo auf dem Friedhof die Mischung aus noch frischen Holzkreuzen und einem Grab mit einer geheimnisvollen Steinfigur auf sich wirken. Und manchmal sah er auch nur über die Gräber hinweg auf die Häuser, die bis direkt an das Friedhofsgelände heranreichten und hinter deren Dächern sich die Hänge des Neckartals jenseits des Flusses hinauf zu den Fildern erhoben.

Natürlich besuchte er fast täglich das Grab seines Sohnes, das an einer recht idyllischen Stelle lag, aber wenn er dort nach den Blumen und dem Unkraut gesehen hatte, wenn er sicher war, dass mit dem Grabstein und der Umrandung alles in Ordnung und auch sonst nichts mehr am Grab zu schaffen und zu verbessern war, gönnte er sich fast immer noch einen Rundgang über das Areal.

Sein Lieblingsplatz war eine kleine Wegkreuzung, schon ziemlich weit oben auf dem großen Hanggrundstück, über das sich der Friedhof erstreckte, wo er oft zehn, zwanzig Minuten oder länger einfach nur im Schatten eines Baumes stand und zu der eindrucksvollen Bestattungshalle mit ihrem geschwungenen, grün schimmernden Dach hinüberblickte, in der heute die Friedhofsverwaltung, das Leichenhaus und die Aussegnungshalle untergebracht waren. Wie ein kleines Schloss thronte das Gebäude über den Gräbern, und vom Dach blickte traurig ein großer Engel herab.

An sonnigen Tagen erstreckte sich über dem Dach der blaue Himmel, und Schönwetterwolken zogen vorüber. Einer der Friedhofswege führte zwischen hochstämmigen Bäumen hindurch und verlor sich von diesem Blickwinkel aus im Wechselspiel aus Sonnenlicht und Schatten.

Hier stand er seit Jahren immer wieder und dachte über seinen Sohn nach. Er hatte lange nicht verstanden, was Sebastian dazu gebracht hatte, sich so jung das Leben zu nehmen. Zuerst hatte er es allein damit verbunden, dass sein Sohn mit dem Beruf des Bestatters und der damit einhergehenden ständigen Beschäftigung mit dem Tod nicht zurechtgekommen war.

Aber längst wusste er es besser. Und er konnte nicht behaupten, dass ihm dieses Wissen sein Leben leichter machte. Vor allem nicht seit dem Leichenfund im Stocherkahn.

Elftausend Gräber gab es hier auf dem Friedhof, und in einem lag der Junge, der sein einziger Halt und seine große Hoffnung gewesen war.

Sein Blick flackerte. Das geschwungene Dach vor ihm verschwamm ihm vor den Augen, und Sanfftleben ballte die knochigen Hände in den Jackentaschen zur Faust.

* * *

Gottfried Froelich wartete noch, bis die Frau ihre Haustür hinter sich geschlossen hatte, dann ließ er den Motor anspringen. Er musterte kurz das große, schön am Ortsrand von Aichelberg gelegene Wohnhaus der Clarsens, dann kurvte er zurück nach Esslingen. Anders als auf der Hinfahrt nahm er auf dem Heimweg wieder die kurvige Strecke durch Liebersbronn, aber die Serpentinen machten ihm diesmal keinen großen Spaß.

Ganz in Gedanken versunken schaukelte er hinunter ins Neckartal, und hätte Sanfftleben ihm nicht ans Seitenfenster geklopft, als er auf dem Altstadtring vor einer roten Ampel wartete, hätte er seinen Kollegen vermutlich gar nicht bemerkt.

»Herr Sanfftleben«, sagte er schließlich, als sich der alte Mann ächzend auf den Beifahrersitz geschoben hatte, »wo kommen Sie denn her?«

»Ich habe meinen Sohn besucht.«

Dazu deutete er mit dem knochigen Daumen hinter sich, in Richtung des Ebershaldenfriedhofs.

»Kommen Sie auf einen Kaffee mit ins Institut?«, fragte Froelich. »Ich wollte mit Ihnen ohnehin über Familie Clarsen reden. Die Mutter des Toten und seine Schwester waren vorhin im Institut. Ich komme gerade von Aichelberg zurück – dort habe ich mir von der Mutter das Familiengrab zeigen lassen.«

»Ach?«

»Das erzähle ich Ihnen alles«, sagte Froelich. »Und Sie können mir sicherlich auch noch etwas zu den Clarsens erzählen.«

»Ich? Wieso?«

»Kommen Sie einfach mit, ich brauche jetzt einen Kaffee.«

»Mir wäre ein Viertele lieber. Wollen wir uns nicht nachher im Rosenhäusle treffen? Sie trinken in Ruhe Ihren Kaffee, und dann erzählen Sie mir alles. In Ordnung?«

Froelich war einverstanden – und Sanfftleben erleichtert: Er hatte von seinem Gang in die Innenstadt noch etwas in der Tasche, das er vor dem Besuch an Sebastians Grab vergessen hatte, daheim abzulegen. Sicher war sicher, auch wenn kaum einer kontrollieren würde, was ein alter Bestatter in seiner Jackentasche mit sich herumtrug. Heute würde er damit nichts mehr anstellen können, aber auch morgen war ja noch ein Tag.

Samstag, 29. Oktober

Auf der Inneren Brücke war am späten Vormittag ordentlich Betrieb, und Froelich musste immer wieder Leuten ausweichen, die bepackt mit Tüten und Taschen unterwegs waren. Im Schaufenster der Buchhandlung hängte eine Frau im schicken Kostüm ein Plakat auf, von dem ein Mann mittleren Alters lächelte, und drapierte davor einige Bücher und ein kleines Plastikpaddel. Froelich sah ihr einen Moment zu lange zu und lief beinahe in ein Paar, das ihm mit schnellen Schritten entgegenkam. Er konnte gerade noch ausweichen und murmelte eine Entschuldigung, doch die beiden beachteten ihn nicht weiter.

»Wann hat Paul sein Spiel nochmal?«, fragte die Frau und hastete weiter, die Antwort des Mannes konnte Froelich schon nicht mehr verstehen.

Er entspannte sich etwas, als er die Treppe zur Maille hinunterging und den Trubel der geschäftigen Fußgänger und Radfahrer hinter sich ließ. An der Stelle, an der die Leiche gefunden worden war, erinnerte nicht mehr viel an das grausige Geschehen – den Stocherkahn, den die Polizei sichergestellt hatte, und die Gondel waren nicht zu sehen.

Die Sonne strahlte und wärmte mehr als für diese Jahreszeit üblich. Froelich ging langsam an der Rampe vorbei, das Gittertor war wieder zu. Ein Vorhängeschloss war angebracht worden, das im Moment aber geöffnet am Tor hing. Er trat ans Ufer, sah über das träge Wasser hinweg auf das Gerichtsgebäude, vor dem zwei Schwäne und einige Enten dümpelten. Ein schönes Fleckchen Erde war das, und ein bisschen freute er sich schon auf den nächsten Sommer: Hierher würde er sicher kommen, sooft er Zeit für einen Spaziergang durch die Innenstadt finden würde.

Er folgte dem Wasser mit den Augen in Richtung Brücke – da fiel ihm die Gondel auf, die direkt neben der Rampe an einem Metallring vertäut war und gemächlich im Wasser schaukelte. Die mit Efeu überwucherte Kanalmauer, in die der Metallring eingelassen war, hatte sie vorhin seinem Blick verborgen. Die Strömung hatte sie so weit kanalabwärts getrieben, wie es das Tau zuließ. Jetzt konnte er das halbe Boot sehen – und vor allem den Arm, der wie leblos über den Rand der Gondel ragte.

»Nicht schon wieder!«, fuhr es ihm durch den Kopf. Und schon rannte er zum Gittertor, auf dem Kopfsteinpflaster der Rampe abwärts und ein, zwei Schritte ins Wasser hinein. Nass bis zu den Knöcheln blieb er stehen und versuchte, das Tau direkt am Metallring zu fassen zu bekommen und die Gondel damit zu sich herzuziehen. Er machte noch einen Schritt ins Wasser hinein, fand mit dem Schuh aber keinen festen Halt auf dem glitschigen Pflasterstein und rutschte aus. Fluchend platschte Froelich ins Wasser, knallte mit dem Hintern auf die Steine und rappelte sich mühsam wieder auf.

»Jetzt ist es auch schon egal!«, schimpfte er, triefend vom kalten Wasser, und tappte die Rampe weiter hinab, bis er das eine Ende der Gondel zu fassen bekam. Wütend zog er das Boot gegen die Strömung heran und stützte sich dabei an der Mauer ab. Erst zog Froelich das flache Heck an sich vorüber, den Standplatz des Gondoliere, dann bekam er eine mit verschrammtem Dekor verzierte Rückenlehne zu fassen und kurz darauf sah er den Mann, dessen Arm nach wie vor über den Rand der Gondel hing und hinaus auf den Kanal deutete.

Er lag auf dem Rücken, ausgestreckt auf einem alten, aber gemütlich wirkenden, mit Leder bezogenen Liegemöbel, das zwei Personen bequem Platz bot. Der Mann stierte mit starrem Blick in den Himmel und regte sich nicht.

Froelich hielt die Luft an, beobachtete den Brustkorb des Mannes, aber war sich nicht sicher, ob er noch atmete.

»Hallo!«

Froelich stupste den Mann an und wischte mit der flachen Hand direkt vor dessen Augen auf und ab.

»Hallo? Brauchen Sie Hilfe?«

Der Mann blieb reglos liegen, aber am Hals war eine Schluckbewegung auszumachen, und dann, ganz langsam, drehte er seinen Kopf und sah aus glasigen und geröteten Augen zu Froelich hin.

»Hallo?«

Froelich begann, dem Mann den Puls zu fühlen.

»Was …«

Fast erschrak Froelich, als der Mann den Mund öffnete. Die Stimme klang brüchig, und er musste sich erst noch einmal räuspern, bevor er seine Frage vollends herausbrachte: »… was soll das?«

»Soll ich einen Arzt rufen?«, fragte Froelich besorgt. »Oder die Polizei?«

Sofort versuchte sich der Mann aufzurichten, was er aber gleich wieder aufgab. Nur sein Arm, der über den Bootsrand gehangen hatte, wedelte nun fast panisch vor seinem

Oberkörper hin und her. Den anderen Arm hielt Froelich fest umklammert, im vergeblichen Versuch, den Puls zu fühlen.

»Polizei? Sind Sie irre?«

Damit riss er seinen zweiten Arm frei und stieß Froelich ein Stück von sich weg; der hatte Mühe, nicht schon wieder ins Wasser zu kippen.

»Na, hören Sie mal!«, empörte sich Froelich. »Sie liegen hier wie tot, und ich will Ihnen nur helfen! Da brauchen Sie mich doch nicht von sich wegzustoßen!«

»Klar liege ich hier wie tot«, maulte der andere, und ein lahmes Lächeln schimmerte auf. »Das darf ich für den Preis ja wohl auch erwarten!«

»Wie: für den Preis?«

»Der Stoff hat genug gekostet, da darf er ruhig auch wirken, Mann!«

»Stoff?«

Kurz blickte Froelich noch ratlos drein, dann sah er auf dem Ledersofa die winzige Kippe einer selbstgedrehten Zigarette liegen, und ihm dämmerte, was der Mann im Kahn meinte.

»Und warum liegen Sie dann hier in dieser Gondel?«

»Ich werde ja wohl in meinem eigenen Boot liegen dürfen, wann ich will, oder?«

Der Mann hatte sich nun halb zur Seite gedreht und funkelte Froelich feindselig an.

»Das ist Ihre Gondel?«

»Ja, meine. Und der Stocherkahn auch, aber der ist weg.«

»Den hat die Polizei, ich weiß.«

»Ach, das wissen Sie? Woher denn? Sind Sie auch einer von denen?«

Der Mann musterte Froelich.

»Dann wissen Sie ja auch, dass hier einer ermordet worden ist! Genau hier!«

Er deutete an die Uferstelle, an der die Leiche gefunden worden war.

»Ja, weiß ich«, erwiderte Froelich. »Ich bin Bestatter, und ich habe den Toten in die Rechtsmedizin gebracht.«

»So, so … Und jetzt wollten Sie Nachschub holen, oder was?«

»Sehr witzig.«

»Was machen Sie denn sonst hier im Wasser?«

»Ich dachte, Sie seien …«

»Tot?«

Der Mann lachte bitter auf.

»Mein Bootsprojekt ist es wahrscheinlich, mausetot vermutlich, aber sonst geht's mir gut. Zumindest im Moment.«

Nun schaffte er es doch, den Oberkörper ein wenig aufzurichten, und er stützte sich auf dem Ellbogen ab.

»Sagen Sie mal: Bestatter sind Sie? Haben Sie das Institut vom alten Sanfftleben übernommen, drüben in der Beutau?«

»Ja, hab ich.«

»Meine Nachbarin, die alte Meyer, hat mir erzählt, dass sich Sanfftleben zur Ruhe gesetzt hat. Und sie meinte, dass sein Nachfolger ein ziemlich dicker Kerl sei.«

Froelich zuckte mit den Schultern.

»Ach, wissen Sie«, fügte der Mann im Kahn schmunzelnd hinzu, »dick hat hier Tradition.«

»Machen Sie meinetwegen Ihre Späße, aber mir wird es hier langsam zu kalt«, knurrte Froelich und wandte sich zum Gehen.

»Genau hier, über uns, auf der Inneren Brücke, war im 19. Jahrhundert eine der ersten Werkstätten der Firma Friedrich Dick untergebracht.«

»Und?«

»*Der* Dick. Den Kamin drüben im alten Firmenareal kennen Sie sicher, vermutlich waren Sie dort auf dem Gelände schon im Kino. Oder vielleicht eher essen.«

Der Mann grinste wieder, und Froelich rollte genervt mit den Augen.

»Ha ha«, brummte er. »Aber da würde mich jetzt ohnehin keiner reinlassen mit meinen nassen Hosen.«

»Dann kommen Sie halt kurz mit zu mir hoch. Ich mach uns einen Kaffee, und Sie lassen Ihre Klamotten trocknen, okay?«

»Ich gehe, glaube ich, lieber heim. Ich hab's ja nicht weit.«

»Aber Sie müssen mit klitschnassen Hosen quer durch die Innenstadt.«

Der andere lächelte ihn spöttisch an.

»Am Samstag. Na ja, wenn Sie unbedingt zum Stadtgespräch werden wollen, ist das eine richtig gute Idee.«

Froelich zögerte.

»Jetzt stellen Sie sich nicht so an. Mir ist ohnehin die Lust vergangen, hier herumzuträumen. Und einen Kaffee könnte ich selbst gut vertragen.«

Er sah den Bestatter an.

»Na, kommen Sie schon.«

Er streckte die Hand aus.

»Karpa. Robert Karpa.«

»Gottfried Froelich.«

Karpa prustete los, hob aber zugleich entschuldigend die Hand.

»Dann los«, kommandierte er, nestelte das Seil vom Mauerhaken los und hielt es Froelich hin. Der sah ihn nur fragend an.

»Nehmen Sie, Froelich, und dann ziehen Sie mich raus hier.«

»Ich soll Sie ziehen?«

»Ja, klar. Oder meinen Sie, ich habe Lust, mir die Hosen so nass zu machen wie Sie? Und Sie stehen eh schon im Wasser – da können Sie mich genauso gut vollends herausziehen.«

Kurz wollte sich Froelich ärgern, doch dann schnappte er sich das Seil und stapfte die Rampe hinauf. Oben angekommen schob er die Gondel an die Mauer. Karpa stand in dem schwankenden Boot vorsichtig auf, machte einen Satz ans Ufer, übernahm das Tau und band es am Gittertor fest. Froelich fror. Der Wind strich unangenehm kalt über seine nassen Beine, und in den Schuhen stand das Wasser.

»So, wie Sie aussehen, werden wir wohl zwei Tassen Kaffee trinken müssen«, sagte Karpa und ging die Treppe hinauf, ohne sich noch einmal nach Froelich umzusehen, der ihm mit breiten Beinen und unter den fragenden Blicken der Passanten folgte.

Auch Frieder Wünschle hatte Froelich und Karpa eine Weile beobachtet. Er war zwar nicht aus allem, was er gesehen hatte, schlau geworden, aber seit die Polizei den Toten in Karpas dämlichem Stocherkahn gefunden hatte, musste man als Bewohner der Innenstadt die Augen offen halten. Und das galt für ihn als Bootsverleiher natürlich in ganz besonderem Maße.

* * *

Die Jogginghose, die der schlanke Karpa seinem Gast angeboten hatte, konnte Froelich nicht einmal bis zu Oberschenkeln hinaufziehen, und so saß er, während seine Hose und die Socken auf dem Heizkörper trockneten, ›unten ohne‹ am Esstisch und hatte sich den Hintern und den Bauch mit einer Wolldecke umwickelt. Karpa grinste zwar immer wieder, verzichtete aber auf spöttische Bemerkungen.

»Und Sie wollen also wissen, was es mit meinen Booten auf sich hat?«

Froelich nickte und nippte am Kaffee. Das Gebräu war heiß und stark und gut.

»Ja, und was Sie damit vorhatten – Sie meinten vorhin ja, dass Sie nach dem Mord dort unten am Kanal geschäftlich erledigt seien, also nehme ich an, dass Sie mit den Booten Ihr Geld verdienen wollten. Richtig?«

»Ja, richtig. Sie leben ja noch nicht lange in Esslingen, aber dass in der Innenstadt viel für Gäste geboten wird, haben Sie vermutlich schon mitbekommen.«

Froelich nickte.

»Und auf den Neckarkanälen gibt es auch schon etwas: Picknicken im Ruderboot, Kanutouren in der Gruppe – was vor der Kulisse der Stadt natürlich schon einen besonderen Reiz hat.«

Froelich wartete ab. Kanus hatte er an Karpas Anlegestelle weder heute gesehen noch an dem Tag, an dem die Leiche gefunden wurde.

»Ich wollte einen draufsetzen«, fuhr Karpa schließlich fort, nachdem er einen Moment lang stumm in seinem Kaffee gerührt hatte. »Von meiner Studienzeit in Tübingen her kannte ich die Stocherkähne, die dort auf dem Neckar unterwegs sind. Na ja, und venezianische Gondeln kennt wohl jeder. Damit wollte ich verschiedene Kanalfahrten in Esslingen anbieten, zum Beispiel ganz romantisch abends mit Kerzenlicht und Sekt und Häppchen.«

»Klingt nett.«

»Eben. Aber wenn den Leuten dazu ein Toter vor dem geistigen Auge vorbeischwimmt, ist es mit der Romantik ganz schnell vorbei, oder?«

»Hm.«

»Und damit haben diese Leute ihr Ziel erreicht. Hab ich eben Pech gehabt.«

Karpa trank geräuschvoll aus seiner Tasse und sah mit finsterer Miene zum Fenster hinaus. Über der Maille ballten sich Wolken, der Wind war aufgefrischt, und die verbliebenen Spaziergänger rafften ihre Mäntel und schlugen einen schnelleren Schritt an.

»Welche Leute?«, fragte Froelich, als Karpa keine Anstalten machte, weiterzureden.

»Was?«

Karpa drehte sich zu Froelich um und sah ihn fragend an.

»Sie sagten: ›Damit haben diese Leute ihr Ziel erreicht‹«, wiederholte Froelich. »Welche Leute meinen Sie?«

Karpa zuckte mit den Schultern, blickte gequält drein und machte dann eine Geste, als wollte er alle seine Nachbarn mit einbeziehen.

»Vor allem die Bewohner der Innenstadt fühlen sich durch die Gästeführungen und die Kanufahrten gestört.

Die Angler machen Stress, weil sie Angst haben, die Touristen würden die Fische am Laichen hindern. Na, und wenn jetzt auch noch ich …«

Er brach mitten im Satz ab, lachte freudlos auf und stierte in seine Kaffeetasse.

»Aber deshalb legt Ihnen doch niemand eine Leiche in den Stocherkahn, ich bitte Sie!«

»Nein?« Karpa sah ihn forschend an. »Na, dann ist es ja gut.«

»Und ganz im Ernst: Der Mord war ja wohl eher auf den Toten gemünzt als auf Sie. Dieser Mann musste sterben, nicht Sie – ich glaube nicht, dass Ihre Pläne mit den Booten der Grund dafür waren.«

»Natürlich nicht, das weiß ich auch. Aber der Mord passt diesen Leuten halt ganz gut in den Kram.«

»Wissen Sie, wer der Tote ist?«

Karpa nahm einen großen Schluck Kaffee, sagte aber nichts.

»Herr Karpa? Kannten Sie Markus Clarsen?«

»Nicht besonders gut. Ich …«

Karpa unterbrach sich und musterte Froelich.

»Ja?«

»Hat Ihnen Herr Sanfftleben nicht von mir erzählt?«

»Nein, was hätte er erzählen sollen?«

»Ich hatte vor einiger Zeit was mit Clarsens Schwester Monika, und die war zuvor mit Sebastian zusammen, Sanfftlebens Sohn.«

Froelich schaute verblüfft drein.

»Tja, die Welt ist klein. Und als ich mit Monika ging, hab ich ihren Bruder Markus ein paar Mal getroffen. Aber wir konnten nicht miteinander – war irgendwie nicht mein Fall, der Typ.«

Er sah Froelich an.

»Aber deshalb habe ich ihn nicht getötet und auf meinen Stocherkahn geschleift. Ich war's nicht – falls Sie mich das als Nächstes fragen wollten.«

Das Gespräch stockte, und Froelich wusste nicht recht, ob er seinen Gastgeber überhaupt noch einmal so richtig zum Reden bringen konnte. Er stand auf, klemmte dabei die Wolldecke fest um sich und ging hinüber zum Heizkörper: Seine Hose war längst noch nicht trocken. Vom Fenster aus hatte er einen guten Blick auf die Stelle, wo der tote Markus Clarsen gefunden worden war. Langsam ging er zurück und setzte sich wieder an den Tisch.

»Haben Sie etwas mitbekommen von dem Mord?«

Karpa sah auf, runzelte die Stirn, und hinter seiner mürrischen Miene schien Wut aufzusteigen.

»Sind Sie jetzt nebenberuflich auch noch von der Polizei, oder was?«

»Nein, aber Sie hatten hier gewissermaßen einen Logenplatz.«

Karpa musterte Froelich, dann stand er auf und ging zur Kaffeemaschine hinüber.

»Wollen Sie auch noch einen?«

»Gern. Sieht so aus, als bräuchte meine Hose noch ein Weilchen.«

Karpa füllte sich die Tasse noch einmal, holte für Froelich eine frische aus dem Regal und goss Kaffee hinein.

»Zwei Stück Zucker waren es, richtig?«

»Ja, danke.«

Froelich beobachtete Karpa, wie er umständlich Zucker aus einer Schachtel klaubte, wie er langsam umrührte und dabei unverwandt auf die Tassen schaute. Es war offensichtlich, dass der Mann Zeit gewinnen wollte.

Schließlich legte er den Löffel doch noch weg und kam zum Tisch zurück.

»Hier, bitte.«

Karpa schob Froelich die neue Tasse hin, dann lehnte er sich zurück und schaute seinen Gast noch einmal prüfend an.

»Warum wollen Sie das alles wissen?«

»Wie gesagt: Es interessiert mich halt – und ich muss hier eh noch ein bisschen sitzen bleiben.«

Er deutete auf den Heizkörper und hoffte, dass Karpa das als Antwort reichen würde. Tatsächlich zuckte der mit den Schultern, nahm einen kleinen Schluck Kaffee und begann zu erzählen.

»Ich habe das Haus hier von meiner Tante geerbt. Alter Esslinger Adel sozusagen …« Er grinste. »Damals studierte ich in Tübingen, das habe ich ja schon erwähnt. Und zunächst fand ich nur das Wissen beruhigend, dass ich durch die Mieteinnahmen in Ruhe mein Diplom machen konnte. Als ich das dann in der Tasche hatte, musste ein Job her – und die Zeiten waren damals nicht so gut für Berufseinsteiger, nicht einmal mit einem guten Abschluss. Da habe ich mir den alten Kasten mal näher angeschaut, und als diese Wohnung hier frei wurde, bin ich eingezogen.«

Karpa machte eine kurze Pause, und Froelich befürchtete schon, er könnte es sich mit dem Reden anders überlegt haben, aber dann fuhr er fort.

»Meine Mieter sind alle ganz friedlich, machen keinen Ärger und wohnen bis auf eine Ausnahme schon ewig hier. Ist ja auch eine schöne Ecke, und die Mieten sind recht moderat, finde ich – vor allem gemessen an dem, was man hier in der Innenstadt eigentlich verlangen könnte. Aber ich brauchte einen Job, musste ja irgendwann mit dem Geldverdienen anfangen – also habe ich einen Businessplan nach dem anderen geschrieben …«

»Sie hätten einfach die Miete erhöhen können.«

Karpa sah ihn an, als trage Froelich eine rote Pappnase.

»Vielen Dank, Herr Froelich, darauf wär ich selbst nie gekommen!«

Er schüttelte den Kopf.

»Ich habe zwar BWL studiert, aber das heißt nicht, dass ich es für das Größte halte, meine Mitmenschen wie eine Zitrone auszupressen.«

»Na ja, ist das denn so aus der Welt: Sie bieten Wohnungen in guter Innenstadtlage – und nehmen dafür einen angemessenen Preis?«

»Nein, und ganz umsonst gebe ich die Wohnungen ja auch nicht her.« Karpa nannte eine Zahl, und Froelich schluckte. »Aber diese Leute wohnen, wie gesagt, schon ewig hier. Fast alle Mietverträge wurden noch mit meiner Tante abgeschlossen, die es nicht so hatte mit hohen Quadratmeterpreisen – wozu auch? Sie hatte reichlich Vermögen, und sie verteilte es in ihrem Testament so großzügig, dass sogar für mich als Neffen noch ein Mehrfamilienhaus blieb.«

Er seufzte.

»Ich hab's nicht übers Herz gebracht, die Mieten so zu erhöhen, wie es der Markt heute hergeben würde. Das sind eher ältere Herrschaften, die mich außerdem nur notgedrungen für voll nehmen – für die bin ich noch der kleine Robert, der immer mittwochs zu seiner Tante zum Spielen kam und der ihnen Kaugummi auf die Klingelknöpfe geklebt hat.«

Karpa lächelte wehmütig und verstummte für ein paar Minuten. Froelich trank Kaffee und wartete.

»Sie haben erzählt, dass fast alle Mieter hier schon seit vielen Jahren wohnen«, sagte er schließlich, als Karpa nicht weitersprach. »Wer denn nicht?«

Karpa sah Froelich an, das Lächeln wurde etwas wärmer.

»Lisa.«

Er trank einen Schluck und schien es zu genießen, dass Froelich ihn gespannt ansah und seine Neugier kaum verhehlen konnte.

»Ist das eigentlich normal für einen Bestatter, dass er sich so für fremde Menschen interessiert?«, fragte Karpa. »Für lebende, meine ich.«

»In meinem Fall schon. Lisa, sagten Sie?«

Karpa grinste.

»Ja, Lisa Hetzel. Wohnt direkt unterm Dach, bisher jedenfalls.«

»Ach, will sie ausziehen?«

»Es scheint so, als würden wir keine getrennten Wohnungen mehr brauchen«, sagte Karpa und grinste noch breiter.

Nun huschte auch Froelich ein Lächeln über das Gesicht.

»Freut mich für Sie.«

»Danke. Mal sehen, ob es noch in diesem Jahr klappt – aber ich fürchte, wir bekommen es erst Anfang Januar hin. Lisa ist derzeit ziemlich im Stress.«

Froelich nickte, als wüsste er Bescheid, aber eigentlich suchte er nur nach einer Möglichkeit, mehr über diese Lisa zu erfahren – oder über Karpas Nachbarn, die sich angeblich darüber freuten, wenn eine Leiche im Stocherkahn gefunden wurde.

Gerade wollte Karpa weiterreden, da drehte sich im Schloss der Wohnungstür ein Schlüssel. Schritte waren aus dem Flur zu hören, und dann stand eine junge Frau mit verwuschelten schwarzen Locken vor den beiden Männern.

»Hallo, Robbie«, sagte sie zu Karpa und lächelte ihm zu. Dann streifte ihr Blick die Wolldecke, mit der sich Froelich umwickelt hatte und aus der unten die nackten Beine des Bestatters ragten. Sie hob eine Augenbraue und sah fragend zwischen Froelich und Karpa hin und her.

Der lachte auf.

»Es ist nicht so, wie du denkst, Lisa,« sagte er dann und lachte noch lauter. »Ich kann dir alles erklären.« Lisa musste grinsen, und Froelich wäre am liebsten im Boden versunken.

»Lisa«, sagte sie und hielt Froelich die Hand hin. »Lisa Hetzel.«

»Gottfried Froelich, ich …«

»Herr Froelich ist wegen des Toten hier, den sie unten im Stocherkahn gefunden haben. Er hat mich ein bisschen … ausgefragt, das kann man durchaus sagen, Herr Froelich, oder?«

Froelich zuckte mit den Schultern.

»Und was haben Sie mit der Geschichte zu tun? Sind Sie von der Polizei?«

»Nein, ich bin Bestatter.«

»Ach? Und da fragen Sie meinen Freund nach diesem Toten? Kümmert sich da normalerweise nicht der Pfarrer drum? Wegen der Trauerrede, meine ich?«

»Ja, natürlich, aber …«

»Außerdem kennt Robbie den Toten gar nicht«, sagte sie und fügte nach einer kurzen Pause hinzu: »Ich auch nicht, übrigens.«

Robert Karpa sah erschrocken zu ihr hin und senkte den Blick sofort wieder, aber Froelich hatte die kurze Reaktion bemerkt.

»Markus Clarsen heißt er«, sagte er und beobachtete die junge Frau aufmerksam.

Kurz huschte ihr Blick fragend zu Karpa, der aber noch immer in seine Kaffeetasse schaute. Dann sah sie Froelich an.

»Nein, der Name sagt mir nichts. Robbie hat mir auch schon gesagt, wie er heißt – aber ich kannte diesen … Clarsen nicht. Tut mir leid, wenn ich Ihnen und der Polizei da nicht helfen kann. Aber mir ist immer noch nicht ganz klar, was Sie hier eigentlich wollen.«

»Ich war vorhin unten am Kanal und habe mir die Stelle noch einmal angesehen, wo der Tote im Stocherkahn lag. Da fiel mir auf, dass die Gondel an der Mauer vertäut war und dass über die Bordwand ein Arm hing. Also bin ich die Rampe runter, bin ins Wasser gerutscht, habe die Gondel herangezogen und darin Ihren Freund gefunden. Tot war er zum Glück nicht, aber …«

Froelich verstummte.

»Nee, oder?«

Lisa Hetzel versuchte noch kurz in Froelichs Miene zu lesen, dann stemmte sie beide Fäuste in die Hüfte und sah Karpa streng an.

»Robbie, du hast mir versprochen, mit diesem Scheiß aufzuhören!«

»Ja, ich …«

»Gib mir sofort das Zeug, das du noch hast!«

»Wieso das denn? Du rauchst das doch gar nicht!«

»Her damit!«

Karpa blieb erst sitzen und wollte noch etwas sagen, da wurde ihm klar, dass mit seiner Freundin in diesem Punkt nicht zu spaßen war. Lahm erhob er sich und schlurfte zum Küchenschrank hinüber. Er kam mit einer transparenten, zugeknoteten Plastiktüte zurück, in der offenbar Raucherutensilien steckten – und eine Handvoll sehr trocken wirkender Blätter, die teils schon zerbröselt waren.

Froelich sah noch kurz hin, dann nutzte er den unbeobachteten Moment, raffte die Wolldecke um seinen Bauch zusammen und huschte, so schnell es mit der Decke und barfuß eben ging, hinüber zum Heizkörper. Dort schnappte er sich Schuhe, Strümpfe und Hose und beeilte sich, auf dem Flur hinter der nächsten Wand zu verschwinden. Eilig zog er alles an, die Sachen waren zwar noch feucht, aber leidlich warm, und wenig später zog er die Wohnungstür hinter sich zu.

Von drinnen war ein heftiger Wortwechsel zu hören. Froelich machte, dass er auf die Straße hinaus und nach Hause kam.

In Robert Karpas Wohnung riss derweil Lisa Hetzel ein Fenster auf und schleuderte unter dem lauten Protest ihres Freundes die zugeknotete Plastiktüte hinunter in das Wasser des Kanals.

* * *

Monika Clarsen hatte in der Wohnung ihres Bruders im Oberen Metzgerbach nach dem Rechten sehen wollen. Markus hatte ihr einen Schlüssel gegeben, und sie kam damit ins Haus, aber die Wohnungstür im zweiten Stock war von der Polizei versiegelt worden, also zog sie unverrichteter Dinge wieder ab. Für ihr Auto hatte sie in der Nähe überraschend schnell einen Parkplatz gefunden, und so beschloss sie, ein wenig Zeit im Stadtpark zu vertrödeln. Sie trank einen Espresso im Café, dann schlenderte sie durch die Anlage, bis sie sich mit Blick auf die Innere Brücke an einen Baum lehnte.

Als plötzlich an einem der großen Häuser an der Brücke ein Fenster aufgerissen wurde und eine junge Frau etwas im hohen Bogen in den Kanal warf, schreckte Monika Clarsen kurz zurück. Sie wusste, wie das Zimmer hinter diesem Fenster aussah. Sie wusste, wie die ganze Wohnung eingerichtet war, wie die Luft roch, wo die Vorräte gelagert wurden und wie hell die meisten Räume bei sonnigem Wetter wirkten. Sie hatte noch im Ohr, wie es klang, wenn die Geräusche von der Fußgängerzone durch die geschlossenen Fenster nur gedämpft ins Schlafzimmer drangen, und sie erinnerte sich an das warme Gefühl, wenn sie sich dort auch später am Vormittag einfach noch einmal herumgedreht und weitergeschlafen hatte.

Tränen stiegen in ihr auf. Die Frau am Fenster kannte sie nur aus den Erzählungen ihres Bruders, und aus der Nähe gesehen hatte sie von ihr nur ein nicht sehr vorteilhaftes Passfoto aus der Personalakte, aber dass dort am Fenster Lisa Hetzel stand, wusste sie. Sie fühlte Wut und Enttäuschung, Trauer natürlich, und sie ballte ihre Fäuste, bis der Schmerz ihrer Fingernägel, die sich in die Handflächen bohrten, allmählich die anderen Gefühle ein wenig übertraf.

Dann riss sie sich zusammen und ging zu ihrem Wagen zurück.

Sonntag, 30. Oktober

Froelich spazierte durch die Innenstadt, bog in kleine Gässchen ein und achtete darauf, dass er immer wieder einen der Kanäle querte. Auf den Brücken blieb er stehen, sah aufs Wasser hinunter und dachte nach. Einmal erschrak er, weil unter ihm plötzlich ein weißes Boot mit roter Borte hervortrieb. Zwei Tischplatten waren quer zur Fahrtrichtung daraufgeschraubt, und fünf Männer und drei Frauen in dicken Jacken prosteten sich lachend mit Weingläsern zu. Im Heck des Boots lagen zwei Paddel, aber die entspannte Gesellschaft ließ sich in aller Gemütsruhe mit dem Wasser treiben.

Plötzlich klatschte direkt neben dem Boot etwas ins Wasser, und eine der Frauen an Bord wurde am Arm ein wenig nassgespritzt. Alle sahen sich um, da flog schon wieder ein Stein heran und ließ das Wasser einen Meter weiter entfernt vom Boot aufspritzen. Froelich wandte sich in die Richtung, in der er den Werfer vermutete – und tatsächlich sah er einen dünnen Mann mit Jeans und Windjacke, der hinter einem Busch hockte und gerade einen neuen Stein aufklaubte.

Der Mann war vielleicht Ende dreißig, Anfang vierzig, und er kam Froelich vage bekannt vor, obwohl er nicht recht wusste, wo er ihn schon einmal gesehen haben könnte. Seine Kleider sahen eher billig aus als edel, im blassen Gesicht wirkten der dunkelbraune Schnauzbart und das dünne Ziegenbärtchen etwas fehl am Platz. Und wie er sich so nach vorne beugte und den Stein nahm, rutschte ihm das mittellange, nach hinten gekämmte Haar nach vorn über die hohe Stirn.

Da entdeckte ihn auch einer der Männer auf dem Boot. Er machte die anderen auf den Steinewerfer aufmerksam, und zwei schnappten sich die Paddel im Heck und nahmen Kurs auf den Mann am Ufer.

Der wollte eben wieder zum Wurf ausholen, als ihm klar wurde, dass er entdeckt war, also nahm er lieber die Beine in die Hand und rannte, bis er hinter der nächsten Ecke verschwunden war. Die Männer im Boot sahen ihm kurz nach, fluchten noch und fuchtelten mit ihren Paddeln, dann hielten ihnen die Frauen allerdings ihre Weingläser hin. Also steuerten sie nach kurzem Zureden das Boot zurück in die Mitte des Kanals, legten die Paddel wieder ab und scherten sich nicht weiter um den Fliehenden.

Sofort kehrte wieder Ruhe ein, das Lachen und Gläserklirren aus dem Boot übertönte sogar den Verkehr, der weiter hinten auf dem Altstadtring beständig vorbeirauschte.

Froelich sah der lustigen Gesellschaft noch eine Weile nach, bevor er sich wieder auf den Weg machte. Die Oktobersonne tauchte alles in ein wunderbares Licht. Schließlich erreichte er die kleine Grünfläche am Schelztor und ging zum Kanalufer hinüber. Eine Weile sah er wieder aufs Wasser hinunter, dann fiel ihm ein Stück entfernt ein Mann auf, der mit breitem Grinsen auf dem Boden hockte, den Kopf hin und her wiegte und dabei leise eine Melodie vor sich hinzusummen schien. Links von ihm lag ein Kescher.

Froelich lächelte und wollte weitergehen – doch der Mann schrak zusammen, sah ihn misstrauisch an und griff nach einer transparenten Plastiktüte, die vor ihm im Gras lag. Froelich sah genauer hin: War das nicht der Mann, den er vor ein paar Tagen dabei beobachtet hatte, wie er einen Billigartikel aus einer Ladenauslage in der Tasche hatte verschwinden lassen? Dann fiel ihm der andere ein, vor dem sich der Dieb versteckt hatte – das könnte der Steinewerfer von vorhin gewesen sein.

»Ich will nichts von Ihnen«, beeilte sich Froelich zu versichern und blieb stehen, obwohl ihm nicht ganz klar war, warum der Mann vor ihm Angst haben sollte. Denn er war sicher, dass er nicht wusste, dass Froelich ihn beim Klauen beobachtet hatte.

»Dann is gut«, brummte der und deutete mit einer einladenden Geste auf das freie Stück Wiese neben sich. »Setz dich.«

Froelich sah sich kurz um, aber niemand schien auf ihn oder den anderen zu achten. Also zuckte er mit den Schultern und ließ sich ächzend auf den Boden sinken.

»Is nämlich meins«, sagte der Mann und ließ die Tüte wieder aus seiner Hand aufs Gras sinken.

»Aha. Und was ist das?«

Der Mann kicherte nur, machte aber keine Anstalten zu antworten. In der Tüte erkannte Froelich Utensilien, die man zum Zigarettendrehen brauchte: Zigarettenpapier und ein Tabakbeutel, außerdem war ein Feuerzeug in der Tüte und sehr trockene, teils schon zerbröselte Blätter. War das die Tüte, die Robert Karpa seiner Freundin gezeigt hatte? Und wie kam die hierher?

»Kannst mich KP nennen«, sagte der Mann nach einer Weile, dann atmete er ein paar Mal tief ein und aus. Plötzlich schien ihm etwas einzufallen: Er drehte sich zu Froelich hin, musterte ihn von oben bis unten, sah noch einmal ein paar Sekunden auf Froelichs Bauch und blickte wieder geradeaus in Richtung Kanal.

»Respekt, Mann«, brummte er. »Respekt.«

»Wieso Respekt?«

»Na ja, das da.« Er deutete auf Froelichs Bauch und rieb sich dann langsam über seinen eigenen, eher mageren Oberkörper. »Wär nix für mich, echt nich, aber Respekt, Mann.«

Froelich kümmerte sich nicht weiter um die Bemerkung und nahm seinerseits KP etwas näher in Augenschein: Er war normal groß, dünn, hatte schulterlange, etwas fettig wirkende Haare, und am Hinterkopf begann sich seine Frisur ein wenig auszudünnen. Ein paar dünne Bartflusen deuteten darauf hin, dass er sich wohl nicht oft rasieren musste, und nicht viel häufiger schien er seine Kleidung zu wechseln – selbst an der frischen Luft wehte ab und zu ein muffiger Hauch zu Froelich herüber.

»KP also«, sagte Froelich nach einer Weile. »Steht das für Klaus-Peter?«

Eigentlich interessierte es ihn nicht besonders, aber er hatte gerade ohnehin nichts Dringendes zu tun, und irgendwie fühlte er sich, hier auf der Wiese neben diesem Unbekannten hockend, so frei und unbeschwert wie den ganzen Tag nicht.

»Is egal«, brummte KP. »Sag einfach KP. Und du?«

»Ich heiße Froelich, Gottfried Froelich.«

KP sah kurz verblüfft zu Froelich hin.

»Lach ruhig – ich bin außerdem noch Bestatter.«

KP kicherte und knuffte Froelich leicht mit dem Ellbogen in die Seite.

»Vielleicht sollte ich dir auch was abgeben.«

Er deutete auf die Tüte.

»Was ist das?«

»Gutes Zeug, Mann, gutes Zeug.«

Froelich musterte die Blätter in dem Tütchen noch einmal, dann sah er wieder zu KP hin, der sehr entspannt vor sich hingriente und dabei ein wenig blöde wirkte.

»Davon hast du was geraucht?«, fragte Froelich schließlich.

»Klar. Soll ich mir das hinters Ohr reiben, oder was?«

KP kicherte und schüttelte den Kopf.

»Mann, Mann, du bist ja ne Marke. Klar hab ich das geraucht, ist gutes Zeug.«

»So, so«, sagte Froelich und dachte darüber nach, was ihm das über seinen neuen Wohnort verriet, dass er seit gestern früh schon den zweiten bekifften Bewohner traf.

»Und das kannst du dir leisten?«

KP schnaubte.

»Nee, kann ich natürlich nich. Aber ich hab das gefunden.«

»Gefunden?«

KP sah misstrauisch zu Froelich hin.

»Ja, kannst du mir glauben. Dort unten.« Er deutete zum Kanal hin. »Die Tüte schwamm vorbei, als ich gerade … du weißt schon … ins Wasser. Da kam das hergeschwommen, hat sich am Ufer verfangen. Ich hatte gleich so einen Verdacht, was es sein könnte, und hab gleich meine Hose wieder zugemacht. Ich mein, ich verderb mir doch nicht selbst so einen schönen Fund, oder?«

Er kicherte, bemerkte, dass Froelich nicht mitlachte, stieß ihn in die Seite und maulte: »Oder?«

»Was?«

»Du glaubst doch nich, dass ich mir so ein Päckchen selbst versau, oder? Hältst du mich für so blöd?«

KP klang plötzlich etwas angriffslustig, und Froelich beeilte sich ihn zu beruhigen.

»Nein, nein, natürlich nicht.«

»Dann is gut.«

Froelich war ganz in Gedanken. Wenn das nun wirklich Karpas Tüte war … Hatte nicht Lisa Hetzel ihrem Freund eine Standpauke gehalten, als sie ihn mit dem Zeug erwischt hatte? Froelich stand auf, ging zum Kanal und sah noch einmal aufs Wasser hinunter.

Die Richtung der Strömung passte, das Päckchen könnte durchaus von Karpas Haus hierhergetrieben worden sein – dann hätte es Lisa in ihrer Wut zum Fenster hinausgeworfen? Zuzutrauen war es ihr, die junge Frau war richtig wütend gewesen. Er ging zurück zu KP und ließ sich wieder auf den Boden sinken.

»Sag mal, KP«, begann er nach einer Weile. »Wann hast du das Tütchen denn gefunden?«

»Gestern.«

»Bist du oft dort unten am Kanalufer?«

»Klar, oder musst du nur einmal am Tag?«

Froelich verzog das Gesicht, verkniff sich aber einen Kommentar.

»Und … findest du dort unten ab und zu mal was?«

»Na, so gutes Zeug schwimmt dort leider nicht ständig vorbei, was glaubst du denn? Außerdem muss ich dazu nicht extra runter.«

Er hob den Kescher hoch und zeigte ihn stolz her.

»Das ist ja praktisch. Und …«

Froelich überlegte, ob KP irgendetwas gefunden und aufgesammelt haben könnte, das im Zusammenhang mit dem Mord an Clarsen stand.

»… hast du noch was anderes gefunden? Irgendetwas Interessantes vielleicht?«

KP zuckte mit den Schultern.

»Dosen und Flaschen, ab und zu«, sagte er nach einer Pause. »Sind aber meistens leer, da werf ich sie gleich wieder rein.«

»Und sonst?«

»Taschentücher, Papierverpackungen, so was halt.«

»Hm.«

Froelich gab auf. Niedergeschlagen ließ er seinen Blick über die Grünfläche vor sich schweifen. KP musterte seinen Nebenmann, und er hatte dessen Enttäuschung bemerkt.

»Meinst du was Bestimmtes?«

Froelich zuckte mit den Schultern.

»Hast du was verloren?«

»Nein, nicht direkt, aber ich …«

Froelich brach mitten im Satz ab. Wenn er KP von dem Mord erzählen würde und davon, dass er versuchte, der Kripo bei ihren Ermittlungen zu helfen, wäre der Mann vermutlich im nächsten Moment über alle Berge. Er sah nicht aus, als wollte er viel mit der Polizei zu tun haben.

»Das hier vielleicht?«

Froelich sah gelangweilt zu KP hinüber. Der kramte ein wenig in seiner Jackentasche und zog dann einen Datenstick hervor: schwarz und mit einem Aufdruck, der wohl ein Firmenlogo oder etwas in der Art darstellen sollte.

Im ersten Reflex wollte Froelich danach greifen, aber er konnte sich gerade noch beherrschen und sagte betont ruhig: »Ja, so was suche ich.«

KP musterte ihn, und ein verschlagenes Funkeln war in seinen Augen zu sehen.

»Seit wann?«

Froelich verstand die Frage nicht gleich.

»Wann hast du's verloren?«, wiederholte KP.

»Dienstagnacht, drüben in der Maille. Ist mir in der Nacht in den Kanal gefallen.«

KP fixierte ihn immer noch, aber inzwischen schien er Froelich schon daraufhin zu taxieren, was er ihm für den Fund wohl abknöpfen konnte.

»Ganz schön blöd«, sagte Froelich. »Kannst du dir vorstellen.«

KP nickte, grinste, dann fragte er: »Was is es dir wert?«

»Pff«, machte Froelich und musste sich sehr beherrschen, um gelangweilt zu wirken. »Solche Sticks kannst du überall geschenkt bekommen. Und selbst wenn du einen kaufen willst, kostet der nicht viel.«

»Und die Daten? Da sind doch Daten drauf, die sind dir doch sicher wichtig, oder?«

»Ach, nö«, winkte Froelich ab. »Sind nur alte Trauerreden, du weißt ja, ich bin Bestatter. Die hab ich auch alle noch einmal im Institut auf dem Computer.«

»Das soll ich dir glauben?«

»Musst du nicht. Kannst ja nachsehen.«

»Ha ha«, machte KP und klatschte sich theatralisch die Jacke ab. »Siehst du hier irgendwo einen Computer? Oder meinst du, ich hab irgendwo ein schickes Stadtbüro oder was?«

»Stimmt«, nickte Froelich. »Dann musst du es mir wohl glauben.«

KP sah ein wenig ratlos zwischen Froelich und dem Datenstick hin und her. Schließlich krustelte Froelich einen zerknitterten Fünfer aus der Hosentasche und hielt ihn seinem neuen Bekannten hin.

»Weißt du was? Nimm die fünf Euro und kauf dir was zu essen. Meinetwegen kannst du mir den Stick für diesen Preis ›verkaufen‹ – aber du kannst ihn auch behalten.«

»Da, nimm!«, sagte KP, warf Froelich den Stick auf den Schoß und schnappte sich den Fünf-Euro-Schein. »Mit diesem Datendings fang ich eh nichts an.«

»Da hast du auch wieder recht«, pflichtete ihm Froelich bei und steckte den Stick ein. »Ich muss dann auch wieder.« Er wuchtete sich umständlich hoch. »Vielleicht trifft man sich ja wieder mal. Bist du öfter hier?«

»Ja, mal hier, mal da, aber … ja, schon.«

»Gut, KP, dann mach's gut, wir sehen uns.«

Froelich ging los, folgte zunächst dem Kanalufer und kehrte dann im Bogen zurück, um gegenüber von KPs Liegeplatz die Treppe zur Polizeidirektion hinaufzugehen. Sein neuer Bekannter würde inzwischen vermutlich längst nicht mehr auf ihn achten, und im Sitzen würde er ihn ohnehin nicht sehen können.

Als Froelich durch die Tür ins Gebäude gegangen war, um sich bei der Leiterin der Soko Maille anmelden zu lassen, stand KP am Fußgängersteg über den Kanal und kaute Nägel. Der Dicke war ihm komisch vorgekommen mit seinen Fragen – doch fünf Euro für diesen nichtsnutzigen Datenstick waren einfach zu verlockend. Aber dass der damit gleich zur Polizei ging ...

KP schüttelte den Kopf. Die Welt war schlecht, und er hatte schon genug Ärger gehabt. In der Jackentasche fühlte er nach seinen anderen Funden, und als er die Plastiktüte leise rascheln hörte, machte er sich voller Vorfreude auf den Weg zu einem anderen, weniger belebten Plätzchen.

* * *

»Dort drüben auf der Wiese?«

Jana Bednarz stand neben Froelich am offenen Fenster im Büro eines Kollegen vom Raubdezernat, der einen Blick auf den Schelztorturm hinaus hatte und den Sonntag ebenfalls für etwas Schreibtischarbeit nutzte.

»Sehen Sie ihn noch?«

Froelich ließ seinen Blick über den Platz schweifen, aber KP war nirgendwo mehr zu sehen. Vermutlich war er weitergezogen – hoffentlich hatte er nicht doch beobachtet, wie er ins Polizeigebäude gegangen war.

»Nein, der scheint weg zu sein.«

»Das ist ja ein Ding«, schnaubte Jana Bednarz mit gespielter Empörung, lehnte sich auf den Fenstersims und sog die frische Luft ein. »Zieht der sich direkt vor unserem Bau eine Tüte rein ...«

Sie schüttelte den Kopf, strich sich die dunkelblonden Haare hinters Ohr und deklamierte grinsend: »Isch älles nemme dees, gell?«

Lachend bedankte sie sich bei ihrem Kollegen und ging mit Froelich zu ihrem Büro zurück. Sie beförderte den Datenstick, ohne ihn anzufassen, von der Schreibtischunterlage in ein Tütchen, streifte die Tüte zu und legte sie in den Ausgangskorb.

»Kaffee, Herr Froelich? Sagen Sie bitte ja, ich hab gerade wirklich keine Lust, noch mehr Akten zu wälzen. Ich brauch eine Pause. Wenn ich schon wegen dieses Mordes den halben Sonntag hier verbringe, will ich auch einen Kaffee haben.«

Froelich musste ebenfalls lachen. Die Leiterin der Soko Maille war mit Abstand der lockerste und sympathischste Polizist, den er bisher kennengelernt hatte. Und das wollte etwas heißen, schließlich war er mit dem Waiblinger Kommissar Alexander Maigerle inzwischen recht gut befreundet – ab und zu besuchte er ihn auch im Proberaum seiner Band, der Midnight Men, setzte sich an die alte Hammond-Orgel, die dort seit Jahren meistens unbenutzt herumstand, und jammte ein wenig mit den anderen. Dann fiel ihm Polizeioberkommissar Rainer Fähringer ein, der Leiter des Polizeipostens in seiner alten Heimat Weil der Stadt – mit seiner wichtigtuerischen und letztlich doch lustlosen Art war er der glatte Gegenentwurf zu Jana Bednarz.

»Milch und Zucker?«, fragte sie, Froelich nickte, sie ging hinaus, und er ließ sich wieder auf den Besucherstuhl sinken.

Kurz darauf kam sie zurück, stellte die Tassen ab und zauberte aus einem Schrank eine Packung Schokokekse hervor.

»So, bitte: nehmen Sie! Und dann verraten Sie mir mal, was Sie als Bestatter dazu bringt, uns hobbymäßig in die Arbeit zu pfuschen.«

Dabei lächelte sie ihn freundlich an.

»Ach, das hat mit einem Erlebnis zu tun, das ich vor gut zwei Jahren in Weil der Stadt hatte.«

Jana Bednarz nahm noch einen Schluck Kaffee, steckte sich einen Keks in den Mund und ließ sich dann gemütlich in ihren Bürostuhl zurücksinken.

»Na, dann erzählen Sie mal«, brachte sie halbwegs verständlich hervor, während sie versuchte, die Brösel im Mund zu behalten. »Ich hab gerade Zeit, wie Sie wissen.«

Und Froelich erzählte ihr von Agathe Weinmann, über deren Leben er mehr hatte erfahren wollen – und davon, dass er eher zufällig herausfand, wer die alte Dame auf dem Gewissen hatte. Und natürlich auch davon, dass ihm lange niemand, auch nicht die Polizei, hatte glauben wollen.

»Und nun sind Sie von Weil der Stadt hierher nach Esslingen gezogen?«

»Nein, aus Besigheim – dort habe ich auch ein Bestattungsinstitut.«

Und dann erzählte Froelich von dem toten Gourmetkritiker auf dem Neckarschiff und den Ermittlungen und Verwicklungen in Besigheim.

Schließlich trank Jana Bednarz ihre Tasse aus und sah Froelich nachdenklich an.

»Dann hat das ja selten etwas Gutes zu bedeuten, wenn Sie in eine neue Stadt ziehen, was?«

»Scheint fast so«, sagte Froelich und grinste.

Eine Zeitlang saßen sie sich nun wortlos gegenüber, die Kommissarin mit einem Keks, Froelich mit Kaffee.

»Sie wissen natürlich, dass ich Sie nicht einfach rumermitteln lassen kann, Herr Froelich.«

»Ja, schon, aber …«

»Ich weiß: Sie können es nicht lassen – das haben ja offenbar schon die Kollegen in Weil der Stadt und Besigheim erfahren müssen.«

Sie lächelte wieder.

»Trotzdem: Sie sind für die Toten zuständig, und wir dafür, wie sie gestorben sind, ja?«

Froelich nickte langsam.

»Und wenn Sie doch mal etwas herausfinden oder aufschnappen …« Sie grinste breit. »Ganz zufällig natürlich …« Sie stand auf, Froelich folgte ihrem Beispiel. »… dann kommen Sie einfach vorbei und berichten mir darüber, okay?«

Jana Bednarz streckte die Hand über den Tisch, und Froelich drückte sie fest und herzlich.

»Geht klar, Frau Bednarz, danke.«

»*Ich* habe zu danken.«

Sie deutete lächelnd auf die Tüte mit dem Datenstick.

»Ich kann Ihnen ja bei Gelegenheit mal verraten, was die Kollegen von der Technik gefunden haben. Aber ...« Sie legte den Zeigefinger auf die Lippen. »... das habe ich, falls mein Chef Sie fragt, so natürlich nie gesagt.«

»Nein, natürlich nicht.«

Froelich nickte ihr zu und ging nach draußen. Vor dem Polizeigebäude ließ er noch einmal den Blick über den Platz vor dem Schelztorturm gleiten, aber KP war tatsächlich nirgendwo mehr zu sehen. Langsam machte er sich wieder auf den Weg zum Institut.

Montag, 31. Oktober

Froelich blätterte gelangweilt in einem Hochglanzprospekt, der ziemlich altmodische Leichenhemden mit mäßigem Erfolg in ein positives Licht zu rücken versuchte. Das Telefonklingeln war eine willkommene Unterbrechung.

Kriminalhauptkommissarin Bednarz war dran.

»Der Datenstick trägt das Logo einer Firma in Oberesslingen«, sagte sie. »CarvSys, eine noch recht neue AG, die sich auf Computerprogramme für Holzschnitzereien spezialisiert hat. Und bei der Markus Clarsen gearbeitet hat.«

Froelich schüttelte den Kopf: Es war doch immer wieder erstaunlich, womit Firmen heutzutage ihr Geld verdienten.

»Die haben das Teil wohl in einer ordentlichen Stückzahl als Werbemittel in Auftrag gegeben und verschenken es seit gut einem Jahr zu jedem denkbaren Anlass.«

»Oh«, machte Froelich. »Das hätte also jeder im Kanal verlieren können?«

»Im Grunde genommen ja. Immerhin deuten die Daten auf dem Stick auf jemanden hin, der dort arbeitet oder bis vor ein paar Wochen dort gearbeitet hat. Aber alles deutet auf Clarsen hin. Neben ein paar allgemeinen Info-Dokumenten für die Belegschaft und ein paar öden Powerpoint-Dateien mit Lebensweisheiten und lauwarmen Witzen haben wir auch eine Datei gefunden, in der Rechte und Pflichten von Betriebsräten beschrieben werden.«

»Das passt: Clarsen war Betriebsrat, das hat mir seine Mutter erzählt.«

»Ich weiß. Außerdem gab es einige Fotos auf dem Stick. Schnappschüsse von einer jungen Frau, schlank, recht hübsch, schwarze Haare. Einige wurden in einem Büro fotografiert, da lächelt sie ein-, zweimal direkt in die Kamera, dann wieder wirkt sie etwas genervt. Und zwei Bilder zeigen sie am Fenster eines Hauses auf der Inneren Brücke – die sehen so aus, als seien sie heimlich gemacht worden.«

»Ist die Frau auf den Fotos Lisa Hetzel?«

»Ja. Kennen Sie die Frau, Herr Froelich? Sie wohnt in dem Haus oberhalb der Stelle, wo unser Toter gefunden wurde.«

»Ja, ich weiß. Ich hab sie beim Hausbesitzer getroffen.« Froelich dachte wieder an seinen unrühmlichen Abgang und räusperte sich.

»Sie wird übrigens demnächst mit dem Hausbesitzer zusammenziehen.«

»Ach«, staunte Jana Bednarz, »sie ist mit Karpa zusammen? Ihrem Vermieter? Dem Mann, dem auch der Stocherkahn gehört?«

»Ja, und von ihm stammte vermutlich auch die Plastiktüte, deren Inhalt unser Freund KP auf der Wiese am Schelztorturm rauchte. Lisa Hetzel war ziemlich sauer, als sie herausfand, dass Karpa in seinem Kahn unter der Brücke gekifft hatte – das ist wohl eine alte Angewohnheit, die sie ihm abgewöhnen will. Ich nehme an, sie hat die Tüte zum Fenster hinaus und in den Kanal geworfen.«

Froelich dachte kurz nach.

»Wenn auf dem Datenstick Fotos von Lisa Hetzel gespeichert waren ... dann war Clarsen wohl ein Verehrer von ihr. Oder ein Stalker?«

Konnte Clarsen die Frau belästigt haben? War er in der Nacht seines Todes gar nicht zufällig in der Nähe ihrer Wohnung gewesen? Hatte Lisa Hetzel einen Grund, Markus Clarsen zu töten? Aber selbst wenn: konnte sie einen Mann wie Clarsen überwältigen, ihn fesseln, ihn unter dem Stocherkahn kielholen? Sie wirkte nicht zerbrechlich, aber doch auch nicht übertrieben kräftig. Und die Umstände von Clarsens Tod deuteten auf einen Täter hin, der nicht nur kaltblütig, sondern auch stark sein musste.

»Herr Froelich, sind Sie noch dran?«

»Ja, ich denke nur gerade nach, was das alles bedeuten könnte.«

»Warten Sie mit Ihren Schlussfolgerungen lieber noch ein bisschen. Ich treffe mich nachher mit der Personalchefin dieser Firma, da werde ich sicher noch etwas mehr dazu hören.«

* * *

Eine Stunde später fiel Froelich wieder ein, dass er die Kommissarin noch hatte fragen wollen, wann Markus Clarsens Leichnam voraussichtlich für die Bestattung freigegeben werden würde. Nun war sie vermutlich in Oberesslingen, um mit der Personalchefin von CarvSys zu sprechen. Da konnte er sie genauso gut noch später am Tag anrufen und dabei gleich mehr über Clarsens Arbeit und die Kündigung von Lisa Hetzel erfahren.

Neben dem Telefon hatte er die Visitenkarte von Zora Wilde abgelegt. Kurz zögerte Froelich, dann fand er, dass die Frage nach der Freigabe der Leiche doch allemal ein guter

Grund war, die Rechtsmedizinerin anzurufen. Er wählte die Handynummer, hörte das Läuten und wollte schon auflegen, als nach dem vierten Ton die Mailbox ansprang.

»Guten Tag, hier spricht Zora Wilde – im Moment allerdings nur vom Band. Bitte hinterlassen Sie Ihre Nachricht, ich rufe Sie gerne zurück.«

Die Ansage war kurz, aber die leicht raue Frauenstimme ging Froelich durch Mark und Bein. Als der Pfeifton ihm signalisierte, dass er sprechen konnte, musste er sich kurz besinnen. Er räusperte sich, sagte seine Frage nach der Freigabe auf, verhaspelte sich dabei ein-, zweimal und legte dann schnell auf. Erst danach fiel ihm ein, dass er ganz vergessen hatte, seine Telefonnummer zu nennen. Deswegen noch einmal anzurufen, kam ihm allzu peinlich vor – außerdem hatte Zora seine Nummer sicherlich auf dem Display, oder? Er tippte sich kurz durch das Telefonmenü und stellte erleichtert fest, dass die Rufnummer von diesem Anschluss nicht unterdrückt wurde.

Mehr konnte er im Moment nicht tun, also machte er sich auf den Weg in die Innenstadt. Vielleicht konnte er einige von Karpas Nachbarn treffen und mit ihnen darüber reden, warum sie so genervt waren von der touristischen Vermarktung der Altstadt.

Froelich marschierte durch die Unterführung auf den Marktplatz und sah sich um. Es war der übliche Betrieb, der übliche Verkehr – aber als er am Alten Rathaus vorbei die schmale Straße hinunterging, machten sich dort einige ältere Herrschaften an zwei Häusern zu schaffen. Froelich blieb stehen und sah ihnen zu. Anscheinend ging es darum, die Fensterläden im Erdgeschoss und einige Holzluken vor den Kellerfenstern abzudichten oder besser zu befestigen.

»Guten Tag«, sagte Froelich und näherte sich dem am nächstgelegenen Gebäude werkelnden Paar, einem kleinen, schmächtigen Mann und einer ebenso kleinen, etwas stämmigeren Frau, beide mit wirr abstehenden grauen Haaren und beide recht unbequem vor einem Kellerfenster hockend.

Der Mann stand mühsam auf, wischte die linke Hand an der Hose ab und ließ in der rechten einen Hammer baumeln. Die Frau blieb hocken, wo sie war, hielt weiterhin einige große Nägel in der Hand und sah mürrisch zu Froelich hinauf.

»Und?«, fragte der Mann schließlich. Er taxierte Froelich und wirkte leicht feindselig. Die Schaffer am Nebenhaus hatten ihn ebenfalls bemerkt: Der beleibte alte Herr in grauer Latzhose und seine beiden jüngeren Helfer legten eine Pause ein und sahen gespannt herüber. Hier schien heute sonst nicht viel los zu sein.

»Ich wollte nicht stören ...«, begann Froelich.

»Dann ist es gut«, brummte der Mann und machte Anstalten, sich wieder von Froelich ab- und seiner Arbeit zuzuwenden.

»... aber ich frage mich, was Sie hier gerade machen.«

Der Mann hielt in seiner Bewegung kurz inne, dann drehte er sich wieder zu Froelich hin.

»So, so.«

Froelich sah etwas irritiert zwischen dem Mann und seiner Frau hin und her, die immer noch unverändert vor der Hauswand hockte.

»Und vor allem frage ich mich, warum Sie und Ihre Nachbarn offenbar dasselbe tun.«

»So, so. Das fragen Sie sich?«

Froelich nickte, und er hoffte, dass nun endlich ein Gespräch zustandekäme – denn die Situation wurde zunehmend peinlich, und ein vorbeischlenderndes Pärchen Anfang zwanzig verlangsamte seinen Schritt und sah neugierig zu Froelich hin.

»Das fragt er sich, Emma, stell dir vor!«

Er lachte, zog die Nase hoch und spuckte in einem erstaunlich weiten Bogen zur Seite hin aus. Die alte Frau grinste, sagte aber nichts. Von der Gruppe am Nachbarhaus war leises Kichern zu hören.

»Sie sind nicht von hier, stimmt's?«

»Doch«, widersprach Froelich. »Ich wohne drüben in der Beutauvorstadt.«

»In der Beutau-*vorstadt* ...«

Der Mann zog eine Grimasse, als hätte Froelich ein besonders unanständiges Wort benutzt.

»Das heißt Beutau, junger Mann! Einfach nur: Beutau.«

»Meinetwegen.«

»Dann wohnen Sie dort noch nicht lange, was?«

»Nein, erst seit ein paar Wochen. Ich hab dort das ...«

»Und wo haben Sie ihn?«

Der Mann war Froelich ins Wort gefallen. Er schien sich nicht weiter für die Lebensumstände seines Gesprächspartners zu interessieren und musterte nun Froelichs Jacke.

»Wo habe ich was?«

»Na, den Fotoapparat.«

»Wozu sollte ich einen Fotoapparat bei mir haben?«

Der Mann schüttelte den Kopf und sah Froelich an wie ein Kind, dem man zum zehnten Mal das kleine Einmaleins beibringen will.

»Zum Fotografieren natürlich.«

»Aha«, machte Froelich, aber ihm war nicht ganz klar, worauf der Mann hinauswollte.

»Finden Sie es denn nicht schön hier? Unser Altes Rathaus hier? All die historischen Gebäude, dazu drunten der Brunnen und so?«

»Doch, das ist wunderschön. Wie überhaupt die ganze Altstadt, oder auch droben die Burg – sehr schön, wirklich.«

»Na also. Und warum haben Sie dann keinen Foto dabei?«

»Weil ich drüben in der Beutauvor..., in der Beutau wohne und mir das alles nach ein paar Minuten Fußweg jederzeit direkt vor Ort ansehen kann.«

»Da sind Sie heutzutage aber eine Ausnahme, Herr ...«

»Froelich, Gottfried Froelich.«

»... Herr Froelich.«

Die alte Frau wuchtete sich hoch, streckte ihre Glieder und stellte sich neben ihren Mann. Die drei Leute am Nachbarhaus machten sich wieder an die Arbeit, und das junge Pärchen, das in einiger Entfernung stehengeblieben war, setzte seinen Weg fort.

»Grüß Gott, Herr Froelich«, sagte die alte Frau, und Froelich nickte ihr zu.

»Und was machen Sie nun hier?«, fragte er dann.

»Wir bereiten uns vor.«

»Wieso? Ist heute etwas Besonderes?«

»Ja«, sagte der alte Mann, und sein Lächeln hatte etwas Schmerzliches. »Heute ist doch der 31. Oktober.«

»Ja, und?«

Froelich dachte kurz nach. Heute war der 31. Oktober, aber der Reformationstag hatte für ihn keine allzu große Bedeutung. Er erinnerte sich, dass der Tag in Baden-Württemberg schulfrei war, aber da er keine Kinder hatte, ging das spurlos an ihm vorbei.

Er war katholisch, da war für ihn der richtige Feiertag erst morgen – und auch das hieß vor allem, dass Ämter und Ladengeschäfte geschlossen waren. Als Bestatter hatte er beruflich häufig Kontakt mit den Pfarrern in der Umgebung, und selbstverständlich berücksichtigte er religiöse Feiertage in seiner Arbeit. Früher hatte er außerdem in der Weil der Städter Kirche die Orgel gespielt, doch seit seinem Umzug nach Besigheim hatte sich sein privater Kontakt zur katholischen Kirche deutlich gelockert.

»Halloween«, sagte der alte Mann, und nun fiel der Groschen.

»Ach so«, sagte Froelich und lachte, »dann ziehen heute Abend wieder all die Kleinen durch die Stadt und wollen Süßigkeiten haben! Wissen Sie: Ich habe selbst keine Kinder, da hat man solche Anlässe nicht immer präsent.«

Dann deutete er zu denjenigen Fensterläden hinüber, die schon vernagelt waren.

»Aber finden Sie das nicht etwas übertrieben, wegen der paar Kinder?«

»Wenn bei Ihnen in der Beutau nur die Kinder kommen, sollten Sie dafür dankbar sein, das sage ich Ihnen!«

»Äh … wie meinen Sie das?«

»Bei uns kommen die älteren Geschwister und die Eltern dieser Blagen, die Onkels und Tanten oder vielleicht auch die Großeltern – und dann geht's hier richtig ab. Radau ohne Ende, Gegröle, leere oder zerdepperte Flaschen in jeder Ecke, und wo sie nicht hinpinkeln, da wird …«

Der Mann schüttelte sich.

»Das wollen Sie nicht wissen, Herr Froelich«, sagte die Frau und winkte nur angewidert ab.

»Echt? Das tut mir aber leid für Sie. Und die Polizei macht da nichts? Oder die Stadt – die könnte doch ein Auge darauf haben, dass es nicht so schlimm wird. Knöllchen werden doch auch immer verteilt.«

»Die Stadt? Pah!« Der Mann war richtig rot geworden vor Wut. »Die sind doch die Schlimmsten. Ständig jagen sie irgendwelche Horden hier durch unsere Gassen – ich sag nur: Stadtmarketing! Pah … Stadtmarketing … wenn ich das schon höre!«

»Wieso?«, hakte Froelich nach und hoffte, dass ihm der Alte seine Scheinheiligkeit nicht anmerkte. »Ist es nicht gut, wenn die schönen Gassen Ihrer Stadt bekannter gemacht werden und so dafür gesorgt wird, dass auswärtige Besucher Geld hierlassen?«

Endlich war das Gespräch bei einem Thema angekommen, das Froelich wirklich interessierte.

»Wir brauchen dieses Geld nicht«, schimpfte der Mann. »Wir brauchen unsere Ruhe. Und wir würden hier gerne einfach mal nur … einfach mal nur *wohnen*, verstehen Sie?«

»Aber so schlimm ist das doch sicher alles gar nicht, Herr …?«

»Und ob das schlimm ist!«, wetterte der Mann weiter, ohne auf Froelichs Anspielung zu achten, und seine Gesichtsfarbe nahm vor Zorn eine immer dunklere rote Färbung an.

»Reg dich doch nicht so auf, Eugen«, sagte die Frau. »Das bringt doch auch nichts.«

»Aber ist doch wahr!«

»Ja, natürlich ist es wahr«, besänftigte ihn seine Frau weiter und wandte sich dann an Froelich. »Wissen Sie, Herr Froelich, die Stadt trommelt schon genug für die schönen Häuser hier. Da gibt es Führungen, die können Sie sich nicht vorstellen. Mit Geistern, Vampiren, Henkern ... was weiß ich, was die sich noch einfallen lassen! Ich hab das Programm nicht gelesen, aber ich könnte mir gut vorstellen, dass auch heute Abend eine spezielle Veranstaltung geplant ist. Vielleicht stellt das Stadtmarketing ein paar geschnitzte Kürbisse auf, und dann ziehen die Gäste hier in Scharen durch und schmettern irgendwelche Schauerlieder.«

»Und diese Leute pinkeln Ihnen dann an die Hausmauer? Das kann ich mir nun wirklich nicht vorstellen.«

Froelich sah in Gedanken eine geführte Gruppe von Damen und Herren im besten Alter vor sich, die durch die Esslingen Altstadtgassen schlenderte und amüsiert den deftigen Anekdoten eines kostümierten Stadtführers lauschte.

»Nein, die nicht, aber da kommen genug andere. Wissen Sie: Die kaufen sich ihren Alkohol irgendwo an der Tankstelle, und dann torkeln sie hier grölend durch und machen das, was sie eine Party nennen – das hätte es früher nicht gegeben, Herr Froelich. Da sind wir vielleicht mal zum Tanztee, und auch das haben die Eltern nicht immer gern gesehen. Ich erinnere mich noch gut an die Nachmittage drüben im ...«

»Mensch, Emma, lass doch den Herrn Froelich mit deinen alten Geschichten in Ruhe! Das interessiert ihn doch nicht!«

»Ach, lassen Sie nur, Herr ...«

»Wagenknecht«, sagte der Mann endlich. »Eugen Wagenknecht, und das ist meine Frau Emma.«

»Angenehm«, sagte Froelich. »Aber verraten Sie mir doch bitte: Warum verrammeln Sie Ihr Haus? Falls heute

Abend eine Führung stattfindet, werden die Gäste wohl kaum bei Ihnen einbrechen wollen.« Und gegen pinkelnde Zeitgenossen half die Maßnahme ohnehin nicht, dachte er sich dabei.

»Nein, das nicht gerade. Das ist nun wirklich wegen der Kinder und Jugendlichen. Wir haben nicht immer Süßigkeiten im Haus, und inzwischen werden die ›lieben Kleinen‹ gerne auch mal rabiat, wenn's nichts gibt.«

»Oh.«

»Als wir vor zwei Jahren nichts gegeben haben, warf uns einer dieser Rotzlöffel einen Chinakracher durchs Kellerfenster. Das war eine Sauerei, kann ich Ihnen sagen!«

»Und drei Gläser Quittengelee sind dabei zerbrochen«, fügte Emma Wagenknecht an.

Die beiden alten Leute waren Froelich nicht allzu sympathisch, aber Glassplitter aus einem Brei aus Quittengelee aufzusammeln, womöglich noch vom gestampften Boden eines historischen Gewölbekellers ... das wünschte er niemandem.

»Und davor wollen Sie sich nun schützen?«

»Ja«, nickte Eugen Wagenknecht, »wir und unsere Nachbarn. Nebenan bei Müllers lag im vorigen Jahr eine tote Katze im Keller. Müllers nutzen diesen einen Raum eigentlich kaum mehr, also haben sie erst nachgesehen, als es überall im Haus nach dem Kadaver zu stinken begann. Also vernageln wir unsere Kellerfenster und schauen zu, dass wir diese Scheißnacht irgendwie hinter uns bringen.«

»Na ja«, tröstete Froelich ihn, »wird schon nicht so schlimm werden.«

Wagenknecht zuckte mit den Schultern.

»Aber noch einmal zu den Stadtführungen: Was ist denn daran so schlimm für Sie? Die gehen draußen vorbei, und dann sind sie doch auch gleich wieder verschwunden.«

»Ach, mit diesem Mumpitz machen die aus unserer schönen Altstadt die reinste Geisterbahn. Wenn Sie da abends noch kurz auf ein Viertele irgendwohin wollen, kommt Ihnen an der Ecke ein Henker mit seinem Beil entgegen, oder auf der Straße liegt eine Männerpuppe herum, der sie die Hemdbrust blutig angemalt haben – da bin ich schon mehr als einmal erschrocken. Und es wird ja immer mehr.«

»Stimmt«, sagte Froelich und versuchte unauffällig überzuleiten. »Auf den Kanälen zum Beispiel.«

»Ja, diese Bootsfahrten nehmen auch zu, da haben Sie recht. Aber das betrifft uns zum Glück nicht unmittelbar. Wir wohnen ja nicht direkt am Wasser.«

»Herr Karpa hatte da wohl einiges vor für die nächste Zeit.« Froelich versuchte noch einen Schuss ins Blaue, obwohl Wagenknecht schon recht deutlich gemacht hatte, dass ihn Probleme, die nicht direkt vor seiner Haustür entstanden, herzlich wenig kümmerten.

»Karpa?«, fragte er, und sein plötzliches Interesse überraschte Froelich doch. »Sie meinen das kleine Robertle, Magdas Studenten?«

»Robert Karpa, ja – aber wieso nennen Sie ihn ›Magdas Studenten‹?«

»Magda war eine ganz Liebe«, sagte Wagenknecht, und seine Stimme nahm einen schwärmerischen Tonfall an. Seine Frau sah ihn an und hob eine Augenbraue. »Magda Lantz gehörte das Haus früher, die lebte dort ewig als Witwe vom Karl Lantz, der früher draußen an der Mettinger Straße eine Fabrik hatte. Und als sie starb, verteilte sie ihr Vermögen auf die ganze Verwandtschaft – da konnte sich keiner beschweren. Und der kleine Robert hat das Haus auf der Inneren Brücke geerbt.«

»Herr Karpa erzählte mir, seine Tante sei … wie nannte er es? … aus ›altem Esslinger Adel‹.«

»Da hat er recht, der Bub.«

Wagenknecht nickte, und er schien die Formulierung Karpas kein bisschen ironisch zu finden.

»Magda und ihr Mann waren schon wer in der Stadt, und dabei immer höflich und bescheiden. Wenn die Magda auf dem Weg zum Markt hier vorbeikam, grüßte sie immer, und meistens nahm sie sich auch noch Zeit für ein Schwätzle mit meiner Frau. Eine feine Frau war das, die Magda.«

»Ja, ja, Eugen«, sagte Emma Wagenknecht und sah ihren Mann kurz streng an, bevor sie sich wieder Froelich zuwandte und ihm mit verschmitzter Miene zuraunte: »Und hübsch war die Magda auch, wissen Sie?«

»Ach, was du schon wieder denkst!«

Emma Wagenknecht kicherte und zwinkerte Froelich zu, dann schien etwas hinter ihm ihre Aufmerksamkeit zu erregen.

»Grüß Gott miteinander«, rief eine Stimme, und der alte Sanfftleben trat zu der kleinen Runde.

»Ach, Herr Kollege«, sagte Froelich. »Sind Sie auch in der Stadt unterwegs?«

»Kollege?«, fragte Wagenknecht und sah zwischen den beiden ungleichen Männern hin und her.

»Ja, Herr Wagenknecht«, nickte Sanfftleben. »Herr Froelich hat mein Bestattungsinstitut übernommen, ist sozusagen noch ganz frisch in Esslingen.«

»Ach, dann sind Sie der neue Bestatter in der Beutau?«

Froelich nickte.

»Hätten Sie das doch gleich gesagt!« Wagenknecht wandte sich zu Sanfftleben. »Wir haben Ihren Kollegen für einen Touristen gehalten.« Er grinste und zuckte entschuldigend mit den Schultern.

»Ach, da werden die Kinder aber enttäuscht sein«, sagte Emma Wagenknecht. »Wenn Ihnen Halloween so gar nichts sagt, werden Sie den Kleinen sicher auch nichts Süßes geben, nehme ich an.«

»Süßes?«, fragte Froelich. »Meinen Sie denn, die kommen zu einem Bestatter, klingeln und rufen Sachen wie ›Süßes oder Saures‹?«

»Ja, wissen Sie denn nicht, dass unser lieber Herr Sanfftleben jahrelang geradezu dafür berühmt war, die Kinder mit Bonbons und Keksen zu überhäufen?«

»Echt?«

Froelich sah Sanfftleben an, der lächelte kurz, dann nahm sein Gesicht einen traurigen Zug an.

»Ja, das habe ich schon gemacht, als Halloween bei uns in Esslingen noch gar nicht in Mode war – die Kinder kamen trotzdem, die merken sich so etwas. Aber das ist lange vorbei. Seit mein Sohn …«

Emma Wagenknecht wurde bleich, ihr beherzter Tritt in den Fettnapf wurde ihr wohl erst in diesem Moment klar.

»Tut mir leid, Herr Sanfftleben, das habe ich ganz …«

»Schon gut, Frau Wagenknecht.«

»Ja … hm.«

Die Frau sah hilfesuchend zu ihrem Mann, der auch prompt reagierte und den Hammer in seiner Hand etwas anhob: »Wir müssen dann auch wieder, Herr Sanfftleben, dringend. Es ist noch so viel zu tun. Und … Herr Froelich, war schön, Sie kennenzulernen.«

Froelich bedankte sich artig, dann gingen die beiden Bestatter weiter, während hinter ihnen die Hämmer wieder Nägel ins Holz trieben.

»Sie sehen«, sagte Sanfftleben nach einer Weile, »es sind nicht alle Esslinger froh darüber, dass unser rühriges Stadtmarketing so großen Erfolg hat.«

»Allerdings, auch Karpa deutete mir gegenüber so etwas an.«

»Warum? Hatte er Ärger mit Nachbarn wegen seiner Bootspläne?«

Froelich nickte.

»Wird ihn das davon abhalten, seine Pläne umzusetzen?«

»Nicht direkt«, sagte Froelich, »aber wie ich ihn verstanden habe, wird ihm der Mord direkt an seiner Anlegestelle möglicherweise einen Strich durch die Rechnung machen. Karpa hat sogar angedeutet, dass einigen Nachbarn der Mord aus diesem Grund sehr gelegen komme.«

Sanfftleben machte große Augen.

»Tatsächlich? Glaubt er womöglich sogar, dass ein Nachbar diesen Clarsen …?«

Er ließ den Satz unvollendet und schüttelte den Kopf.

»Und«, fragte er dann noch, »halten Sie das auch für möglich?«

»Eher nicht. Ich meine: Nur weil die Innenstadt touristisch aufgepeppt wird, kielholt doch niemand einen Mann!«

Er blieb stehen und besah sich die imposante Kulisse aus großen, alten Häusern, die sie umgab.

»Zumindest kann ich mir das nicht vorstellen.«

Er wandte sich an Sanfftleben.

»Oder sind Ihre Esslinger so drauf?«

Sanfftleben grinste, tat, als würde er zögern, doch dann schlug er Froelich lachend auf die Schulter und ging ihm voran weiter durch die Stadt.

»Sie sollten Brigitte kennenlernen«, sagte er, als Froelich ihn ein paar Meter weiter wieder eingeholt hatte.

»Welche Brigitte?«

»Brigitte Becker, die Chefin unserer Stadtmarketing-Gesellschaft.«

»Ja, das wäre prima. Und unter welchem Vorwand mache ich bei ihr einen Termin? Als Bestatter kann ich kaum anrufen und sagen, ich möchte sie gerne wegen des Toten in der Maille sprechen.«

»Das wird nicht nötig sein. Spielen Sie Karten? Binokel?«

»Ja, wenn auch nicht besonders gut.«

»Gut, dann nehmen Sie sich mal für kommenden Donnerstag nichts vor. Sie haben doch Zeit?«

Froelich nickte.

»Fein. Also abends um sieben im Goldenen Habicht, und kommen Sie zu Fuß.«

Den fragenden Blick des jüngeren Kollegen quittierte Sanfftleben mit schallendem Lachen.

»Wir trinken keinen Sprudel beim Binokeln, wissen Sie?«

* * *

Robert Karpa freute sich, dass Lisa Hetzel heute nicht nach Oberesslingen musste. Sie habe den Brückentag freigenommen, hatte sie ihm gesagt. Und so waren sie lange im Bett geblieben, frühstückten eine Kleinigkeit und verschwanden danach gleich wieder im Bett.

Nun lag Lisa schon eine Weile wach, während Robert nach einiger Zeit wieder eingeschlafen war. Sie sah sich im Schlafzimmer um, das Sonnenlicht flutete durch die Fenster herein und sorgte für eine helle, angenehme Atmosphäre. Viel heller als in ihrer Dachwohnung, und natürlich auch deutlich geräumiger. Sie freute sich, bald bei Robert einziehen zu können – nur würde sie ihm dann irgendwann reinen Wein einschenken müssen. Wenn sie erst einmal die Wohnung teilten, würde sie ihm wohl kaum mehr glaubhaft die schwer beschäftigte Computerspezialistin vorspielen können – zumal Robert selbst bis auf wenige Termine den ganzen Tag zu Hause war. Und die Sache mit den Booten hatte sich nach dem Leichenfund drunten am Kanal mindestens verschoben, wenn nicht sogar ganz erledigt.

Sie rollte sich aus dem Bett, zog sich die Bluse über und schenkte sich in der Küche ein Glas Orangensaft ein. Hier war es überall so hell. Schon Roberts Tante hatte einige Zwischenwände herausreißen lassen, und Robert hatte mit einigen weiteren Umbauten dafür gesorgt, dass die Räume in dem alten Haus an der Inneren Brücke heute einen sehr modernen Zuschnitt hatten.

Im Wohnzimmer schaltete sie das Radio ein, stellte sich ans Fenster und schaute auf die Maille hinunter. Das sonnige Wetter lockte die Esslinger sogar Ende Oktober noch in Scharen hierher. Und offenbar hatten viele die Gelegenheit genutzt, den Tag zwischen Wochenende und Allerheiligen frei zu nehmen. So, wie sie es ja auch behauptet hatte.

Ein schmerzliches Lächeln glitt über ihr Gesicht. Dann sah sie die beiden unten auf das Kanalufer zugehen: den dicken Bestatter, der vor zwei Tagen hier in der Unterhose gesessen und mit Robert Kaffee getrunken hatte, und ein paar

Schritte hinter ihm den dürren, alten Mann, den sie am liebsten nie mehr gesehen hätte.

* * *

Irgendwann landeten Sanfftleben und Froelich auf ihrem Spaziergang im Stadtpark. Überall auf der Wiese tollten Kinder, und auf der Brücke, die hinüber zu dem kleinen Eckcafé führte, standen einige junge Erwachsene beisammen, tranken Bier und Limonade und sahen entspannt dem Treiben auf der Maille zu.

Froelich ging noch einmal zu der Stelle am Kanalufer, an der Clarsens Leiche gefunden worden war, und Sanfftleben folgte ihm so langsam, dass er bald ein ganzes Stück zurückgeblieben war. Die Gondel lag vertäut am Ende der Rampe. Nachdenklich blickte Froelich hinab auf das Neckarwasser, das träge an ihm vorbei und dann unter Karpas Haus hindurch weiter in Richtung Westen floss, wo es schließlich wieder in den Fluss zurückgeführt wurde.

Eine Zeitlang stand er so, ließ die Gedanken schweifen, dachte über die Fragen rund um den Mord an Markus Clarsen nach, die ihn beschäftigten. Dann drehten sich seine Gedanken zunehmend im Kreis, und seufzend wandte er sich um. Sanfftleben war nicht bis ans Kanalufer mitgegangen. Er stand ein knappes Dutzend Meter entfernt und sah zu Karpas Wohnung hinauf.

Froelich folgte seinem Blick. Dort stand eine junge Frau am Fenster, hell erleuchtet vom Sonnenlicht, und sah zu Sanfftleben herab. Sie hob ein Glas an die Lippen und trank etwas Orangefarbenes, dann bemerkte sie, dass auch Froelich zu ihr hochsah. Sie setzte das Glas ab und ging vom Fenster weg.

Sanfftleben stand noch kurz unverändert da, dann drehte er sich um und ging davon. Froelich folgte ihm und hatte ihn bald eingeholt, aber Sanfftleben sah nicht so aus, als wollte er reden. Und so trotteten die beiden Bestatter wortlos nebeneinander her.

* * *

Lisa Hetzel war rückwärts vom Fenster weggegangen, und nach drei Schritten stieß sie mit Robert Karpa zusammen, der vom Radio wach geworden war und in Slip und Shirt vom Schlafzimmer herübergeschlurft kam.

»Hoppla!«, sagte er mit gespielter Empörung und umfasste seine Freundin von hinten. Er küsste sie in den Nacken, aber sie entwand sich ihm und brachte das Saftglas zurück in die Küche. Karpa ging ans Fenster, wo sie gerade noch gestanden hatte.

»Schau mal, Lisa«, rief er zur Küche hin. »Da unten ist ein besonders schönes Paar unterwegs.«

Sie kam langsam zu ihm.

»Siehst du den Dicken und den Hageren, die dort gerade weggehen?«

»Ja, warum?«

»Na, der Dicke saß vor zwei Tagen hier in der Stube und trank mit mir Kaffee.«

»Der Typ, der nur seine Unterhose anhatte, als ich hereinkam?«

»Ja, Bestatter Froelich, du erinnerst dich sicher.«

Lisa Hetzel nickte.

»Und der andere ist sein Vorgänger, der alte Sanfftleben. Groß, hager und faltig – genau so, wie man sich in den alten Gruselfilmen einen Bestatter vorzustellen hatte.« Karpa lachte.

»Woher kennst du den?«, fragte Lisa.

»Der hat die Beerdigung meiner Tante Magda organisiert. Ein schrulliger Typ, und eigentlich sieht der schon seit eh und je so alt aus, wie er heute ist.«

»So, so.«

Karpa drehte sich um und fing einen sehr nachdenklichen Blick von Lisa auf. Kurz war er irritiert, dann fiel ihm wieder ein, worauf er vorher schon wieder Lust gehabt hatte, und er nahm seine Freundin in die Arme.

Lisa stand noch einige Sekunden lang stocksteif da und schaute über Karpas Schulter auf den Stadtpark hinaus, dann hob sie die Arme und drückte ihren Freund ebenfalls.

* * *

Als Froelich wieder zurück im Institut war, machte er sich daran, einige Kartons durchzusehen und alte Unterlagen wegzuwerfen. Gegen sechzehn Uhr hatte er keine rechte Lust mehr, und bei einer Tasse Kaffee fiel ihm wieder ein, dass Sanfftleben – wie er vorhin vom Ehepaar Wagenknecht erfahren hatte – zu Lebzeiten seines Sohnes am Vorabend von Allerheiligen immer dafür gesorgt hatte, dass genügend Süßigkeiten im Haus waren. Die Idee, Kinder zu beschenken, gefiel ihm, und schließlich packte er zwei Klappkisten ins Heck des Leichenwagens und fuhr zum nächsten Supermarkt.

Als er unter den scheelen Blicken der anderen Kunden große Tüten mit Bonbons, Lakritz, Keksen und Gummibärchen in den schwarz lackierten Kombi lud, erinnerte er sich an einen Tipp Sanfftlebens: Nach seiner Entlassung aus dem Krankenhaus hatte sich der alte Kollege einen Spaß daraus gemacht, mit allerlei Ratschlägen und Hinweisen auf gute Restaurants und Ähnliches auf Froelichs Leibesfülle anzuspielen. Doch statt sich zu ärgern, hatte sich Froelich die Vorschläge einfach gemerkt – und nicht wenige davon inzwischen auch mit großem Vergnügen ausprobiert.

Ins Schokoladengeschäft am Plochinger Marktplatz allerdings hatte er es bisher noch nicht geschafft. Froelich sah auf die Uhr am Armaturenbrett – der Laden konnte durchaus noch geöffnet haben. Und tatsächlich: Kurz darauf tauchte er in eine Wolke intensiver Aromen ein und ging nach kurzer Zeit voll beladen wieder in den frühen Oktoberabend hinaus. Zwar hatte er ordentlich Geld liegen lassen, aber schon das erste Stück Eiskonfekt in der Form eines kleinen Napfkuchens, das Froelich noch vor dem Losfahren im Leichenwagen naschte, zeigte ihm, dass er jeden Cent gut angelegt hatte.

Mit einem seligem Lächeln auf den Lippen fuhr er zurück in die Beutau, und als er in den Hof vor dem Institut einbog, sah er schon die ersten Gruppen von maskierten und kostümierten Kindern die Geiselbachstraße entlangkommen.

Er öffnete das Heck des Leichenwagens, trug die erste Kiste mit Süßigkeiten zum Haus und stellte gleich darauf die zweite Kiste in den Hausflur. Die Kinder hatten sein Grundstück erreicht: Ein Harry Potter, ein Skelett und eine Hexe mit struppigem Reisigbesen sahen zu ihm herüber und tuschelten, als wären sie sich nicht sicher, ob sie diesen dicken Fremden auch um Süßigkeiten angehen sollten. Froelich winkte sie heran, aber sie zögerten noch. Da tauchten zwei Mütter auf, die Lippen schwarz geschminkt und die Haare mit kleinen Kettchen aus Plastikknochen zu Pferdeschwänzen gebunden.

»Kommen Sie doch her mit Ihren Kindern«, rief Froelich ihnen zu, und langsam setzte sich die Gruppe in Bewegung. Froelich verteilte ein paar Hände voll Bonbons und Gummibärchen, dann wandte er sich an die Mütter.

»Würden Sie mir kurz helfen?«

Die beiden Frauen gingen mit ihm ins Haus, und Froelich führte sie ins Sarglager, wo er auf zwei ausgediente Sargdeckel zeigte, die an der Wand lehnten.

»Könnten Sie mit anpacken?«

Die Frauen sahen sich an und schienen sich zu fragen, wo sie denn da hineingeraten waren, aber Froelich ließ ihnen gar keine Zeit.

»Wenn Sie den Deckel zusammen auf der einen Seite nehmen und ich auf der anderen, ist er nicht besonders schwer zu tragen. Ich will ihn draußen in den Hof stellen. Es ist nicht allzu kalt, es regnet nicht – da wäre das doch eine prima Sitzgelegenheit, gerade an Halloween, finden Sie nicht auch?«

Damit schnappte er sich das eine Ende, und bald standen beide Holzdeckel draußen auf dem Hof, die Kinder naschten und tollten herum, und Froelich prostete den beiden Frauen mit einem Weißwein zu, den er noch schnell aus dem Kühlschrank im Keller geholt hatte. Die Gläser klirrten, neue Monster kamen dazu, teils mit, teils ohne Eltern, und bald schwirrte der ganze Hof des Bestattungsinstituts Sanfftleben vor Kinderlachen und schwatzenden Erwachsenen.

Sanfftleben, der in der Nachbarschaft wohnte und nachsehen kam, was der Grund für den Trubel war, setzte sich ebenfalls dazu und trank ein paar Gläser, und als sich gegen halb elf auch die letzten Gäste getrollt hatten, hockte er mit glasigem Blick und entspanntem Lächeln auf einem der Sargdeckel, während Froelich ihm gegenüber auf dem anderen Deckel mit inzwischen reichlich ungeschickten Bewegungen versuchte, einen Korkenzieher in die nächste Flasche zu treiben.

»Das war eine schöne Idee, Herr Froelich«, sagte Sanfftleben schließlich mit schwerer Zunge, und seine Hand beschrieb eine Geste, die den ganzen Hof umfasste.

»Ja? Freut mich. Ich hatte einfach Lust bekommen, Kinder mit Süßem zu beschenken. So kommt wenigstens Leben in die Bude, was?«

Froelich lachte, und Sanfftleben stimmte kurz mit ein. Er trank noch einen Schluck, dann sah er nachdenklich zum Gebäude hinüber.

»Trinken Sie mal aus, Kollege«, sagte Froelich. Er stand auf, kam so aufrecht, wie es ihm noch möglich war, zu Sanfftlebens Sargdeckel herüber und ließ sich neben dem alten Mann nieder. »Genug Weißwein, jetzt gibt's Roten.«

Sanfftleben gehorchte, und Froelich schenkte nach. Sie prosteten sich zu, dann saßen sie eine Weile schweigend nebeneinander. Das Licht vom Hausflur tauchte den Hof in schummriges Halbdunkel, und der Leichenwagen, die Ente und die Sargdeckel warfen lange Schatten.

Auf der Straße fuhr ein Auto vorbei, und vom Marktplatz wehten ab und zu Geräusche herüber – dort schienen tatsächlich einige besonders laute Zeitgenossen zu feiern, und die Wagenknechts hatten vielleicht gar nicht so unrecht damit gehabt, ihre Fensterläden rechtzeitig vorher zu verrammeln.

»Mir hat die Idee gefallen, dass das Bestattungsinstitut früher am letzten Oktoberabend immer eine Anlaufstelle für Kinder war«, sagte Froelich schließlich.

Sanfftleben nickte, sagte aber nichts.

»Und ich hätte Ihnen ja vorher auch Bescheid gesagt, aber ich wusste nicht ... wegen Ihres Sohnes ...«

»Nett von Ihnen«, murmelte Sanfftleben nach einer Pause. »Aber nach sieben Jahren und dreieinhalb Monaten sollte ich allmählich lernen, damit zu leben, meinen Sie nicht auch?«

Froelich musterte den Kollegen: Er saß neben ihm auf dem Sargdeckel, im Halbdunkel wirkten seine Züge noch kantiger und die Falten noch tiefer. Seine schmalen Schultern hingen, und der dürre Oberkörper war leicht nach vorn gebeugt.

»Sie wissen so gut wie ich, dass das Blödsinn ist.«

»Blödsinn?« Sanfftleben sah Froelich fragend an. »Was meinen Sie damit?«

»Na, dieses ganze Gequatsche von der Zeit, die Wunden heilt. Das kann die Hinterbliebenen vielleicht kurz nach dem Tod trösten und einigermaßen über die ersten Tage bringen – aber bald genug finden sie heraus, dass es eine glatte Lüge ist. Die Zeit heilt keine Wunden ganz, hat sie noch nie gemacht. Die Wunden schließen sich, beim einen besser, beim anderen schlechter – aber die Narben bleiben, und manche tun verdammt weh.«

Sanfftleben nickte.

»Was wirklich hilft, ist, über die Toten zu reden und über die Gedanken, die uns zu ihnen durch den Kopf gehen.«

Ein wehmütiges Lächeln huschte über das faltige Gesicht des Alten.

»Klingt komisch«, fügte Froelich hinzu, »wenn der eine Bestatter dem anderen Ratschläge gibt, was?«

Sanfftleben zuckte mit den Schultern.

»Ein bisschen vielleicht«, meinte er dann. »Aber das ist schon in Ordnung, Sie wollen mir ja nur helfen.«

»Oh – hab ich es so schlecht angestellt?«

Sanfftleben und Froelich grinsten sich an, dann wurde der alte Bestatter wieder ernst.

»Mein Sebastian war ein prima Junge«, sagte er. »Clever, nett, groß, schlank – der hatte einen richtigen Schlag bei den Frauen, und alle Naselang brachte er eine neue Freundin mit zu uns nach Hause, eine hübscher als die andere.«

Sanfftleben trank einen Schluck.

»Das hätte er wohl besser gelassen: eine Tasse Kaffee mit dem alten Vater und nebenan stehen die Särge aufgereiht ... Das hat die meisten abgeschreckt.«

»Die meisten?«

»Ja, die meisten. Eine hatte er mal dabei, die hatte er auf dem Friedhof kennengelernt. Ein nettes Ding, eigentlich, aber ganz in Schwarz angezogen, mit schwarz geschminkten Lippen und überall diese Piercings.«

»Solche Gäste hatten wir heute ja auch.«

»Stimmt, aber für die war das ganze Jahr über Halloween. Dass Sebastian Bestatter war, hat sie besonders toll gefunden.«

»Dann hat doch alles gepasst, oder?«

»Na ja ... Als sie eines Tages unbedingt im Leichenwagen ... äh ... Das wurde Sebastian dann doch zu viel, da hat er sie rausgeworfen.«

»Und so etwas hat Ihnen Ihr Sohn erzählt?«

»Nein, hat er nicht. Ich hab das zufällig mitbekommen, als ich abends noch einmal ins Institut runter bin. Ich hörte seltsame Geräusche, hab erst im Sarglager nachgesehen und bin dann in die Garage rübergeschlichen. Da stand sie hinter der geöffneten Heckklappe des Leichenwagens und hat ... Nun ja, sie drehte mir den Rücken zu und versperrte Sebastian den Blick zu mir, also zog ich die Tür wieder zu, bis ich nur noch durch einen Spalt in die Garage schauen konnte.«

Froelich sah irritiert zu Sanfftleben hinüber, der aber ganz in seiner Erinnerung versunken schien. Er stellte sich den alten Mann vor, wie er sich vor seinem Sohn verbarg und ihn und seine Freundin durch die leicht geöffnete Garagentür beobachtete. Offenbar hatte der Kollege einige seltsame Angewohnheiten.

»Sebastian hat die halbe Nacht geweint, das hab ich durch seine Zimmertür gehört. Und am nächsten Morgen hat er mich gefragt, ob ich die Termine der nächsten Tage ohne ihn wahrnehmen könne. Ich hab mich nicht getraut, ihm zu verraten, dass ich wusste, warum er so schlecht drauf war – und er wollte es mir nicht erzählen. Ein paar Tage lang ist er mir dann regelrecht aus dem Weg gegangen, er hat sich in die Büroarbeit vergraben und wollte weder den Leichenwagen fahren noch mit Hinterbliebenen reden.«

Froelich schluckte. Vermutlich lief die Geschichte nun auf das tragische Ende des jungen Mannes zu.

»Und dann, ganz plötzlich, war er wieder bester Stimmung.«

Sanfftleben schüttelte den Kopf, als könne er es noch immer nicht fassen, und lächelte dabei schmerzlich.

»Er hatte wieder ein Mädchen kennengelernt. Wie gesagt: Sebastian hatte einen Schlag bei Frauen.«

Froelich war etwas verblüfft von der Wendung, die Sanfftlebens Erzählung nun nahm.

»Mein Junge war wie ausgewechselt. Er schien auf Wolken zu schweben, und ab und zu schwärmte er mir von seiner neuen Freundin vor, aber dazu, dass er sie mir mal vorstellte, kam es leider nicht mehr.«

Sanfftleben trank sein Glas leer und reichte es Froelich, der ihm noch einmal nachschenkte.

»Danke«, sagte Sanfftleben und nahm noch einen Schluck. »Ein Foto hat er mir gezeigt, ein hübsches Ding war das, nicht so mager wie seine anderen Freundinnen, und mit vollen, dunkelblonden Locken. Ihren Namen habe ich erfahren, und ich hatte gehofft, dass er sie zu seinem Geburtstag einladen würde – ich war schon immer etwas neugierig, und ich gönnte es ihm so sehr, dass er wieder verliebt war. So glücklich, so voller Leben. Bis …«

Die Pause dauerte nur ein, zwei Minuten, aber Froelich kam sie ewig vor. Still saß er da und wartete ab.

»Am Tag vor seinem Geburtstag haben sich die beiden wohl getrennt. Und am nächsten Morgen fand ich ihn in der Garage.«

Sanfftleben wischte sich die Nase mit dem Handrücken und trank sein Glas leer.

»Er hatte sich einen Strick genommen, wie wir ihn zum Runterlassen der Särge benutzen, und hat ihn oben an die Stahlschienen der Tormechanik gebunden. Auf der hinteren Stoßstange des Leichenwagens waren noch seine Schuhabdrücke zu sehen – von dort war er gesprungen, seine Beine hingen nur ein paar Zentimeter über dem Boden.«

Er schüttelte den Kopf.

»Nur ein paar Zentimeter … mein Gott: Hätten diese Scheißstahlschienen nicht ein bisschen nachgeben können?«

Froelich legte dem Kollegen die Hand auf die Schulter.

»Ich schnitt Sebastian gleich los, lockerte die Schlinge um seinen Hals und bettete ihn auf den Boden der Garage, aber da war nichts mehr zu machen.«

»Glauben Sie, dass die Trennung von seiner Freundin der Grund war?«

Sanfftleben atmete ein paar Mal tief ein und aus, dann setzte er sich ein wenig gerader hin.

»Ich nehme an, ja«, sagte er dann. »Wobei ich mir lange nicht vorstellen konnte, dass es das allein gewesen sein konnte. Er hatte zuvor ja immer wieder eine andere Freundin gehabt, und mit dem letzten Mädchen war er nicht lange zusammen gewesen. Also habe ich zunächst vermutet, dass ihm der Beruf des Bestatters mehr zugesetzt hatte, als ich dachte. Sie können sich gar nicht vorstellen, welche Vorwürfe ich mir deswegen gemacht habe!«

Froelich konnte die Abneigung gegen seinen Beruf nachvollziehen. Auch ihm selbst hatte er lange keinen Spaß gemacht, und er hatte Jahre gebraucht, sich einigermaßen damit zu arrangieren, dass er wohl sein ganzes Berufsleben lang mit Trauernden und Toten zu tun haben würde.

»Aber irgendwann war ich überzeugt, dass doch dieses Mädchen dahintersteckte.«

Sanfftleben hob abwehrend die Hände.

»Ich weiß, dass Sie jetzt glauben, ich würde mir da etwas schönreden – schon, um mir nicht länger selbst Vorwürfe machen zu müssen. Aber …«

Er stockte, stand auf und blieb kurz leicht schwankend neben dem Sargdeckel stehen.

»Ich glaube, ich sollte jetzt lieber ins Bett gehen.«

Froelich sah zu Sanfftleben hin. Er konnte ihm kaum widersprechen, aber dass er nun die Geschichte nicht bis zu Ende hören konnte, wurmte ihn schon. Doch Sanfftleben setzte sich wieder.

»Auch schon egal«, brummte er und hielt Froelich noch einmal sein Glas hin. »Jetzt kann ich Ihnen die Geschichte ebenso gut bis zum Ende erzählen.«

Er wartete, bis Froelich nachgeschenkt hatte, dann hielt er das Glas vor sich in die Luft und blinzelte, als wollte er die Farbe des Weins prüfen.

»Meine Güte, alles rot. Rot wie Blut. Immerhin sah mein Junge tot so aus wie zu Lebzeiten. Um den Hals habe ich ihm einen dünnen Schal gelegt, ansonsten wirkte er im Sarg, als würde er nur mal kurz schlafen.«

Sanfftleben trank einen Schluck, dann stellte er das Glas neben sich auf dem Sargdeckel ab.

»Es ist seltsam: Da sieht man täglich Leichen, gewöhnt sich daran, dass sie nicht mehr atmen, dass sie wirken wie seltsam wächserne Nachbildungen der Lebenden – und wenn dann einer vor Ihnen liegt, der Ihnen etwas bedeutete, ist plötzlich alles ganz anders. Meine Frau habe ich begraben, meinen Sohn …«

Er lachte bitter.

»Nur mich alten Hansel lässt der Sensenmann hier hocken und Wein trinken.«

Er griff nach dem Glas, bekam es aber nicht zu fassen und stieß es um. Es zerbrach klirrend auf dem Boden, und Sanfftleben sah langsam zu, wie ein roter Fleck am Holz des Sargdeckels hinunterrann.

»Tut mir leid, Herr Froelich, ich mach Ihnen das morgen wieder weg.«

»Kein Problem, Herr Sanfftleben. Darum kümmere ich mich schon selbst.«

Sanfftleben nickte.

»Ich hatte Ihnen ja erzählt, dass mir Sebastian seine letzte Freundin nicht mehr vorstellen konnte. Er hat mir mal ein paar Fotos gezeigt, die er von ihr gemacht hat – die Fotos waren ihm richtig gut gelungen, und das Mädchen sah toll aus, das muss ich sagen. Ich hab die Aufnahmen mit in Sebastians Album gelegt – und darin blättere ich auch heute noch immer wieder mal. Jedenfalls bin ich ihr eines Tages in der Innenstadt über den Weg gelaufen. Sie schlenderte Arm in Arm mit einem Mann in Sebastians Alter, den ich von der Beerdigung seiner Tante her kannte. Kein allzu netter Typ, nicht besonders fleißig, der sich lange auf dem Erbe seiner Tante ausruhte. Er grüßte mich zwar, wollte aber gleich weiter, fast so, als hätte er ein schlechtes Gewissen. Ich sprach das Mädchen an, stellte mich vor – und da wurde sie richtig bleich. Heute schäme ich mich dafür, aber damals ging es einfach mit mir durch: Ich hielt ihr vor, dass sie schuld sei am Tod meines Sohnes, ich beschrieb ihr, wo sich Sebastians Grab befindet, und ich schimpfte im Weggehen noch auf sie ein, dass sie ihn wenigstens jetzt mal besuchen könne, wenn sie ihn schon auf dem Gewissen habe …«

Froelich schluckte.

»Ich bin schon ein alter Esel, oder?«, fragte Sanfftleben nach einer kurzen Pause.

»Das kann jedem mal passieren«, sagte Froelich. »Gerade, wenn man aufgewühlt ist.«

Sanfftleben schwieg.

»Das hat Ihnen die junge Frau sicher längst verziehen.«

Sanfftleben sah Froelich an.

»Sie hätten sie fragen können«, sagte er schließlich.

»Ich? Wieso das denn?«

»Am Freitag war sie hier.«

Froelich dachte kurz nach, dann dämmerte es ihm.

»Monika Clarsen? Die Schwester des Mordopfers?«

Sanfftleben nickte, rappelte sich mühsam auf und ging mit unsicheren Schritten in die Nacht davon. Froelich fragte sich noch, ob Sanfftleben auch die junge Frau kannte, die heute in Robert Karpas Wohnzimmer am Fenster gestanden hatte. Dann stand er ebenfalls auf, holte zwei schwere Plastikplanen und deckte mit ihnen die beiden Sargdeckel ab – sie waren zu schwer und er zu wenig nüchtern, um sie heute Abend noch allein zurück ins Sarglager schaffen zu können.

* * *

Als Gottfried Froelich hochschreckte und nach Luft schnappte, war es halb drei. Vor ihm dudelte das Fernsehgerät, es lief ein Shopping-Kanal, den er eingeschaltet hatte, um besser einschlafen zu können.

Es hatte funktioniert, aber nun war Froelich ganz benommen von seinen wirren Träumen, und der Rücken schmerzte ihm vom nicht allzu bequemen Wohnzimmersofa. Sein Puls raste, und vor seinem geistigen Auge schwirrten noch immer die Bilder der vergangenen Sekunden umher: der tote Sebastian an seinem Strick, Monika Clarsen mit bleichem Gesicht, und dazu der alte Sanfftleben, wie er mit wütender Miene und erhobenem Zeigefinger immer wieder durchs Bild flog, von links nach rechts und von rechts nach links.

Er massierte sich die Schläfen, dann trank er aus dem Sprudelglas, das vor ihm auf dem Couchtisch stand. Er schüttelte sich: Das Wasser war abgestanden und schmeckte schal. Er wuchtete sich hoch und tappte zur Küche hinüber, dabei fiel ihm auf, dass der Anrufbeantworter blinkte – das musste er vorhin, als er ganz in Gedanken aus dem Hof heraufgekommen war, übersehen haben. Er drückte die Wiedergabetaste und legte sich aus Gewohnheit einen Block und einen Stift für etwaige Notizen bereit.

»Hallo, Herr Froelich«, begann eine Frauenstimme, und Froelich war auf einen Schlag hellwach. »Ich bin's, Zora Wilde, die Rechtsmedizinerin. Sie hatten mich wegen der Freigabe der Leiche von Markus Clarsen angerufen – und ich ... ich muss mich bei Ihnen entschuldigen: Das hätte ich natürlich längst veranlassen müssen. Ich bin so weit fertig, Sie und Clarsens Familie können die Bestattung also vorbereiten. Ich kümmere mich gleich übermorgen darum, sobald ich nach dem Feiertag wieder jemanden erreichen kann, der für Sie die Papiere fertig macht. Tut mir leid, dass ich das noch nicht erledigt habe – mir kam das Wochenende dazwischen und ...« Ihre Stimme wurde brüchig. »... und im Moment geht es bei mir drunter und drüber.« Sie räusperte sich und klang sofort wieder geschäftsmäßiger. »Aber das interessiert Sie sicher nicht. Also, Herr Froelich: Ich kümmere mich darum und gebe Ihnen Bescheid, sobald alles geregelt ist, ja? Danke für Ihr Verständnis. Sie haben was gut bei mir!«

Die Ansage des Anrufbeantworters teilte mit, dass Zora Wilde fünf Minuten nach halb acht angerufen hatte. Froelich spulte noch einmal zurück und hörte sich die Nachricht ein zweites Mal an. Dann lief das Gerät weiter: Inge hatte gegen halb zwölf hinterlassen, dass er sich doch mal auf ihrem Handy melden solle – sie klang ein wenig überrascht, dass sie ihn so spät nicht daheim antraf, und in Froelich regte sich das schlechte Gewissen, obwohl er ihren Anruf doch einfach nur verschlafen hatte.

Dienstag, 1. November

Lisa Hetzel war in letzter Zeit häufiger hier gewesen, der Ebershaldenfriedhof übte gerade in diesen Tagen eine beruhigende Wirkung auf sie aus. Manchmal sah sie nach den eingepflanzten Blumen, mal goss sie oder harkte etwas Unkraut weg, und manchmal sammelte sie, wie heute, nur ein paar verwelkte Blätter ein, die es von einem der umstehenden Bäume auf das Doppelgrab geweht hatte.

Nach dem Unfalltod ihrer Eltern hätten sie lange Zeit keine zehn Pferde auf diesen Friedhof gebracht. Es ging ihr damals nicht gut, und mit ihren schwarzen Klamotten, ihren Piercings und den schwarz umrandeten Augen im totenbleich geschminkten Gesicht erntete sie damals bei der Verwandtschaft nur missbilligende Blicke. Ohnehin hatte Familie für sie damals nicht mehr bedeutet als langweilige Sonntagnachmittage mit Menschen, denen sie nichts zu sagen hatte.

Vom Tod der Eltern erfuhr sie erst mit einigen Tagen Verspätung, als sie ihre Mutter wieder einmal anpumpen wollte. Es war niemand zu Hause gewesen, also fuhr sie schwarz mit der Bahn zu ihrer Schwester nach Untertürkheim – die ihr dann unter Tränen alles erzählt hatte. In einem Hollywood-Film wäre darauf die gefühlvolle Aussöhnung mit der Familie gefolgt, doch im wirklichen Leben stürzte Lisa nur wortlos aus der Wohnung und lief das Neckarufer entlang, bis es dunkel wurde.

Ihren damaligen Freund fand sie erst im dritten der Verstecke, in denen sie sich nachts üblicherweise verkrochen, und KP war da schon längst nicht mehr in der Verfassung, mit ihr über Trauer, Einsamkeit und das Gefühl zu reden, gerade seine Wurzeln verloren zu haben. Und als sie am nächsten Morgen fröstelnd und mit Muskelkater erwachte, hatte sie selbst keine Lust mehr auf solche Themen.

Im Papierkorb beim Bahnhof fand sie in den folgenden Tagen die *Eßlinger Zeitung*, und als sie zur Seite mit den Todesanzeigen blätterte, war dort die Beerdigung ihrer Eltern angekündigt. »In tiefer Trauer, Anna und Lisa Hetzel mit allen Angehörigen« stand am Ende der Anzeige. Heute war Lisa gerührt, dass ihre Schwester sie erwähnte, obwohl sie sich um gar nichts gekümmert hatte – damals fühlte sie sich nur beschämt und wurde wütend deswegen. Wütend auf sich und wütend auf ihre Schwester, die immer alles schaffte und alles richtig machte.

Zur Beerdigung ging sie nur heimlich: In einigem Abstand folgte sie dem Trauerzug, die Wollmütze tief ins Gesicht gezogen. Hinter einem Gebüsch versteckt beobachtete sie die Zeremonie am Grab, und bevor die letzten Trauergäste ihre Blumen in die Grube geworfen hatten, verschwand sie wieder.

Es dauerte Monate und es brauchte eine besonders kalte Winternacht, in der KP und sie trotz mehrerer Lagen Kartons, Zeitungspapier und zweier zerschlissener Wolldecken vor Kälte kein Auge zumachten, bis sie beschloss, es noch einmal mit dem anderen, biederen Leben zu versuchen.

Sie redete mit Engelszungen auf KP ein, er solle es doch ebenso machen wie sie, er solle doch mit ihr zusammen irgendwo eine kleine Wohnung und einen Job suchen – oder womöglich seine Familie um Hilfe bitten. Geld genug hatte seine Verwandtschaft allemal, das hatte er ihr erzählt – sogar das Haus seiner Mutter hatte er ihr einmal gezeigt. Aber KP schüttelte nur den Kopf, und als sie nicht lockerließ, jagte er sie fort, schimpfte lauthals hinter ihr her und warf ihr, weil sie es im Weggehen noch einmal versuchte, einen Stein hinterher.

In einem Punkt konnte sie ihn sogar verstehen: Auch sie bat ihre Familie nicht um Hilfe. Sie hatte regelrecht Angst vor ihrer Schwester – oder eher davor, dass sie nicht genug Mumm und Verstand hatte, ihr gegenüber wenigstens diesmal das Richtige zu tun.

In einer Szenekneipe nicht weit vom Esslinger Wolfstor durfte sie einen Abend lang auf Probe bedienen, und weil sie sich geschickt anstellte und schnell und freundlich war, nahm sie der Wirt abends beiseite, gab ihr den ersten Lohn in bar, bot ihr ein möbliertes Zimmer für die erste Zeit an und half ihr, mit kleiner Wohnung, Bankkonto und all dem anderen Kram, der für die meisten selbstverständlich ist, wieder auf die Beine zu kommen.

Irgendwann war sie so weit, das Grab ihrer Eltern zu besuchen. Und seither kam sie regelmäßig, sprach mit ihrer Mutter, dachte an ihren Vater. Am Anfang hatte sie noch darauf geachtet, dass niemand sonst am Grab war und dass niemand sie sah, den sie kannte. Doch als eines Tages plötzlich ihre Schwester neben ihr stand, war es zu spät zum Weglaufen.

Fast eine Stunde lang standen sie schweigend nebeneinander, bis Lisa den Mut fand, sich bei Anna zu entschuldigen, ihr für die Todesanzeige zu danken und ihr die Adresse ihrer kleinen Wohnung zu nennen. Inzwischen hatten sie nicht allzu oft Kontakt, aber doch ab und zu. Und selbst ihren letzten Job hatte Anna ihr verschafft: Ein Bekannter von ihr hatte eine Firma gegründet, für die ständig neue Leute gesucht wurden. Anna brachte ihr eines Tages einen Laptop vorbei, legte ein paar Fachbücher über Computer, Programmiersprachen und Internet dazu und nannte ihr einen Termin ein paar Tage später, an dem sie sich in der Firma in Oberesslingen vorstellen sollte.

Den Job hatte sie bekommen, und alles schien bestens zu laufen.

»Tja, Mama«, murmelte Lisa Hetzel, »das sah alles prima aus – und jetzt stehe ich wieder ohne Job da.«

Kurz stieg Ärger in ihr hoch, dann schloss sie die Augen, atmete ein paar Mal tief durch und versuchte, sich an angenehme Gerüche, Erlebnisse oder Bilder aus ihrer Kindheit zu erinnern. Das half. Das hatte immer wieder geholfen, seit sie sich von KP getrennt hatte und für gute Laune nicht mehr von Alkohol und all dem anderen Zeug abhängig sein wollte.

Der Grabstein vor ihr sah edel aus. Der polierte Stein schimmerte sanft im Sonnenlicht, die eingemeißelten Buchstaben waren in einer schönen Schrift gesetzt. Seit sie für CarvSys gearbeitet hatte, wusste sie, dass solche Steine heute oft mit Hilfe entsprechender Computerprogramme und der von ihnen gesteuerten Maschinen hergestellt wurden. Auch CarvSys programmierte und betreute solche Software, allerdings für Maschinen, die Holz bearbeiteten.

Sie rieb sich mit dem Zeigefinger über eine der Stellen, an denen sie früher ihre Piercings getragen hatte, dann sah sie noch kurz auf das Grab und wandte sich zum Gehen.

Allerdings ging sie nicht zum Ausgang, sondern sie nahm den Weg zu einem weiteren Grab, das einige Reihen von dem ihrer Eltern entfernt lag. Sie ging langsam und sah sich aufmerksam um. Durch den Feiertag war heute viel los auf dem Friedhof, aber auf dem Weg, den sie für die letzten Meter bis zu ihrem Ziel einschlug, war niemand. Das Grab lag verlassen, erst ein Stück weiter hinten kniete eine Frau und machte sich an einigen Pflanzen zu schaffen. Sie sah sich nach allen Seiten um, aber es kam niemand in ihre Richtung.

Der Gang hierher zu Sebastians Grab fiel ihr fast noch schwerer als früher der zum Grab der Eltern. Zumal sie ihn hier auf diesem Friedhof kennengelernt hatte, lange bevor ihre Eltern verunglückt waren. Kurz musste sie grinsen: Damals hatte sie sich mit ihrem tiefschwarzen Outfit gerne auf Friedhöfen herumgetrieben, hatte mit eindeutigen Gesten und gezielten Provokationen die »normalen« Friedhofsbesucher geärgert – und als sie erfuhr, dass Sebastian Bestatter war, stellte sie sich eine Beziehung mit ihm sehr spannend vor.

Erst hatte er sich gefreut, dass ein Mädchen endlich einmal nicht von seinem Beruf abgeschreckt wurde, doch dann wurde ihm ihre Begeisterung für alles rund um den Tod doch etwas unheimlich. Und schließlich machte er Schluss mit ihr, sie trollte sich, ging ihm und seinem Vater aus dem Weg, wenn sie konnte, um nicht an die letzte Szene mit Sebastian erinnert zu werden: einem etwas speziellen Auftritt am Heck des Leichenwagens, der ihr schon nach wenigen Tagen peinlich war.

Auch von Sebastians Tod erfuhr sie aus einer weggeworfenen Zeitung, und viel später, als sie regelmäßig das Grab ihrer Eltern besuchte, suchte sie auf dem Ebershaldenfriedhof systematisch nach Sebastians letzter Ruhestätte. Manchmal hatte sie Sebastians Vater am Grab gesehen, dann war sie wieder umgekehrt. Sie wusste nicht, ob der alte Mann sie heute noch erkennen würde – aber allein das Risiko, von ihm Vorwürfe zu hören, von ihm womöglich für den Tod seines Sohnes mitverantwortlich gemacht zu werden, schreckte sie ab.

* * *

Sanfftleben hatte nicht den üblichen Eingang gewählt.

Oft kam er von Westen her durch das steinerne Portal auf den Friedhof. Wenn es schon etwas dunkler wurde, ging er gern über den dann einsam daliegenden Hauptweg zwischen den Gräberreihen hindurch und auf die Bestattungshalle zu. Der lange, gerade, nur durch Treppen und einen kreisrunden Platz unterbrochene Gang auf das Gebäude zu hatte etwas Feierliches, wie Sanfftleben fand. Und dunkle Friedhöfe bereiteten ihm kein Unbehagen – »das wäre für einen Bestatter ja auch gelacht«, dachte er und grinste.

Diesmal war er die ruhige Wohnstraße außen am Friedhof entlangspaziert und erst in Höhe der Bestattungshalle durch den Seiteneingang aufs Gelände gegangen. Als er um ein Gebüsch herumging und das Grab seines Sohnes in einiger Entfernung vor sich sah, blieb er wie angewurzelt stehen: Eine junge Frau kniete dort und schien mit dem Grabstein zu reden.

Das war für ihn nicht ungewöhnlich, er machte das selbst oft. Ungewöhnlich fand er, dass dort überhaupt jemand kniete – und wer da seinen Sohn besuchte. Es war nicht Monika Clarsen, obwohl er sie, wenn überhaupt jemanden, noch am ehesten an Sebastians Grab erwartet hätte. Lisa Hetzel dagegen ... Sanfftleben hatte nicht gedacht, dass Sebastian bei ihr einen so großen Eindruck hinterlassen hatte, dass sie nach so vielen Jahren hierherkam.

»Tja, Sebastian hatte eben einen Schlag bei Frauen«, murmelte er.

Eine ältere Dame, die gerade an ihm vorbeistöckelte, sah ihn erschrocken an, ging aber ohne einen Kommentar weiter. Sanfftleben sah Lisa noch eine Weile zu, wie sie dakniete und redete, dann wandte er sich ab und ging ganz in Gedanken wieder zum Seiteneingang hinaus.

* * *

Froelich verschlief den halben Vormittag, danach wählte er Inges Handynummer und hinterließ, als sie sich nicht meldete, eine kurze Nachricht. Und als er sich endlich mit der ersten Tasse Kaffee ans Fenster setzte und zur Mittleren Beutau hinunterschaute, sah er Sanfftleben langsam über das Kopfsteinpflaster daherkommen.

Der alte Bestatter wirkte von hier oben ähnlich müde wie Froelich, und als er ein paar Minuten später ihm gegenüber am Küchentisch saß, nahm er die angebotene Tasse Kaffee gerne an und trank in großen Schlucken. Eigentlich hatte sich Froelich in aller Ruhe ein Nudelgericht machen wollen. Käse, Zwiebeln, Pilze und ein paar andere Zutaten lagen schon neben dem Herd bereit.

Dennoch hatte Sanfftleben leichtes Spiel, als er Froelich nach der zweiten Tasse Kaffee dazu überreden wollte, gemeinsam mit ihm gemütlich essen zu gehen. Die Burgschenke, die Sanfftleben vorschlug, hatte Froelich schon immer einmal testen wollen, also schnappte er sich die Jacke und folgte seinem Kollegen hinaus.

Natürlich wusste er von Sanfftleben, dass die Burg ein markanter Teil der alten Stadtbefestigung und nie eine Burg im eigentlichen Sinne war, und die schöne Aussicht von dort oben hatte er auch schon mehrfach genossen. Aber bisher hatte er es immer so eingerichtet, dass er mit dem Auto hinauffuhr und hinter der Anlage parkte – die letzten paar Meter bis hin zur Liegewiese oder zum Fuß der Mauer mit dem Wehrgang, eben oder sogar leicht bergab, fand er sehr angenehm für einen gemütlichen Spaziergang. An sonnigen Wochenendtagen war dort oben enorm viel los, und wenn es die Temperaturen hergaben, lagen über die Wiese bei den trutzigen Mauern verteilt zahlreiche Menschen jeden Alters beisammen, schwatzten und lachten. Für den kommenden Sommer hatte sich Froelich ein Picknick hier oben vorgenommen.

Doch nun ging es erstmals zu Fuß hinauf. Direkt beim Rosenhäusle begann die steile, überdachte Treppe, auf der sie mehr kletterten als nach oben spazierten. Die Stadthäuser lagen bald unter ihnen, man konnte in die ummauerten Gärten sehen und hatte einen schönen Blick über die Altstadt – aber vor Froelichs Augen tanzten schon jetzt farbige Punkte, das Blut rauschte in seinen Ohren, und er konnte nicht begreifen, wie Sanfftleben hier so flott hinaufkraxeln konnte und nebenbei noch die Puste hatte, ihm allerlei Kurioses über seine Heimatstadt zu erzählen.

Viermal musste Sanfftleben auf ihn warten, bis sie unter der Hochwacht durchgegangen waren und damit den höchsten Punkt des Wehrgangs erreicht hatten. Und trotz der Verschnaufpausen keuchte Froelich, dass ihn zwei ältere Damen, die ihnen im Wehrgang entgegenkamen, ganz erschrocken anstarrten.

»Geht's wieder?«, fragte Sanfftleben nach einer Weile. Froelich hatte sich mit beiden Händen auf der Holzbrüstung abgestützt und japste bei bestem Blick auf Esslingen, als würde er jeden Moment umsinken.

Froelich nickte, zum »Ja« fehlte ihm noch immer der Atem. Aber als Sanfftleben ihm danach die Treppe zur Burgschenke hinunter vorausging, waren die Strapazen des Aufstiegs fast schon wieder vergessen.

Sie aßen gut und reichlich, aber das Gespräch kam nur stockend in Gang. Sanfftleben schien heute besonders nachdenklich zu sein, doch nach dem dritten Viertele Spätburgunder hellte sich seine Miene ein wenig auf, und auf dem ganzen Weg die Stufen hinunter in die Beutau erzählte der alte Bestatter einen schmutzigen Witz nach dem anderen.

Mittwoch, 2. November

Den Mittwochvormittag verbrachte Froelich größtenteils am Telefon. Inge meldete sich: Es gehe ihr gut, sie komme mit der Recherche gut voran und beginne allmählich, ihren Gottfried zu vermissen. Dann wollte sie noch wissen, was es mit diesem Mordfall auf sich hatte, von dem sie aus der Zeitung wusste. Froelich brachte sie kurz aufs Laufende, dann verabschiedeten sie sich wieder.

Jana Bednarz rief kurz danach an. Sie hatte einige Neuigkeiten, wusste aber noch nicht alle so einzuordnen, dass sich im Mordfall Clarsen für sie ein stimmiges Bild ergab.

»Als Betriebsrat war er wohl sehr beliebt«, erzählte sie. »Zumindest sagt das die Personalchefin seiner Firma. Als ich sie auf Lisa Hetzel ansprach, war sie nicht mehr so gut gelaunt: Es ist in der Firma ein Laptop geklaut worden, niemand will es gewesen sein – und der Chef, ein gewisser Marlon Salzner, verdächtigte irgendwann Lisa Hetzel. Sie hat wohl eine etwas spezielle Vorgeschichte, und Salzner wusste davon, als er sie einstellte. Diese Vergangenheit hat sie damals eingeholt. In ihrer Panik muss sie versucht haben, ihren Chef … nun ja … sagen wir: mit vollem Körpereinsatz für sich einzunehmen. Da hat er sie rausgeschmissen. So jedenfalls hat es mir die Personalchefin erzählt, die selbst offensichtlich große Stücke auf ihren Chef hält – und die für Frau Hetzel wohl wenig übrig hat. Ich habe mir ihre Kündigung angesehen, da taucht nirgends etwas zu dem Diebstahlsverdacht auf, auch die Frist ist eingehalten und das Zeugnis, das mir die Personalchefin gezeigt hat, liest sich fair. Aber Frau Hetzel wird ihrem Chef die Kündigung natürlich trotzdem krummgenommen haben – wahrscheinlich wollte sie sich dagegen wehren, vielleicht hat sie sich an den Betriebsrat Markus Clarsen gewandt. Doch von dem hätte sie in diesem Fall wenig Hilfe erwarten dürfen: Die Personalchefin erzählte mir, dass Clarsen einen sehr guten Draht zum Chef hatte: Der hielt große Stücke auf seinen Mitarbeiter. Als die Firma vor einem Jahr mal für kurze Zeit am Abgrund stand, haben sie gemeinsam einen Kompromiss ausgehandelt. Auf Clarsens Vorschlag hin haben damals alle Mitarbeiter, natürlich auch Lisa Hetzel, drei Monate lang freiwillig auf ihre Gehälter gewartet. In dieser Zeit bekam Salzner den Laden wieder flott, und die Firma startete dank zweier Großaufträge wieder durch. Seither, sagte die Personalchefin, passte zwischen Clarsen und seinen Chef kein Blatt Papier – schlecht für Frau Hetzel, würde ich sagen.«

»Halten Sie das für ein Motiv? Dass sie Clarsen um Hilfe bittet und der lehnt ab?«

»Für Lisa Hetzel? Etwas dünn, finde ich. Ich weiß auch gar nicht, was ein Betriebsrat im Einzelfall da ausrichten kann. Zumal die Geschichte von Frau Rombold ja nicht unbedingt stimmen muss – die hatte viel vom Hörensagen, und als Lisa Hetzel ihrem Chef angeblich an die Wäsche wollte, war außer den beiden niemand dabei. Salzner selbst war leider nicht da, der ist auf Geschäftsreise. Und immer bliebe die

Frage: Wie hat Frau Hetzel das mit dem Boot angestellt, so ganz allein? Nein, das passt alles nicht so richtig. Außerdem haben wir uns in der Wohnung und im Haus von Robert Karpa ein wenig umgesehen. Er war einverstanden, zeigte uns bereitwillig alles, also ging das ohne Durchsuchungsbeschluss. Aber …«

Die Kommissarin machte eine kurze Pause.

»Wir haben etwas gefunden, und das ist für Robert Karpa keine gute Nachricht.«

»Wieso?«

»Neben dem Restmülleimer im Hausflur lag eine Herrenarmbanduhr, völlig ruiniert, hatte im Wasser gelegen. Und auf der Rückseite der Uhr war der Name Hartwig Clarsen eingraviert.«

»Der Vater des Mordopfers.«

»Genau, Herr Froelich. Wir haben seine Witwe angerufen, und Frau Clarsen bestätigte uns, dass ihr Mann Hartwig diese Uhr ein, zwei Jahre vor seinem Tod seinem Sohn Markus geschenkt hat. An der Leiche finden sich Spuren, die zum Armband der Uhr passen – Treffer also. Damit haben wir Herrn Karpa konfrontiert, der Staatsanwalt hat uns, ohne zu zögern, alle nötigen Papiere ausgestellt, und die Kriminaltechnik hat sich dann Karpas Müll vorgenommen. Dort haben sie dann noch einen Hinweis gefunden: einen Zettel, auf den mit Kugelschreiber das Datum von Clarsens Todestag sowie die Vornamen Markus, Monika und Lisa gekritzelt waren.«

»Aha?«

»Also haben wir Herrn Karpa mitgenommen. Er hat Stein und Bein geschworen, dass er nicht wisse, wie Clarsens Uhr neben seine Mülltonne komme, und dass er diesen Zettel nicht geschrieben habe. Ein Sachverständiger hat Schriftproben von Karpa mit dem Zettel verglichen – er hat ihn wirklich nicht geschrieben. Bleibt noch die Uhr neben dem Mülleimer und sein seltsames Verhalten … Wir haben ihn nach den Vornamen auf dem Zettel gefragt, zu Lisa fiel ihm natürlich etwas ein, aber zu Markus und Monika wollte er nichts sagen. Karpa eierte da fürchterlich herum – und nach einer Weile redete er gar nicht mehr und verlangte seinen Anwalt zu sprechen. Wir haben ihn zunächst dabehalten, aber wenn bis morgen nichts Entscheidendes hinzukommt, müssen wir ihn wohl wieder laufen lassen.«

»Mit den Namen auf dem Zettel sind Monika und Markus Clarsen gemeint, nicht wahr?«

»Ziemlich sicher, alles andere wäre ja nun wirklich ein großer Zufall.«

»Karpa war mal mit Monika Clarsen befreundet. Und die war zuvor mit Sebastian Sanfftleben zusammen.«

»Oh.«

»Und wenn ich mir richtig zusammenreime, was mir Karpa erzählt hat und was ich von Clarsens Mutter weiß, dann hat Monika Clarsen eine Zeitlang in der Dachwohnung von Karpas Haus gewohnt.«

»Da schau her. So wie jetzt Lisa Hetzel.«

»Glauben Sie, dass Karpa etwas mit Clarsens Tod zu tun hat?«

»Sieht im Moment ganz danach aus, wobei ich nicht glaube, dass er wirklich so dumm ist, diese Uhr in seinem Haus aufzubewahren – und dann auch noch zu blöd, um beim Wegwerfen den Mülleimer zu treffen. Ich weiß nicht recht …«

»Und es bleibt immer noch die Frage, wer diesen Zettel geschrieben hat. Das deutet eher darauf hin, dass jemand Karpa gezielt verdächtig machen will.«

»Eben. Aber das ist immer noch nicht alles. Wir sind dann auch noch zu Familie Clarsen gefahren, gleich ganz früh heute morgen waren wir dort. Der Name von Monika Clarsen stand ja ebenfalls auf diesem Zettel, und sie wohnt derzeit bei ihrer Mutter in Aichelberg – und auch bei ihr sind wir fündig geworden.«

Froelich stutzte.

»Monika Clarsen war nicht da, aber ihre Mutter hat uns sofort hereingelassen. Wir haben mit ihr über ihren Sohn gesprochen, über seine Gewohnheiten und seine Beziehung zu seiner Schwester – und nach einer Weile hat sie uns auf unsere Bitte hin in das Gästezimmer geführt, in dem Monika Clarsen derzeit wohnt. Zwischen Bett und Nachttisch lag eine flache weißgoldene Schachtel, die Frau Clarsen bemerkte und aufhob.«

»Und?«

»Ich fragte, ob ich die Schachtel kurz sehen darf. Sie war voll mit fleckigen und von Wasser aufgequollenen Visitenkarten, einige mit Markus Clarsens Namen drauf, aber auch ein paar von anderen Leuten, Gewerkschaftern zum Beispiel. Frau Clarsen war ganz bleich geworden. Diese Schachtel, erzählte sie uns nach einigem Zögern, hatte Markus Clarsen wohl immer bei sich getragen. Das hatte mir auch die Personalchefin von CarvSys schon erzählt – das muss eine richtige Marotte von ihm gewesen sein, für den sie ihn ab und zu auch mal auf den Arm genommen haben. Und so gewellt und aufgequollen, wie die Visitenkarten in der Schachtel aussahen, dürfte er sie bei sich gehabt haben, als er im Kanal ums Leben kam.«

»Und wie kam Monika Clarsen an diese Schachtel?«

»Gute Frage. Von uns hat sie sie nicht bekommen, und an dem Morgen, als wir den Toten und den Tatort untersucht haben, hat sie keiner dort gesehen. Wir sind extra noch mit einem Foto von ihr bei den Kollegen rumgegangen – sie war nicht dort an diesem Tag.«

»Zumindest nicht, nachdem Ihre Leute dort eingetroffen sind.«

»Ja«, sagte Jana Bednarz, und sie klang nicht sehr froh darüber, worauf das hinauslaufen konnte.

* * *

Auch Zora Wilde rief am Mittwochvormittag an, höchstens zehn Minuten nachdem die Kommissarin aufgelegt hatte. Froelich könne den Leichnam Markus Clarsens heute am späten Nachmittag im Robert-Bosch-Krankenhaus abholen, die nötigen Unterlagen würden gerade zusammengestellt.

Sie kamen ins Plaudern, und irgendwann sagte Zora Wilde: »Entschuldigen Sie bitte nochmals, dass ich das nicht schneller geregelt habe. Sie haben etwas gut bei mir, ich hab's Ihnen ja schon auf die Mailbox gesprochen. Darf ich Sie zum Essen einladen?«

»Klar«, sagte er. »Und wann?«

Zora Wilde dachte kurz nach.

»Wie wär's mit heute? Am späteren Nachmittag hab ich noch was vor, aber mittags würde gehen. Bei Ihnen auch?«

»Passt. Und wohin? Ich lebe noch nicht so lange in Esslingen, und Besigheim oder Weil der Stadt, wo ich mich besser auskenne, ist Ihnen sicher zu weit entfernt.«

Felices Ristorante hatte seit einigen Monaten mittwochmittags geschlossen, und ins Rosenhäusle wollte er mit der Rechtsmedizinerin nicht – womöglich trafen sie dort auf Sanfftleben, und der würde wieder seine derben Witze erzählen wollen, darauf hatte er im Moment keine Lust.

»Kennen Sie vielleicht ein Lokal im Remstal oder auf dem Schurwald?«

Zora Wilde überlegte kurz, dann nannte sie ihm ein Restaurant in Manolzweiler, einem oben auf dem Schurwaldrücken liegenden Ortsteil von Winterbach. Froelich hatte sich am Telefon die Adresse geben lassen wollen, aber Zora Wilde hatte nur gelacht: »Das Dorf ist nicht besonders groß, Herr Froelich, den ›Hirsch‹ finden Sie, keine Sorge.«

Und so fuhr er auf der Landstraße auf die Lichtung hinaus, bog an der Kreuzung nach links ab und hielt auf die paar Häuser zu, die Manolzweiler bildeten. Das Lokal, das sie ihm genannt hatte, lag direkt an der Hauptstraße und war wirklich nicht zu verfehlen. Zora Wildes kleiner Flitzer stand schon auf dem Parkplatz, und Froelich stellte sich direkt daneben.

»Hallo, Herr Froelich«, begrüßte sie ihn strahlend von einem kleinen Ecktisch aus.

Er hängte seine Jacke weg und zog sich den freien Stuhl heran. Er sah sich um, alles wirkte gemütlich und gediegen.

»Woher kennen Sie den ›Hirsch‹ eigentlich? Wohnen Sie hier in der Gegend?«

»Nein, ich wohne im Wieslauftal, in Miedelsbach, das gehört zu Schorndorf. Aber wenn ich mit dem Rad unterwegs bin, komme ich ganz gerne hier herauf – vor allem wenn der Biergarten offen ist, bietet sich das hier für eine Pause an.«

Froelich machte große Augen.

»Mit dem Fahrrad? Hier herauf?«

Zora nickte und grinste.

»Respekt, Frau Dr. Wilde, ich tu mich schon schwer, mit dem Wagen hier hochzukommen.«

Er lachte, und Zora stimmte lauthals mit ein.

»Ich bin heute mit der Ente unterwegs«, sagte er schließlich. »Die hatte gut zu tun, das kann ich Ihnen sagen!«

Die beiden lachten weiter, bestellten, und als die Getränke vor ihnen standen, hob sie ihr Glas und prostete Froelich zu: »So, und nun lassen Sie mal den Doktor weg – ich bin Zora.«

»Angenehm, Gottfried.«

»Na, wenn wir nicht ein prima Team sind, was? Der fröhliche Gottfried und die wilde Zora ...«

Sie bestellte Maultaschen, er ein Rahmschnitzel mit Spätzle, und als sie schließlich vor ihrem Espresso saßen, waren zwei Stunden wie im Flug vergangen.

»Du machst Musik, hast du vorhin erzählt«, sagte Zora. »Was spielst du denn für ein Instrument?«

»Klavier, Synthesizer, Orgel – alles, was Tasten hat.«

»In einer Band?«

»Nein, nur so für mich, meistens. Ab und zu jamme ich mal mit einer Band – mit Maigerles Midnight Men zum Beispiel, die stammen aus dem Remstal, also aus deiner Gegend.«

»Maigerle? Ich kenne einen Kripo-Kommissar aus Waiblingen, der so heißt: Alexander Maigerle.«

»Genau der: Alexander spielt Gitarre und singt, und beides wirklich nicht schlecht, das solltest du dir mal anhören. Ich hab sie schon zweimal live gesehen – einmal in Waiblingen, da hatten sie Heimspiel vor vollem Haus. Sogar Kollegen von der Kripo sind damals in diesen Club gekommen, ein Kommissar Schneider und einer namens Ernst.«

Zora nickte, sagte aber nichts und sah plötzlich nicht mehr so gut gelaunt aus.

»Was ist denn, Zora?«, fragte Froelich. »Magst du die beiden nicht?«

Sie presste die Lippen aufeinander, dann trank sie ihren Espresso aus und stand auf.

»Tut mir leid, Gottfried, aber ich muss nun los.«

»So plötzlich?«

Er stand ebenfalls auf, begleitete sie zur Garderobe und half ihr in den Mantel.

»Danke, Gottfried«, sagte sie und wandte sich zum Ausgang. »Vielleicht erzähl ich dir das mal, aber nicht heute.«

»Gut, mach das. Ich bin gut im Zuhören.«

Sie lächelte ihn traurig an und nickte.

»Liebeskummer, oder?«, fragte er dann noch.

Zora sah ihn lange an.

»Du bist auch gut im Raten.«

Dann beugte sie sich schnell vor und küsste ihn auf die Wange. Froelich stand noch verdattert auf seinem Platz, als Zoras Flitzer schon längst den Weg hinunter ins Remstal genommen hatte.

* * *

Monika Clarsen stellte ihren Wagen in der Garage ab und ging ins Haus. Sie war heute noch im Dunkeln aufgebrochen, hatte einen langen Spaziergang unternommen, um sich über ihre Zukunft klar zu werden. Und nun verspürte sie einen Mordshunger und hoffte, dass ihre Mutter ihr noch etwas vom Essen übriggelassen hatte.

Doch es roch im Haus nicht nach warmem Essen, und als sie schließlich ihre Mutter im Wohnzimmer fand, hockte diese zusammengekauert auf dem Sofa und heulte wie ein Schlosshund. Monika ging zu ihr, setzte sich neben sie – da sprang sie wie von der Tarantel gestochen hoch, baute sich mit geballten Fäusten vor ihrer Tochter auf und funkelte sie aus ihren tränennassen Augen wütend an.

»Was ist denn los, Mama?«

Die Mutter sagte nichts, sondern starrte ihre Tochter einfach nur an. Sie stand da, zitterte und fixierte sie aus zusammengekniffenen Augen.

»Mama, hör auf, du machst mir Angst!«

»Ich dir?«, zischte Margarete Clarsen. »Das musst du verwechseln.«

»Was? Wovon redest du? Was ist denn eigentlich los?«

»Hast du …«

Margarete Clarsen brachte den Satz nicht über die Lippen. Sie räusperte sich, schwankte ein wenig, stellte sich dann etwas breitbeiniger hin und setzte noch einmal an.

»Hast du Markus umgebracht?«

* * *

Froelich hatte sich nach dem üppigen Essen in Manolzweiler ein Mittagsschläfchen gegönnt, und als der Wecker klingelte, war es schon fast Zeit, sich auf den Weg zu machen. Zum Glück sah er noch in den Kofferraum des Wagens, bevor er losfuhr – und räumte einige verstreut im Heck herumliegende Süßigkeiten beiseite, die vor dem Feiertag wohl aus den Transportkisten gerutscht waren.

Auf dem Altstadtring staute sich der Verkehr in Richtung Bahnhof, also bog Froelich direkt nach dem baufälligen Fußgängersteg an der Frauenkirche in Richtung Mettingen ab, um die dortige Auffahrt zur Bundesstraße zu nehmen. Als er das Gelände einer alten Fabrik erreichte, sah er links zwischen zwei baufälligen Gebäuden einen Mann hervorkommen, den er kannte: KP, beladen mit einem abgewetzten Rucksack und einer knallbunt bedruckten Plastiktüte.

Froelich bremste ein wenig ab, passierte ihn mit dem Leichenwagen, ohne dass KP ihn bemerkt hätte. Dann wendete er und folgte dem Mann im Schritttempo, wieder zurück in Richtung Innenstadt. Schnell stauten sich einige Autos hinter Froelich, und als der erste Fahrer hupte, suchte er sich schnell einen Parkplatz am Straßenrand und ging zu Fuß weiter hinter KP her.

Der querte die Mettinger Straße, schwang sich kurz vor der Einmündung in den Altstadtring über eine niedrige Gartentür und stieg gemächlich die dahinterliegende Treppe hinauf. Froelich musste warten, bis er ebenfalls über die Straße konnte, und als er schließlich vor der Gartentür stand, war KP nirgendwo zu sehen. Auf der Treppe war er nicht, und den oben angrenzenden Weinberg konnte Froelich von hier unten nicht überblicken. Er hätte seinen flüchtigen Bekannten zu gern noch etwas ausgehorcht. Vielleicht hatte der Mann nicht nur den Datenstick und Karpas Plastiktüte gefunden, vielleicht hatte er auch direkt an der Brücke etwas beobachtet, was der Polizei weiterhelfen würde.

Froelich konnte sich gut vorstellen, dass KP auf den direkten Kontakt mit der Kripo lieber verzichten wollte – aber hatte er durch das entspannte Gespräch am Schelztorturm nicht das Vertrauen des Mannes gewonnen, und würde er ihm nicht bei weiteren Treffen vielleicht doch noch etwas Nützliches anvertrauen? Und womöglich konnte sich Froelich seinem Bekannten als Vermittler zur Polizei anbieten?

Also schaute er sich kurz um, und als niemand hersah, wuchtete er sich umständlich über die Gartentür. Es dauerte, bis er die niedrige Hürde überwunden hatte, und als er auf der anderen Seite mit dem Fuß ins Leere trat und auf den Boden polterte, hörte er noch im Fallen das Reißen seiner Hose.

Der Riss im Hosenboden war nicht groß, aber um ihn nachher im Krankenhaus zu verbergen, wenn er Clarsens Leichnam einlud, musste er wohl oder übel die Jacke anbehalten – deren einen Ärmel er sich beim Abfangen des Sturzes ebenfalls zerschunden hatte. Es sah ganz so aus, als müsse er im Bosch zwischen zwei Übeln wählen.

Doch zunächst rappelte er sich auf, erklomm die Treppe und ächzte schließlich zwischen den Reben den Hang hinauf. Er sah sich um, aber KP war nirgendwo zu sehen. Fluchend mühte er sich weiter bergauf, schaute immer wieder nach links und rechts, aber KP war und blieb verschwunden.

An einer Wengertmauer, die ihm den weiteren Weg nach oben versperrte, wandte er sich seitwärts und nahm schließlich eine Treppe den Weinberg hinauf, doch auch hier war KP nicht zu entdecken. Ein Stück über ihm stand das Neckarhaldentor: ein romantisches Türmchen, durch dessen Torbogen er schon ein paar Mal mit Inge in Richtung Mettingen spaziert war. Vom Turm aus folgte er mit seinem Blick der Mauer am Rand des Wengertwegs stadtauswärts, und in einiger Entfernung sah er KP mit flotten Schritten davongehen.

»Mist«, dachte Froelich, »den hole ich nicht mehr ein.«

Er sah KP hinterher. Der verschwand in einiger Entfernung aus Froelichs Blickfeld, und Froelich kletterte die Treppe wieder hinunter. Der Rückweg über das Gartentor weitete den Riss in Froelichs Hose noch etwas, immerhin fand er auf der anderen Seite wieder rechtzeitig das Gleichgewicht und stürzte nicht noch einmal.

Eine ältere Frau, die mit ihrem kleinen Hund gerade die Mettinger Straße auf dem Fußgängerüberweg überquerte, sah misstrauisch zu ihm herüber und ging dann kopfschüttelnd weiter. Als er ebenfalls auf den Überweg zuhielt, beschleunigte sie ihren Schritt und beeilte sich, den Gehweg zu erreichen, bevor Froelich ihr begegnete. Kurz darauf fuhr er mit dem Leichenwagen aus der Parklücke, provozierte mit einem Wendemanöver wütendes Hupen und fädelte sich in den Verkehr in Richtung Mettingen ein.

* * *

KP hatte es sich zwischen den Reben gemütlich gemacht. Von gestern war noch ein Rest Wein übrig, dazu vesperte er Brot, eine angebissene Jägersalami und einen Apfel. Es war immer wieder erstaunlich, was die Leute alles wegwarfen. Dann ließ er den Blick über die Stadt schweifen und hing seinen Gedanken nach.

Als er am Ende auch noch den Apfel bis auf den Butzen abgenagt hatte, sah er von der Stadt her ein älteres Pärchen heraufkommen. Er wartete, bis sie direkt unter ihm vorbeispazierten, dann schleuderte er den Apfelbutzen zu ihnen hinunter und duckte sich sofort hinter die Rebstöcke. Er wusste nicht, ob er getroffen hatte, aber das wütende Geschrei vom Weg herauf deutete darauf hin. Er blieb kichernd liegen, bis das Paar ein gutes Stück weitergegangen war und er das empörte Gezeter der beiden nicht mehr hören konnte, dann setzte er sich wieder auf und trank den letzten Wein.

* * *

Gegen halb sechs kehrte Froelich mit dem Leichenwagen zurück ins Institut. Er fuhr rückwärts in die Garage, lud Clarsen aus und schob den Transportsarg auf einem Rollwagen hinüber zum Aufzug. Nachdem Ralph Krimmer beerdigt war, hatte der tote Clarsen den Kühlraum des Instituts Sanfftleben für sich allein, und Froelich dachte wieder einmal darüber nach, wie er die Flaute des Instituts Sanfftleben möglichst bald beenden könnte.

Ihm fiel nichts ein, und da er keine Lust hatte, die Ausgaben noch einmal auf weitere Einsparmöglichkeiten zu durchforsten, ging er zu seinem Keyboard in der Ecke. Inzwischen hatte er auch ein kleines Wandschränkchen angebracht, das er zum Verstauen seiner Noten, Stifte und Notizblöcke, aber auch einiger Gläser und einer Flasche benutzte.

Maigerle hatte ihm vor ein paar Wochen eine Flasche mit schwäbischem Whisky mitgebracht, die er bei einem Wirt in Murrhardt aufgestöbert hatte. Da der Cognac, der hier im Schränkchen seinen angestammten Platz hatte, leer war, beschloss Froelich, dem Whisky eine Chance zu geben. Froelich nahm sich einen Cognac-Schwenker, füllte ihn zwei Finger breit mit Whisky. Die Farbe schimmerte in einem schönen Goldgelb, und der Inhalt roch fein und schwer. Er nippte. Mit geschlossenen Augen ließ er die Flüssigkeit ein wenig im Mund wirken, dann ließ er sie langsam die Kehle hinunterrinnen.

»Nicht schlecht, Maigerle«, murmelte Froelich, als sich die Wärme in ihm ausbreitete, während auf dem Gaumen und in der Kehle noch die Erinnerung an den gehaltvollen, aber angenehm milden Whisky zu schmecken war.

Er trank noch einen Schluck, schaltete das Keyboard und die daran angeschlossenen Lautsprecher ein, probierte ein paar Harmonien, trank und spielte weiter. Dann nahm er sich Stift und Block, notierte einige Textfetzen und Akkorde, schenkte sich nach und trank noch etwas. Froelich fühlte sich wohl, und über dem Gedanken, wie er das traurige Stück zwischen Blues und Chanson nennen könnte, das er da gerade komponierte, schlief er ein.

Donnerstag, 3. November

Seit dem ersten Gespräch im Institut hatte Margarete Clarsen einige Male bei Froelich angerufen, sie hatten sich auch noch einmal zu einer kurzen Besprechung auf dem Aichelberger Friedhof getroffen, und er hatte den Eindruck, dass die Frau Zutrauen zu ihm gefasst hatte. Das erleichterte ihm die Arbeit als Bestatter, aber insgeheim hoffte er, dadurch auch noch etwas zu den Hintergründen des Mordes in der Maille zu erfahren.

Am Donnerstag war es so weit.

»Herr Froelich, ich habe eine Bitte«, sagte sie am Telefon, und sie klang etwas unsicher. »Ich würde gerne die persönlichen Sachen meines Sohnes in seiner Firma abholen, aber ich mag nicht alleine hin. Monika ist mir im Moment keine große Hilfe, und da wollte ich Sie fragen …«

»Soll ich Sie bringen?«

»Ja, aber … Ich meine: nur, wenn es Ihnen nichts ausmacht. Ich nehme ja nicht an, dass das zu den üblichen Aufgaben eines Bestatters gehört, aber …«

»Kein Problem, das mach ich gerne, Frau Clarsen.«

Und so bog Froelichs Ente am späten Vormittag auf den Firmenparkplatz der CarvSys AG ein. Er parkte den Wagen auf dem ersten freien Stellplatz, den er sah, und begleitete Margarete Clarsen ins Haus. Der zweistöckige Bau sah modern aus, nicht protzig, aber auf eine zurückhaltende Art doch auch repräsentativ.

Der Flur, von dem aus mehrere Türen abgingen und eine breite Treppe nach oben führte, war geräumig und quadratisch, schreiend bunte Bilder hingen an den Wänden, ansonsten war alles in Schwarz und Weiß und edlem Grau gehalten. Direkt neben dem Haupteingang schwang eine Tür auf und eine etwa dreißigjährige Frau in engem Rock und mit kurzen blonden Haaren stürmte auf Froelich zu.

»Ist das Ihre Ente dort draußen? Da können Sie nicht –«

In diesem Moment bemerkte sie Margarete Clarsen. Sie verstummte mitten im Satz, schluckte, ging wortlos auf die Mutter ihres toten Kollegen zu und drückte ihr beide Hände.

»Es tut mir so leid für Sie«, brachte sie schließlich hervor. »Sie wollen sicher die Sachen von Markus holen. Soll ich mit Ihnen hochgehen?«

»Nein, danke, Frau Deck, ich kenne den Weg.«

»Gut, und wenn Sie was brauchen: Sie wissen ja …«

Damit nickte sie beiden noch zu und verschwand wieder in ihr Büro, erkennbar froh, der unangenehmen Situation so schnell entkommen zu sein.

»Als Markus hier angefangen hat«, erzählte seine Mutter, während sie die Treppe in den ersten Stock hinaufgingen, »war CarvSys recht klein, und auch heute ist die Firma noch ziemlich … nun ja: familiär. Marlon Salzner ist ein guter Chef, und als es der Firma vor einiger Zeit sehr schlecht ging, hockte er abendelang mit Markus, mit der Personalchefin, mit Frau Deck und ein, zwei anderen Mitarbeitern zusammen und versuchte, einen Ausweg zu finden. Ab und zu fanden diese Treffen auch bei uns in Aichelberg statt, ich hab Brote gemacht und Kaffee, und als es schließlich geschafft war und die Firma wieder lief, hat Salzner keinen vergessen, der ihm in der schweren Zeit geholfen hat. Er kennt einen Koch, der hier in der Nachbarschaft eine Firmenkantine leitet und ein Stück den Neckar rauf einen schönen Biergarten direkt am Fluss hat – dort ließ er alle Mitarbeiter vom Feinsten bekochen, und mich hat er ausdrücklich auch dazu eingeladen.«

Sie blieb vor einer der Türen im ersten Stock stehen, lächelte wehmütig, schien sich zu sammeln und öffnete die Tür. An der Wand daneben hing ein Namensschild, das lediglich mit »Markus« beschriftet war. Auf dem Weg zu Clarsens Büro waren auch die anderen Räume nur mit »Sigrid«, »Marlon« und »Lisa« gekennzeichnet.

Das Büro war hell und bot einen Blick die Straße entlang in Richtung Neckar. Ein in L-Form aufgestellter Schreibtisch mit weißer Kunststoffplatte dominierte den Raum, am einen Ende stand ein großer Flachbildschirm, am anderen bildete ein rundes Tischelement mit drei Bürostühlen einen kleinen Besprechungsbereich. Die Wände waren mit hüfthohen Schränken gesäumt, nur rechts hinter der Tür war ein Eck ausgespart – dort stand ein kleiner Bistrotisch mit schwarzen, schmiedeeisernen Beinen und einer schwarzweiß gesprenkelten Marmorplatte, umgeben von vier schwarzen Metallstühlen, ebenfalls im Bistrostil. Auf zwei Stühlen standen leere Kartons, von denen Margarete Clarsen nun einen mit zum Schreibtisch hinübernahm.

»Ich werde nicht lange brauchen«, sagte sie zu Froelich, der sich ans Fenster stellte und hinaussah.

Nach einer Weile ging die Tür wieder auf, er wandte sich um und sah einen Mann vor sich, der den Türrahmen fast ausfüllte. Breite Schultern, trainierte Brustmuskeln, über denen sich das weich fallende Sweatshirt spannte, fester Blick, eine sorgfältig rasierte Glatze und breite, starke Hände – den Mann konnte er sich gut geradezu dampfend vor Energie vorstellen. Im Moment aber rang der Koloss um die richtigen Worte, er schob fahrig die Brille mit den kleinen, runden Gläsern die Nase hinauf und ging langsam auf Margarete Clarsen zu.

»Frau Clarsen«, sagte er mit einer überraschend sanften Stimme, »schön, dass Sie hier sind.«

»Herr Salzner, guten Tag. Das ist Herr Froelich, er war so nett, mich zu begleiten.«

Salzner gab ihr die Hand, nickte Froelich kurz zu, konzentrierte sich dann aber sofort wieder auf die Mutter seines toten Mitarbeiters.

»Wie geht es Ihnen?«

Er schien ehrlich interessiert, und die beiden unterhielten sich eine Weile. Anfangs schien das Gespräch Margarete Clarsen gutzutun, dann aber begannen ihre Augen feucht zu schimmern.

»Ich müsste kurz auf die Toilette, entschuldigen Sie mich für einen Moment?«

Damit war sie auch schon durch die Tür verschwunden, und die beiden Männer blieben bedrückt zurück.

»Sie sind ein Freund der Familie?«, begann Salzner schließlich.

»Ich helfe Frau Clarsen ein wenig bei allem, was zurzeit so anfällt«, wich Froelich aus. Irgendwie fand er es unpassend, sich hier als Bestatter vorzustellen – zumal er ja, genau genommen, auch nicht beruflich hier war.

»Frau Clarsen hat mir erzählt, wie familiär es hier in Ihrem Unternehmen zugeht. Ich glaube, es hilft ihr sehr, dass auch Sie als Chef so einfühlsam mit dem Tod ihres Sohnes umgehen.«

»Ist das nicht selbstverständlich?«

»Sollte es sein, da haben Sie recht.«

Salzner sah zur Tür, das Gespräch begann ihn offenbar zu langweilen.

»Die Büros hier sind nur mit den Vornamen der Mitarbeiter beschriftet.«

»Ja«, sagte Salzner, ohne die Tür aus dem Blick zu lassen. »Mir gefällt das, da bleibt weniger Platz für dieses ätzende Gegockel mit Funktionen und Titeln. Auch bei mir steht nur ›Marlon‹ auf dem Schild – wir haben hier sehr flache Hierarchien, und wie Frau Clarsen Ihnen schon sagte: Hier geht es familiär zu.«

»Auf einem der Schilder steht ›Lisa‹ – war das Lisa Hetzels Büro, oder gibt es inzwischen eine andere Lisa?«

Salzner fuhr herum und sah ihn mit funkelnden Augen an.

»Erwähnen Sie diese Schlampe nicht, Herr Froelich!«

»Entschuldigen Sie bitte, ich konnte ja nicht wissen ...«

Ein paar Sekunden lang starrte ihn Salzner noch an, dann wurde seine Miene etwas weicher.

»Stimmt, das konnten Sie nicht wissen.«

»Sie wohnt ganz in der Nähe der Stelle, an der Ihr Mitarbeiter tot aufgefunden wurde, und ich habe inzwischen mitbekommen, dass sie ebenfalls hier gearbeitet hat. Ist es ihr Büro?«

»Ja, ist es. Die Kündigungsfrist lief ja erst am Einunddreißigsten ab, und das Büro wurde bisher noch nicht wieder gebraucht. Aber ich lass das Schild gleich nachher austauschen.«

»Sind Sie wegen des geklauten Laptops so wütend auf Frau Hetzel?«

»Wegen des geklauten ...? Ach so, ja, natürlich: der Laptop. Sie sind ja gut informiert, hat Ihnen das Frau Clarsen erzählt? Na, vermutlich ... Markus musste sich als Betriebsrat ja leider auch mit dieser unappetitlichen Geschichte befassen. Wissen Sie: Der Diebstahl allein wäre es nicht gewesen, aber sie hat sich danach ... Wie soll ich sagen? Sie hat sich nicht so verhalten, wie wir das hier in der Firma schätzen.«

»Was meinen Sie damit?«

»Lisa ist ein hübsches Mädchen, aber sie ...«

Salzner räusperte sich.

»Ja?«

»Als ich ihr mitgeteilt habe, dass ich sie wegen des Diebstahls entlassen muss, war sie ganz fertig. Sie hing wohl sehr an ihrem Job, und sie hat ihn ja auch gut gemacht. In ihrer Verzweiflung hat sie sich dann gehen lassen ...«

»Und hat was getan?«

Froelich war gespannt, ob sich Salzners Version mit dem deckte, was Kommissarin Bednarz von der Personalchefin erfahren hatte.

»Ich habe sie nach dem Gespräch in den Arm genommen und zur Tür geführt. Da hat sie sich noch einmal umgedreht, ging auf die Knie und hat ...«

Er machte eine Geste zum Reißverschluss seiner Jeans hin.

»Da habe ich sie aus dem Büro geworfen.«

Salzners Empörung wirkte auf Froelich gespielt.

»Danach hat sie sich an Markus rangemacht. Vielleicht hoffte sie, dass er als Betriebsrat ihr helfen würde, was weiß ich. Aber da war nichts mehr zu machen, und als ich mit Markus darüber geredet habe, hat er mir erzählt, dass sie sich ... angeboten hatte, sag ich mal.«

Er schüttelte den Kopf und zog eine angewiderte Miene.

»Mensch, ich hab so große Stücke auf das Mädel gehalten, und dann entpuppt die sich als eine solche Schlampe!«

Er sah Froelich an, ein fieses Grinsen zuckte über sein Gesicht.

»Im Sport nannte man solche Frauen früher ›Vereinsmatratze‹. Das muss ich in meiner Firma nicht haben.«

Froelich war etwas verwirrt. Erst hatte Salzner gar nichts von Lisa Hetzel hören wollen, und jetzt war er offensichtlich bemüht, seinem Besucher einen möglichst schlechten Eindruck von seiner Exmitarbeiterin zu vermitteln.

Auf dem Flur waren Schritte zu hören, Margarete Clarsen kam zurück, und Salzner verabschiedete sich, nachdem er ihr das Versprechen abgenommen hatte, ihm unbedingt rechtzeitig den Termin von Markus' Beerdigung mitzuteilen.

Bald darauf war der Karton zur Hälfte gefüllt, und Margarete Clarsen fand keine weiteren persönlichen Habseligkeiten ihres Sohnes mehr. Froelich trug den Karton, und sie ging ihm voran die Treppe hinunter. Unten stand Carina Deck in ihrer Bürotür sehr nah bei Marlon Salzner und rückte, als sie die beiden Besucher die Treppe herunterkommen sah, eilig ein kleines Stück von ihm ab.

* * *

Monika Clarsen streifte nun schon den dritten Tag hintereinander durch die Maille, behielt das Haus auf der Inneren Brücke im Blick und spazierte so unauffällig wie möglich umher. Sie wollte Robert Karpa abpassen und ihn zur Rede stellen. Sie wollte ihm über seine neue Freundin, diese Lisa, reinen Wein einschenken – das hätte sie schon längst tun sollen. Und wenn Robert erst einmal alles wusste, was Markus ihr über dieses Flittchen erzählt hatte, würde er sie rauswerfen – und vielleicht sogar wieder zu ihr zurückkommen. Außerdem wollte sie von Robert hören, ob er in der Nacht, in der ihr Bruder starb, irgendetwas beobachtet hatte.

Doch sie traf Robert nie an, nur diese Lisa stand ab und zu am Fenster und sah dabei manchmal in ihre Richtung. Als sie am frühen Nachmittag wieder einmal ihre Runde gemacht hatte, kam sie ihr auf der Treppe von der Brücke herunter entgegen. Im ersten Reflex dachte Monika Clarsen kurz daran, so zu tun, als habe sie die andere nicht bemerkt, aber Lisa Hetzel steuerte geradewegs auf sie zu.

»Wollen Sie zu mir oder zu Robert?«, fragte sie unverblümt und stand angriffslustig vor ihr.

»Zu Robert. Ich muss mit ihm reden.«

»Müssen Sie nicht, ganz sicher nicht. Und was wollen Sie überhaupt von ihm?«

»Wir waren mal befreundet, und ich wollte –«

»Das weiß ich. Aber jetzt ist er mit mir zusammen.«

»Ja, noch …«

Sie brach ab, musterte die andere feindselig.

»Mein Bruder Markus war Betriebsrat in Ihrer alten Firma«, sagte sie. Lisa Hetzel schwieg.

»Und wenn ich mich nicht sehr täusche, hattet ihr dort etwas miteinander – zumindest hätten Sie das gerne so gehabt, oder?«

»Wir hatten was miteinander?«

Lisa Hetzel funkelte die andere an und stand nun breitbeinig und mit geballten Fäusten vor ihr.

»Wir hatten was miteinander?«

Sie wiederholte den Satz sehr laut, und ein paar Passanten sahen sich nach den beiden Frauen um.

»Ihr verdammter Bruder wollte mir an die Wäsche, dieses Schwein! Und dafür hat er mir …«

Bebend vor Zorn verstummte sie, ihre Kiefer mahlten und es sah so aus, als wollte sie jeden Augenblick über die andere herfallen. Stattdessen beugte sie sich langsam zu ihr hin und tippte ihr mit dem rechten Zeigefinger ein paar Mal auf die Brust.

»Und wehe, Sie erzählen einen solchen Mist auch meinem Freund. Ich warne Sie!«

Damit drehte sie sich abrupt um, stapfte die Treppe hinauf und verschwand oben auf der Inneren Brücke aus Monika Clarsens Blickfeld.

* * *

Endlich war es Abend. Froelich steckte Geld ein, nahm die Jacke vom Haken und machte sich auf den Weg zu Sanfftlebens Binokelrunde. Im Goldenen Habicht am Rand der Altstadt war es noch recht ruhig, und die Kneipe machte ihrem hochtrabenden Namen nicht unbedingt Ehre. Höchstens an jedem zweiten Tisch saß jemand, meistens allein oder zu zweit. Als Froelich nach der Binokel-Runde fragte, rieb der Wirt hinter der Theke einfach weiter seine Gläser trocken und nickte zu einer Tür hinüber, auf der ein Schild mit der Aufschrift »Raucher« angebracht war. Dann hob er das Glas hoch, das er bearbeitete, und fragte: »Auch eins?«

Froelich nickte und trat durch die Tür in das gemütliche Nebenzimmer. Fünf Männer und zwei Frauen saßen um einen großen Holztisch herum und prosteten sich gerade lachend zu. Sanfftleben war einer der Männer, und als er Froelich bemerkte, erhob er sich und stellte ihn den anderen vor.

»Spielen Sie mit?«, fragte ihn eine drahtig wirkende Frau mit stoppelkurzen Haaren, die in der Mitte des Tisches saß und ihre Frage damit illustrierte, dass sie einen Stapel Karten hochhielt.

»Klar will er«, antwortete Sanfftleben an seiner Stelle und zog ein kleines schwarzes Buch zu sich her, blätterte einmal um und schrieb oben links Gottfried Froelichs Namen hin. Froelich sah ihn fragend an, und Sanfftleben zuckte mit den Schultern: »Das ist unser Binokel-Büchle, da kommen alle Punkte rein, und ich bin der Schriftführer.«

Drei der Anwesenden rückten jeweils einen Stuhl zur Seite und machten ihm den Platz gegenüber der Frau frei.

»Bitte, nehmen Sie Platz«, lud ihn die Kurzhaarige ein. »Hier spielen nicht alle mit, da sollten wir Binokler zumindest direkt beieinandersitzen können.« Sie streckte die Hand über den Tisch. »Mein Name ist Brigitte Becker, und das hier neben mir ist …«

»Wir kennen uns schon«, fiel ihr Jana Bednarz ins Wort. »Guten Abend, Herr Froelich. Das ist ja eine schöne Überraschung.«

»Ja, für mich auch. Herr Sanfftleben war so nett, mich für heute Abend dazuzubitten – aber ich wusste natürlich nicht, dass Sie hier mitspielen.«

Die Kommissarin grinste und nahm einige Karten auf, die Brigitte Becker mit schnellen Handbewegungen auf dem Tisch verteilte. Auch Froelich griff nach einigen Karten, die vor ihm gelandet waren.

»Dann will ich Ihnen noch schnell die anderen hier am Tisch vorstellen«, sagte Sanfftleben und nahm ebenfalls Karten in die Hand. »Der schlanke Herr neben Jana ist unser lieber Wolf Hahnemann, Notar von Beruf.«

Ein dicker Mann mit Vollbart und Glatze nickte Froelich zu, so gut es sein stattliches Doppelkinn eben zuließ, und quittierte Sanfftlebens Anspielung auf seine Figur mit donnerndem Lachen.

»Das hier«, Sanfftleben deutete auf den Nachbarn an Froelichs linker Seite, »ist Herbert Mühlens, der sein Leben als Privatier genießt und früher jahrzehntelang als Esslingen-Redakteur der Stuttgarter Zeitung eine Institution in der Stadt war.« Sanfftleben unterbrach sich und lachte dann: »Ach, was sage ich: Er ist es immer noch.«

»Schon gut, schon gut«, sagte Mühlens. Seine sonore Stimme passte gut zu ihm, wie er da entspannt lächelnd auf seinem Stuhl saß, mit aufgeknöpftem Anzugjackett und darunter einer gemütlich aussehenden Strickweste mit Zopfmuster. »Ich bin nur noch Privatier, und hier sowieso.«

»Neben ihm sitzt seine treue Ehefrau Hildegard, die ebenso lange wie Herbert über unsere Stadt geschrieben hat – sie allerdings als Lokalredakteurin der *Eßlinger Zeitung*. Und seit ein paar Jahren hilft sie ihrem Mann ganztags beim Genießen.«

»Eine muss es ja machen«, lachte die Frau, und ihr von grauen Strähnen durchzogener Pferdeschwanz wippte dabei auf und ab.

»Damit wäre die Runde fast komplett«, sagte Sanfftleben und deutete auf einen schlanken, kleinen Mann mit schmaler

Brille, der links von Brigitte Becker saß. »An Brigittes Seite sehen Sie Karl Petermann, der unserer Stadt seit bald zwanzig Jahren kulturelle Glanzlichter aufsetzt.«

Sanfftleben sprach nicht weiter, und Froelich sah Petermann fragend an. Der winkte lächelnd ab.

»Ach, unser Freund übertreibt gern. Ich veranstalte ab und zu Konzerte und versuche, namhafte Musiker dafür zu gewinnen. Und manchmal klappt das eben.«

»Na, na, nicht so bescheiden«, mischte sich Brigitte Becker ein. »Wir haben Karl wirklich einige der spektakulärsten klassischen Konzerte der vergangenen Jahre, wenn nicht Jahrzehnte zu verdanken. Leute wie er machen es mir deutlich einfacher, das Esslinger Marketing zu machen, das kann ich Ihnen sagen, Herr Froelich.«

»Außerdem betreibt er hier in der Stadt und in Wendlingen zwei Restaurants vom Allerfeinsten«, meldete sich Hahnemann zu Wort und strich sich dabei liebevoll über den Bauch.

»Und dann sitzen Sie … hier?«

Froelich machte eine Handbewegung, die den Nebenraum umfasste – allzu nobel wirkte weder das verrauchte Nebenzimmer noch der Gastraum vorne am Eingang.

»Eben drum«, sagte Petermann. »In meinen Lokalen kann ich nicht privat sitzen, da bin ich immer der Chef, den alle fragen, den alle begrüßen und der am besten auch noch auf einen kurzen Plausch bei allen Gästen vorbeischaut. Aber hier bin ich einfach der Karl, ich trink mein Bier, red mit meinen Freunden und strecke die Beine von mir. Das braucht man auch mal, finden Sie nicht?«

Alle anderen nickten zu Petermanns Worten, und auch Froelich gab ihm recht. Dann steckte er die letzten Karten in die richtige Reihenfolge und taxierte sein Blatt. Besonders viel würde er damit nicht reißen können.

Kurz nach zehn hatte Froelich zum ersten Mal ein so gutes Blatt, dass er die anderen ohne große Mühe an die Wand spielte und sich eine erfreulich hohe Punktzahl gutschreiben lassen konnte.

»Nicht schlecht, Herr Froelich«, lobte ihn Jana Bednarz. »Ich dachte schon, Binokel sei nicht unbedingt das richtige Spiel für Sie.«

»Ich bin ein bisschen eingerostet, das stimmt schon. Aber mir geht immer wieder einmal auch etwas ganz anderes durch den Kopf.«

Sanfftleben wusste gleich, worauf Froelich hinauswollte, und ein dünnes Lächeln huschte über sein Gesicht.

»Unser Toter in der Maille, nehme ich an?« Auch die Kommissarin schaltete sofort.

Froelich nickte und sah zu Brigitte Becker hin.

»Das muss für Sie doch ein Alptraum sein«, sagte er dann. »Ein Toter an der Inneren Brücke – das hält sicher viele von einem Besuch hier in der Stadt ab.«

»Zumindest hoffe ich, dass es nicht extra Gäste anzieht«, sagte sie und zuckte mit den Schultern. »Denn Leute, die in eine Stadt gehen, weil dort ein Mord stattfand, will ich eher nicht als Publikum haben.«

»Natürlich nicht, aber lassen Sie Ihre Führungen ohne jede Einschränkung einfach weiterlaufen?«

»Was soll ich machen? Die Rundgänge und die verschiedenen Events sind manchmal schon lange im Voraus gebucht, wenn etwa Firmen etwas Besonderes für ihre Mitarbeiter oder für auswärtige Kunden und Geschäftspartner suchen. Und dann haben wir ja auch keine Tour in unserem Angebot, die den Fundort des Toten über Gebühr in den Mittelpunkt rückt. Wir können ja auch schlecht die Maille sperren lassen, weil dort eine Leiche gefunden wurde.«

Froelich sah der Frau an, dass sie den Mord in ihrer Stadt nicht ganz so leicht wegsteckte, wie es ihre etwas schnoddrige Ausdrucksweise vermuten ließ.

»Geht Ihnen das denn gar nicht an die Nieren?«, hakte Froelich deshalb noch einmal nach.

»Natürlich tut es das, was glauben Sie denn?«

Brigitte Becker legte ihre Karten verdeckt vor sich auf den Tisch und schob sie etwas von sich weg.

»Ich wohne selbst nur fünf Minuten zu Fuß von der Stelle entfernt. Und wenn ich abends oder früh am Morgen noch eine Runde jogge, bin ich früher gerne auch durch die Maille gelaufen. Seit dort der Tote lag, sind mir aber andere Strecken lieber. Bei Ihnen die Beutau raus zum Beispiel, oder direkt am Neckar entlang oder drüben Richtung Mettingen den Neckarhaldenweg hinauf.«

»Das glaube ich Ihnen gern. Aber dass die Stadtführungen davon so gar nicht betroffen sind? Wenn ich mir vorstelle, dass da in einer dunklen Gasse ein Typ im Gruselkostüm eine Besuchergruppe erschreckt … und ein paar Meter weiter hat sich unlängst ein Mord ereignet …«

Brigitte Becker zuckte mit den Schultern.

»Bisher habe ich von niemandem eine Beschwerde gehört.«

»Außer von den Anwohnern natürlich.«

»Ja, außer von den Anwohnern natürlich.« Sie verdrehte die Augen. »Aber wissen Sie: Wir müssen etwas machen für unsere Stadt, wir brauchen die Besucher, und es tut Esslingen gut, wenn wir Gäste von außerhalb anlocken – und ganz nebenbei begrüßen wir ja auch jeden Hiesigen gern bei einem unserer Events.«

»Haben Sie viel Ärger mit den Bewohnern der Innenstadt?«

»Ach, eigentlich geht es. Klar: Mancher hätte es an manchen Abenden gerne etwas leiser ums Haus herum, aber so ist es halt in der Stadtmitte – da haben Sie alle Angebote direkt vor der Nase, aber eben auch alle Geräusche, die diese Angebote mit sich bringen.«

»Als ich vor ein paar Tagen am Alten Rathaus vorbeiging …«

»Stopp!«, unterbrach ihn Brigitte Becker, hob die rechte Hand und zählte an ihren Fingern ab: »Wagenknecht, Müller, Pfleiderer.«

»Pfleiderer sagt mir nichts, aber Wagenknechts und Müllers habe ich am vergangenen Montag tatsächlich getroffen.

Sie haben gerade ihre Kellerfenster vernagelt, weil sie wegen Halloween Streiche befürchteten.«

»Und die alte Pfleiderer ist vom gleichen Kaliber, nur hat die keine Kellerfenster zum Alten Rathaus raus.«

Brigitte Becker lachte und schüttelte den Kopf.

»Diese Leute hatte ich schon so oft am Telefon … Daran gewöhnt man sich. Und denen ist praktisch alles ein Dorn im Auge, was nicht zu einem totenstillen Feierabend und einer sauber gefegten Gasse passt: unsere Führungen, weggeworfene Getränkebecher, singende Jugendliche – zu diesen drei Familien fällt mir, um ehrlich zu sein, nichts mehr ein. Ich habe mir da schon den Mund fusselig geredet, ich habe die Leute zu einer Führung eingeladen, ich … ach!«

Sie winkte ab.

»Haben die sich auch wegen der Bootsfahrten auf den Kanälen aufgeregt?«

»Nur die Pfleiderer. Sie geht gern in der Maille spazieren und schimpft danach gern darüber, dass früher alles besser gewesen sei und dass früher tagsüber niemand Zeit gehabt habe, sich wie ein Pascha übers Wasser rudern zu lassen. Sie und ihr Neffe Roland schreiben gerne Leserbriefe an die Zeitung und rufen, glaube ich, auch regelmäßig in der Redaktion an.«

»Allerdings!«, warf Hildegard Mühlens ein. »Und das wirklich seit vielen, vielen Jahren. Das macht der so oft, dass es schon auffällt, wenn er mal ein paar Tage aussetzt.« Sie rollte mit den Augen. »Jedes Mal, wenn ich auf einen Kaffee bei unserer alten Redaktionssekretärin vorbeischaue, zeigt sie mir die neuesten Briefe. Unglaublich!« Sie schüttelte den Kopf.

»Roland Pfleiderer ist eigentlich die treibende Kraft hinter dieser ganzen Schreiberei«, fügte Brigitte Becker hinzu. »Er verfasst die Briefe und wettert gegen die Bootsfahrten, und seine Tante, die alte Giftspritze, zetert halt gern und macht deshalb immer bereitwillig mit. Seit ihr Sohn weg ist, weiß sie wahrscheinlich nichts mehr mit sich anzufangen.«

»Ist er ihr weggezogen?«

»Wahrscheinlich«, warf Herbert Mühlens ein. »In den Neunzigern wurden beim Eisstadion ein paar seiner Sachen aus dem Neckar gefischt. Sah erst nach Selbstmord aus, aber man fand keine Leiche – und die hätte man finden müssen, bei all den Schleusen und Wehren im Fluss und in den Kanälen. Also hat die Polizei die Suche irgendwann eingestellt und das Ganze als Vermisstensache eingestuft.«

»Wurde er gefunden?«

»Meines Wissens nicht, aber Klemens war halt auch schon volljährig damals, da steht es ihm natürlich frei, wo er leben will. Und ganz einfach war seine Mutter auch damals schon nicht. Eine richtige Beißzange, das sag ich Ihnen!«

Sanfftleben lachte.

»Nun sehen Sie, Herr Froelich, warum wir uns hier so gerne treffen – so zwanglos und unbeobachtet könnten wir mit unseren aktuellen oder früheren Berufen in Esslingen nicht an vielen Orten zusammenkommen.«

»Genau«, lachte Brigitte Becker auf. »Seine Bosheiten muss man auch mal loswerden können, nicht wahr?«

»Warum fragen Sie eigentlich Brigitte so genau über die Stadtführungen aus und darüber, wie die Innenstädter darauf zu sprechen sind?«

Jana Bednarz war der Unterhaltung interessiert gefolgt. Und offenbar hatte sie Froelichs Absicht, im Gespräch mit der Chefin des Stadtmarketings wie nebenbei ein paar Details zu erfahren, durchschaut.

»Robert Karpa gehört der Stocherkahn, in dem der Tote gefunden wurde. Ihm gehört das Haus über dem Kanal.«

»Das wissen wir alle«, sagte Jana Bednarz. »Ihr Kollege hat Karpas Tante Magda Lantz bestattet, Wolf hat ihr Testament eröffnet, und Hildegard hat einen Nachruf auf sie geschrieben.«

»Ja, die Lantzens waren schon wer hier in der Stadt«, merkte Hildegard Mühlens an.

»Jedenfalls hat Karpa mir gegenüber angedeutet, dass es Nachbarn gebe, denen der Leichenfund durchaus gelegen käme.«

»Warum das denn?«, fragte Brigitte Becker.

»Weil der Tote im Stocherkahn Karpas Pläne behindern oder sogar ganz durchkreuzen könnte.«

»Ach so: weil er mit seinem Kahn und dieser Gondel Ausfahrten auf den Kanälen anbieten wollte?«

Froelich nickte.

»Er hat mir das mal erzählt, aber das Konzept klang noch nicht besonders durchdacht. Immerhin: Wenn er es hinbekommen würde, hätten wir in Esslingen ein originelles Angebot mehr. Bisher können Sie sich essend und trinkend umherrudern lassen, oder Sie paddeln mit dem Kanu über die Kanäle. Läuft beides ganz gut, aber für Karpa wäre allemal noch Platz gewesen.«

»Karpa ging sogar so weit, anzudeuten, dass vielleicht einer der Innenstadtbewohner hinter dem Mord stecken könnte. Aber man tötet doch niemanden, nur um etwas mehr Ruhe zu haben! Ich glaube, Karpa war an dem Tag einfach nur fertig. In seinem Zustand« – er meinte Karpas Joint und machte mit seinen Händen eine entsprechende Geste – »sagt man vermutlich so allerhand, ohne es genau so zu meinen.«

»Grade der Karpa«, sagte Jana Bednarz.

Sanftleben und Becker sahen fragend zwischen Froelich und der Kommissarin hin und her.

»Ein gewisser KP«, erklärte sie, »hockte am vergangenen Sonntag auf der Wiese beim Schelztorturm und zog sich einen Joint rein. Herr Froelich vermutet, Karpas Freundin hat das Zeug durchs Fenster in den Kanal geworfen, und dieser KP hat die Tüte mit dem Gras später am Kanalufer entdeckt und rausgefischt.«

»KP?« Herbert Mühlens wandte sich an Petermann und lachte gemütlich. »Na, wenn das mal nicht für Karl Petermann steht, was?«

»Ha, ha«, äffte ihn Petermann nach. »So ein Zeug brauch ich nicht. Dieser KP sollte mal Chardonnay probieren oder einen schönen Rioja, da hätte er mehr davon.«

»Jedenfalls lag Karpa am Samstag nach dem Mord bekifft in seiner venezianischen Gondel. Ich hab schon geglaubt, da liegt der nächste Tote!«

Die Runde lachte, es wurde gespielt, gegessen und getrunken, und irgendwann war Froelich müde genug, sich keine neuen Karten mehr geben zu lassen. Er lehnte sich zurück, sah den anderen beim Binokeln zu und überlegte, ob er sich noch etwas zu trinken bestellen sollte. Karten wurden auf den Tisch geknallt, Gelächter und Worte flogen hin und her, und Froelich genoss die entspannte Stimmung. Nur ab und zu fiel ihm unangenehm auf, dass sich alle anderen am Tisch duzten. So war das eben, wenn man neu in eine Stadt kam: Man war der Reingeschmeckte und brauchte für gute Bekannte und Freunde eine gewisse Anlaufzeit.

Irgendwann bemerkte Sanfftleben, dass sein junger Kollege die anderen nachdenklich musterte.

»Was ist denn, Herr Froelich?«, raunte er ihm zu und achtete darauf, dass die anderen ihn nicht verstehen konnten. Das war nicht schwer: Brigitte Becker schimpfte gerade lauthals über ihr Blatt, und die anderen gaben launige Kommentare dazu ab.

»Ach, ich schau mir nur Ihre Clique an und freu mich, dass Sie sich alle so gut verstehen und dass Sie alle miteinander befreundet sind.«

»Woher wollen Sie das wissen?«

»Na, alle duzen sich, alle machen ihre Scherze miteinander. Sind Sie denn nicht befreundet?«

»Natürlich können wir uns ganz gut leiden, aber die Runde hier verbindet vor allem der Wunsch, sich einmal im Monat ganz zwanglos unterhalten zu können. Was hier gesprochen wird und wie es hier gesagt wird: Das bleibt unter uns und verlässt diesen Raum nicht. Und draußen kehrt dann jeder von uns wieder in seine übliche Rolle, in seine normale Umgebung, in seinen alten Freundeskreis zurück.«

Froelich nickte.

»Und wenn Sie ein paar Mal hier waren, werden die anderen Ihnen das Du schon auch noch anbieten, keine Sorge«, sagte Sanfftleben und gab ihm den entscheidenden Tipp, wie er das Ganze noch etwas beschleunigen konnte.

Froelich grinste, dann ging er hinaus zum Wirt, orderte eine Runde und rief, als die Getränke kurz darauf gebracht wurden, den anderen am Tisch zu: »Das geht auf mich, die Herrschaften!«

»Oh, danke«, kam es zurück, sie prosteten sich zu, schwatzten und lachten noch eine Weile und verhockten noch gut eine Stunde. Als alle zur selben Zeit aufbrachen, nahm Jana Bednarz das Journalistenpaar auf die Seite und redete kurz mit ihnen. Dabei sah sie ein-, zweimal zu Froelich herüber. Wenig später wankte er neben Sanfftleben und dem Ehepaar Mühlens her auf die Beutauvorstadt zu, wo sie an einer Straßengabelung stehen blieben.

Sanfftleben verabschiedete sich. Er sei jetzt wirklich zu müde für ein weiteres Schwätzchen, aber man könne sich ja morgen früh gegen halb fünf irgendwo in der Maille treffen, wenn er wieder schlaflos durch die Stadt spaziere. Damit ging er lachend am Rosenhäusle vorbei und hielt mehr oder weniger gerade Kurs auf sein Zuhause.

»Bei unserer Kommissarin haben Sie aber einen Stein im Brett«, sagte Hildegard Mühlens, als der alte Bestatter weit genug gegangen war, um sie nicht mehr hören zu können, und zwinkerte Froelich zu.

Der verstand kein Wort, und das nicht nur, weil er schon müde und etwas angeheitert war.

»Freut mich«, sagte er trotzdem, »sie ist ja auch eine ganz Nette, wie Sie alle.«

»Sie hat mich gebeten, ihr mal einige der Leserbriefe von Roland Pfleiderer und seiner Tante zu kopieren und gleich auch noch die wichtigsten Artikel über den Streit um die Kanalnutzung beizulegen.«

»Aha. Und was hat das mit mir zu tun?«

»Sie schlug vor, ich soll den Umschlag mit dem Material bei Ihnen im Institut in den Briefkasten werfen, und Sie könnten ihn dann bei Gelegenheit bei der Polizei vorbeibringen. Dann würde ich mir den Fußmarsch zur Kripo sparen.«

»Meinetwegen, das mache ich gerne, wenn es Ihnen eine Hilfe ist. Ich bin derzeit ohnehin jeden Tag mindestens einmal in der Innenstadt – dann gehe ich einfach kurz bei Frau Bednarz vorbei und gebe ihr den Umschlag.«

Hildegard Mühlens grinste breit, und auch ihr Mann Herbert amüsierte sich prächtig über Froelichs Begriffsstutzigkeit. Der sah sie nur fragend an und zuckte mit den Schultern.

»Na, Herr Froelich, im Moment stehen Sie aber ganz schön auf der Leitung.«

»Ja? Warum denn?«

»Na ... wir haben es zur Polizei keinen Meter weiter als zu Ihrem Institut. Frau Bednarz will, dass Sie sich die Unterlagen vorher selbst noch ansehen können. Sie meinte, Sie arbeiten gewissermaßen freiberuflich ein bisschen an dem Fall mit.«

»Was immer das bedeuten mag«, raunte Herbert Mühlens, aber er lächelte gutmütig dabei. »Ich habe früher auch ab und zu mal ein bisschen geholfen, wenn Recherche anstand – aber machen Sie unserer Kommissarin bitte keinen Ärger, ja?«

»Keine Sorge«, sagte Froelich. »Und danke für die Infos, ich bin schon gespannt auf die Kopien.«

Bestens gelaunt sank Gottfried Froelich in dieser Nacht ins Bett. Er nahm sich fest vor, auch im nächsten Monat wieder zur Binokelrunde zu gehen – und mit der Erinnerung an ein besonders gutes Blatt schlief er lächelnd ein.

Freitag, 4. November

Er musste dreimal läuten, bis sich in der Dachwohnung jemand über die Sprechanlage meldete.

»Ja?«, fragte die Frauenstimme knapp.

»Gottfried Froelich, guten Tag, Frau Hetzel. Ich würde gerne mit Ihnen reden, lassen Sie mich kurz raufkommen?«

»Was wollen Sie denn von mir? Robert ist nicht da, wenn Sie also wieder eine nasse Hose haben, müssen Sie sie bitte anderswo trocknen lassen.«

»Ich möchte gerne mit Ihnen über Markus Clarsen reden und über die Firma, in der Sie bis vor kurzem gemeinsam gearbeitet haben.«

»Und warum?«

»Glauben Sie mir: Es ist Ihnen sicher lieber, wenn ich Ihnen das oben in Ruhe erzähle, als wenn ich hier mitten in der Fußgängerzone in Ihre Sprechanlage rufe.«

Es dauerte einen Moment, dann summte der Türöffner. Oben stand Lisa Hetzel in Trainingsklamotten vor ihrer Wohnungstür, die Arme verschränkt, und sah dem schnaufenden Froelich dabei zu, wie er die Stufen heraufkletterte.

»Geht gleich wieder«, schnaufte Froelich, als er oben angekommen war, und atmete ein paar Mal tief ein und aus.

»Kommen Sie halt rein«, sagte Lisa Hetzel und ging ihm in die Wohnung voraus. Die schrägen Räume wirkten nicht allzu groß, aber gemütlich. Auf einem alten Sofa im Wohnzimmer ließ sie sich nieder und bot Froelich einen Platz auf einem Sessel an.

»Und was wollen Sie nun von mir?«

»Als ich am vergangenen Samstag bei Herrn Karpa war und sie dazukamen, habe ich sie gefragt, ob sie Markus Clarsen kennen. Sie haben nein gesagt.«

»Ich habe gelogen, na und? Sie sind nicht von der Polizei, Ihnen muss ich gar nichts erzählen.«

»Der Polizei haben sie es auch nicht erzählt, dass sie den Toten kannten.«

»Die haben mich erst nicht gefragt, und dann wusste es diese Kommissarin auch schon. Ich vermute, die hat mit jemandem in der Firma gesprochen.«

»Ich war gestern auch bei CarvSys, ich habe die Mutter von Markus Clarsen begleitet, als sie seine persönlichen Sachen abholte.«

»Und?«

»Dabei habe ich Ihren früheren Chef kennengelernt. Herr Salzner war nicht gut auf Sie zu sprechen.«

Sie lachte auf.

»Das kann ich mir vorstellen.«

»Alles wegen dieses Laptops?«

Froelich wollte versuchen, ihr ihre Version der Geschichte zu entlocken.

»Ach, das hat er erzählt? Na klar, das war ja der offizielle Grund für meine Kündigung.«

Ihre Stimme hatte einen bitteren Klang angenommen.

»Gab es denn einen anderen?«, hakte Froelich nach.

»Das geht Sie nichts an.«

»Herr Salzner deutete da so etwas an ...«

Lisa Hetzel funkelte ihn wütend an.

»Na ja, um genau zu sein: Er wurde ziemlich deutlich.«

»Lassen Sie mich raten«, schnappte sie: »Ich soll etwas mit Markus Clarsen gehabt haben, richtig?«

»Ganz so hat er es nicht ausgedrückt.«

»So? Wie denn dann?«

»Er ließ durchblicken, dass Sie ... in einem Zeugnis würde man das wohl verklausuliert ›kontaktfreudig‹ nennen.«

Lisa Hetzel sah ihn verblüfft an, sagte aber nichts.

»Um ehrlich zu sein: Er nannte sie – entschuldigen Sie bitte – eine Schlampe. Und dann packte er noch einen obendrauf, ich hatte das Gefühl, er wollte unbedingt, dass ich einen schlechten Eindruck von Ihnen bekomme.«

»Das sieht ihm ähnlich«, brummte sie, dann stutzte sie. »Wie meinen Sie das: ›Er packte noch einen obendrauf‹? Wenn er mich schon eine Schlampe nannte, bleibt ja wohl nicht mehr viel Luft nach oben, oder?«

Froelich schwieg.

»Wie hat mich dieses Arschloch noch genannt, Herr Froelich?«

»Vereinsmatratze. Er sagte, im Sport nenne man eine Frau wie Sie eine Vereinsmatratze.«

Er war nicht sicher, ob er nun zu weit gegangen war, aber er wollte die Frau aus der Reserve locken; mit höflichem Geplänkel rechnete er sich da nicht viele Chancen aus.

Lisa Hetzel klappte der Unterkiefer nach unten, dann schloss sie den Mund wieder, stand auf, setzte sich, stand erneut auf.

»Ich mach mir jetzt einen Kaffee. Wollen Sie auch einen?«

Froelich nickte, hörte dann ihr Hantieren in der Küche, und schließlich saßen sie sich wieder im Wohnzimmer gegenüber. Er beobachtete die junge Frau über die dampfenden Cappuccino-Tassen hinweg und wartete.

»Wissen Sie«, begann sie nach einer Weile, »ich habe mir viel Mühe gegeben, dass sich diese Geschichte mit Marlon nicht herumsprach – sieht ganz so aus, als sei das gründlich in die Hose gegangen.«

Sie lachte bitter.

»Meine Schwester hat mir den Kontakt zu CarvSys verschafft, sie kannte Marlon von früher. Ich habe mich eingearbeitet, ich war fleißig, und Marlon war wohl ganz zufrieden mit mir. Aber der gute Marlon hat halt auch noch andere Interessen.«

Die Pause dehnte sich, sie nahm einen Schluck Kaffee.

»Was soll ich drumherumreden: Er hat mich angebaggert, und mir hat das gefallen. Dieser große Kerl, erfolgreich im Beruf und durchaus attraktiv, ein Koloss von einem Mann – und der will was von mir! Ich war damals solo, und er hatte nicht viel Mühe mit mir. Er ist gut im Bett, wir hatten eine schöne Zeit, und die Beziehung mit ihm hat mir auch in der Firma nicht geschadet. Ich bekam bald eine Gehaltserhöhung und durfte mich an anspruchsvollere Projekte wagen – es lief prima, damals.«

Froelich hörte ihr zu, aber sie sah ihm wohl an, dass er von ihrer Geschichte überrascht war.

»So hat er Ihnen das nicht erzählt, stimmt's?«

»Nein. In seiner Version hat er Ihnen wegen des gestohlenen Laptops gekündigt, und daraufhin hätten Sie versucht, ihn mit einem eindeutigen Angebot umzustimmen.«

Sie schüttelte den Kopf.

»Ich fass es nicht! Dass er diese Geschichte noch immer so erzählt!«

»In der Firma scheint seine Version als die richtige zu gelten.«

»Na klar, mit Marlon will es sich dort keiner verscherzen.«

»Aber müsste es nicht jemand bei CarvSys mitbekommen haben, dass Sie und Herr Salzner eine Beziehung hatten?«

»Heute bin ich mir nicht mehr so sicher, ob das wirklich das war, was man eine Beziehung nennen sollte. Wir gingen miteinander ins Bett, manchmal haben wir's auch bei ihm oder bei mir im Büro getan – aber Marlon hat schon sehr darauf geachtet, dass das niemand mitbekam. Er sagte immer, dass es besser ist, wenn bei CarvSys niemand etwas von uns beiden weiß. Das würde nur Eifersüchteleien und Unruhe in die Firma bringen. Mir hat das damals eingeleuchtet.«

Sie lächelte wehmütig.

»Dann hab ich Robert Karpa näher kennengelernt. Wir haben uns ineinander verliebt, und ich habe mit Marlon Schluss gemacht. Das hat ihm nicht gepasst, und er hat immer wieder versucht, mich rumzukriegen – aber das mit Robert … Mir war schnell klar, dass das etwas Festes sein würde, also wollte ich das auf gar keinen Fall gefährden. Marlon hat nach einer Weile auch Ruhe gegeben. Und unten beim Empfang hat damals Carina Deck angefangen, an die hat er sich gleich rangemacht.«

Sie trank etwas Cappuccino.

»Aber die hübsche Carina war ihm wohl nicht genug. Marlon ist ein geiler Bock, und Carina hat in dieser Hinsicht wohl nicht ganz denselben Appetit wie er, also hat er wieder an mir rumgebaggert. Irgendwann hat er angefangen, mich zu erpressen: Er würde mich rausschmeißen, wenn ich weiter so rumzicke – und ich hatte tatsächlich Angst, dass ich bald auf der Straße stehen könnte. Der Job bei CarvSys war mein erster vernünftiger Job überhaupt, davor hab ich als Kellnerin in Kneipen gearbeitet, und davor ... Na, egal. Jedenfalls wollte ich meine Stelle bei CarvSys unbedingt behalten. Also passte ich höllisch auf, um nur ja keinen Fehler zu machen.«

»Und dann kam das mit dem Laptop?«

»Ja, dann kam das. Eines Tages war ein Laptop verschwunden, und irgendwann ging das Gerücht um, ich hätte ihn geklaut. Ich war's aber nicht – da wäre ich ja völlig bekloppt gewesen, wo ich doch genau wusste, dass sich Marlon diese Gelegenheit für eine Kündigung nicht entgehen lassen würde. Er ließ mich dann zu sich kommen, bot mir an, die ganze Geschichte mit dem Laptop unter den Teppich zu kehren, wenn ich endlich wieder zur Besinnung kommen würde – Sie wissen schon ...«

Froelich nickte.

»Ich erklärte ihm noch einmal, dass ich jetzt einen festen Freund hatte und dass ich mir mit Robert eine gemeinsame Zukunft aufbauen wollte. Er bettelte und drohte, und irgendwann ließ er durchblicken, dass er meinem Freund gegenüber ja mal ein bisschen aus dem Nähkästchen plaudern könnte. Da habe ich ihn stehen lassen und bin raus. Am nächsten Tag hatte ich meine Kündigung. Ich bin gleich zu Markus rüber, der war ja unser Betriebsrat – ich stellte mir vor, dass er mir irgendwie helfen konnte, den Job zu behalten. Ich habe ihm versichert, dass ich mit dem gestohlenen Laptop nichts zu tun habe – und irgendwann habe ich ihm auch von meiner früheren Beziehung zu Marlon und davon erzählt, dass Marlon das wieder aufleben lassen möchte.«

Sie seufzte.

»Das war ein Fehler. Markus vertröstete mich auf den nächsten Tag, dann rief er mich am späten Nachmittag zu sich. Er hatte mit Marlon geredet, und der stritt natürlich alles ab und behauptete, ich habe ihm an die Wäsche gehen wollen. Markus bot mir an, sich für mich beim Chef einzusetzen, wenn ich … Na ja, es lief auf dasselbe hinaus wie mit Marlon. Ich war völlig am Boden, und als Markus mir dann auch noch drohte, mich vor allen anderen bloßzustellen und mich sogar Robert gegenüber als Firmenmatratze auszugeben, bin ich erst heulend rausgerannt, und am nächsten Tag hab ich ihm halt den Gefallen getan. Nur: Geholfen hat er mir nicht, er wollte einfach nur mit mir schlafen – und hinterher hat er mich bloß ausgelacht.«

Ihre Augen schimmerten, sie zog ein Papiertaschentuch aus einem Päckchen, das auf dem Tisch lag, und schnäuzte sich.

»Firmenmatratze – genau so hat es Markus gesagt. Und jetzt erzählen Sie mir, dass mich Marlon Ihnen gegenüber als ›Vereinsmatratze‹ bezeichnet.«

Sie schüttelte den Kopf.

»Warum müssen eigentlich immer die anderen Oberwasser haben? Warum dürfen die das mit mir machen?«

»Na ja, Oberwasser hat Markus Clarsen derzeit ja nun eher nicht.«

Lisa Hetzel erstarrte. Froelich tat sein Satz schon wieder leid, aber nun war er schon gesagt.

»Sie gehen jetzt, Herr Froelich. Sie gehen, und ich möchte Sie bitten, Robert gegenüber nichts von dieser ganzen Geschichte zu erzählen. Marlon und Markus haben gelogen, und ich finde es nicht fair, wenn Sie diese Lügen weiterverbreiten.«

Samstag, 5. November

Gleich am Morgen sah Froelich im Briefkasten nach, aber natürlich lagen die Kopien aus dem Zeitungsarchiv noch nicht drin. Gut möglich, dass das erst am Montag oder Dienstag der Fall sein würde. Jana Bednarz wusste auch so schon genug über Pfleiderer und seine Leserbriefe und ganz sicher auch alles über Streitigkeiten, die mit der Nutzung der Kanäle zu tun hatten. Jetzt, nachdem er seinen kleinen Rausch ausgeschlafen hatte und wieder klarer sah, war es für ihn offensichtlich, dass die Kopien vor allem für ihn gedacht waren.

Ganz untätig wollte er dennoch nicht bleiben, also beschloss er, das direkte Gespräch mit diesem Roland Pfleiderer zu suchen, der sich in seinen Leserbriefen so vehement gegen Gästeführungen und andere touristische Angebote in der Innenstadt engagierte.

Die Adresse von Roland Pfleiderer, Maille 4–9, hatte Gottfried Froelich im Telefonbuch nachgeschlagen und die Stelle anschließend mit Hilfe des Stadtplans ausfindig gemacht. Der Gebäudekomplex stand zwar ebenfalls am Esslinger Stadtpark, aber an dem Ende, das der Inneren Brücke genau gegenüberlag. Zudem außerhalb des Altstadtrings, also weniger malerisch gelegen als der Fundort von Clarsens Leiche.

Froelich dachte kurz daran, den Wagen zu nehmen, aber dann fiel ihm Sanfftleben ein. Der Kollege war deutlich älter als er, und doch marschierte er fast jeden Tag hinaus zum Ebershaldenfriedhof, um das Grab seines Sohnes zu besuchen – da wollte sich Froelich nicht die Blöße geben, die kürzere Strecke zu Pfleiderer nicht zu Fuß zu gehen. Außerdem schien draußen die Sonne, und ein solches Wetter wollte er im November dann doch nicht ungenutzt verstreichen lassen.

In der Gasse neben dem Alten Rathaus waren die Bretter vor den Kellerfenstern wieder entfernt worden, nur einige Nagellöcher waren geblieben. Wagenknechts und ihre Nachbarn waren nicht zu sehen, nur über Froelich wurde kurz ein Fenster aufgerissen, und dann rieselte Staub aus einem ausgeschüttelten Tuch herab. Froelich trat ein paar Schritte zur Seite, sah hinauf, aber da wurde das Fenster schon wieder zugeknallt.

Um ihn herum wimmelte die Altstadt geradezu vor Fußgängern, erst am Ende der Ritterstraße wurden es etwas weniger. An der Kreuzung musste er sich orientieren, wie er am schnellsten über die mehrspurige Straße kam, dann entdeckte er schon das große Gebäude auf der anderen Seite des Altstadtrings, in dem Pfleiderer wohnen musste. Das Ampelmännchen sprang auf Grün, Froelich trat mit den anderen Wartenden auf die Straße, und er fragte sich nicht zum ersten Mal, warum in Esslingen die Fußgängerampeln mit dem einst in der DDR üblichen Symbol, dem Ost-Ampelmännchen mit Hut, bestückt waren.

Auf der anderen Straßenseite stellte er sich ans Brückengeländer und musterte das Haus vor ihm. Links standen drei Fahnenmasten, aber nur an einem wehte eine Flagge, eine weiße mit der Aufschrift »Hochschule Esslingen«. Weiter hinten führte eine Fußgängerbrücke über den Kanal, auf der Tische und Stühle aufgestellt waren. Darüber hing eine Lichterkette. An der Hauswand daneben warb eine große Stoffbahn für den Mittagstisch im dortigen Restaurant.

Froelich nahm an, dass der Holzsteg den Eingang zum Gebäude und damit auch zu den Wohnungen darstellte, also ging er über den Steg, aber die verglaste Tür an dessen Ende führte nur ins Restaurant. Eine zweite Tür war verschlossen, und es gab keine Klingel. Das Lokal sah verlockend aus, Hunger hatte Froelich ohnehin immer. Aber jetzt wollte er mit Pfleiderer reden, also wandte er sich mit leisem Bedauern ab. Als er gerade die Mitte der mit Holzplanken belegten Brücke erreicht hatte, hörte er hinter sich eine Frauenstimme rufen und neben sich etwas ins Wasser platschen.

»Hallo?«, rief die Frau.

Froelich sah auf den Kanal, aber dort waren nur noch die kreisrunden Wellen um die Stelle zu sehen, an der offensichtlich eben etwas ins Wasser gefallen war. Dann drehte er sich um.

In der Tür des Restaurants stand eine Frau in den Vierzigern, schlank und groß, die Haare streng zu einem Pferdeschwanz nach hinten gebunden. Sie trug eine schwarze Hose, eine schwarze Bluse und darüber eine knallrote Schürze – vermutlich die Uniform, die sich der Wirt für seine Bedienungen ausgedacht hatte. Sie hielt ein Geschirrtuch und eine Speisekarte in der Hand und kam nun auf Froelich zu.

»Sie können ruhig reinkommen, wir haben geöffnet«, sagte sie und lächelte freundlich. »Und unseren Mittagstisch kann ich Ihnen wirklich empfehlen.«

»Das glaube ich Ihnen, und ich würde wirklich gerne bei Ihnen im Lokal essen, vielen Dank. Aber ich habe leider keine Zeit: Ich möchte einen der Hausbewohner treffen.«

Er deutete vage auf die beiden oberen Etagen. Darunter schienen sich hinter den Fenstern eher Büroräume oder Ähnliches zu befinden.

»Dann sind Sie hier leider falsch«, sagte die Bedienung. Sie machte mit der Hand eine weit ausholende Geste. Froelich musste wohl einmal um das Haus herum und auf der anderen Seite hineingehen.

»Zu wem wollen Sie denn?«, fragte sie dann noch.

»Zu Roland Pfleiderer. Kennen Sie ihn?«

»Geht so, aber genauer will ich ihn eigentlich auch gar nicht kennen.«

Sie seufzte, Pfleiderer schien kein angenehmer Nachbar zu sein, nicht einmal für Leute, die nur in seiner Nachbarschaft arbeiteten. Neben Froelich fiel wieder etwas in den Kanal, diesmal platschte es näher am Steg als vorhin, und die Frau lachte kurz auf.

»Zumindest scheint er zu Hause zu sein.«

Sie zeigte auf die untere der beiden Wohnungsetagen, dort stand ein Mann in einem der Fenster und hielt etwas in der Hand, was Froelich auf die Entfernung nicht erkennen konnte. Den Mann allerdings konnte er erkennen: Schnauzer und Ziegenbärtchen, hohe Stirn und nach hinten gekämmtes Haar – es war derselbe, der vor einer Woche die Ausflügler im Ruderboot beschimpft und beworfen hatte. Und es war derselbe, den er am Morgen nach Clarsens Tod vom Café in der Innenstadt aus beobachtet hatte – jener Mann, dem KP so unbedingt aus dem Weg gehen wollte.

»Ist das Roland Pfleiderer?«, fragte Froelich. Das alles würde zu den Leserbriefen passen, von denen er im Goldenen Habicht erfahren hatte.

»Ja, das ist er. Kommen Sie lieber etwas näher zu mir her«, sagte sie und trat selbst ein paar Schritte zurück auf die Eingangstür des Restaurants zu.

Da holte der Mann im Fenster aus, und Sekunden später polterte ein handtellergroßer Kieselstein über die Holzplanken des Stegs, schlug zwei-, dreimal auf und fiel hinter dem Steg ins Wasser.

»Spinnt der?«, fragte Froelich die Bedienung.

»In meinen Augen schon, aber …« Sie zuckte mit den Schultern. »Ich geh dem halt aus dem Weg, wenn ich kann. Und wenn er was runterwirft, während unsere Gäste hier sitzen, rufe ich Herrn Kroll, unseren Chef. Der geht dann hoch zu Pfleiderer und knöpft ihn sich –«

Sie unterbrach sich, musterte Froelich und fragte nach einer kleinen Pause: »Sie sind nicht von der Polizei, oder?«

»Nein, bin ich nicht, keine Sorge.«

Sie entspannte sich wieder und beugte sich ein wenig zu Froelich hin.

»Ab und zu kriegt der Blödmann dort oben eins auf die Fresse, und dann ist wieder für ein paar Tage Ruhe.«

Ein paar Meter hinter der Bedienung stand nun ein großer, breitschultriger Mann mit Glatze und buschigem Schnauzer.

»Ina?«, rief er.

»Komme!«, antwortete die Bedienung sofort. »Das ist der Chef«, sagte sie noch, verabschiedete sich von Froelich und ging zu dem Mann in der Tür hinüber.

Froelich konnte sich gut vorstellen, dass Inas Chef sehr überzeugend auf Roland Pfleiderer wirken musste. Er sah den beiden nach, dann ging sein Blick wieder zu Pfleiderer hinauf: Er lehnte nun entspannt am Fensterbrett, schien nichts mehr in der Hand zu haben und sah interessiert zu Froelich herunter.

»Wieso werfen Sie Steine auf mich, Herr Pfleiderer?«

Der Mann am Fenster lachte höhnisch, antwortete aber nicht. Froelich wartete einen Moment, und ging, als Pfleiderer nichts sagte, über den Steg zurück ans andere Kanalufer. Pfleiderer ließ ihn nicht aus den Augen, bis er die Kreuzung erreicht hatte. Froelich stellte sich an den Straßenrand und konnte aus den Augenwinkeln beobachten, wie Pfleiderer das Fenster schloss.

Daraufhin ging Froelich zur anderen Seite des Hauses. Vorbei am winzigen Nachbarhäuschen hielt er auf den Eingang des Gebäudes zu. Einem Werbebanner über dem Portal zufolge feierte hier das Kommunale Kino ein rundes Jubiläum, und zwischen großen, altmodisch geformten, schmiedeeisernen Gittertoren hindurch führte ein breiter Gang auf das Café des Kinos zu. Etwa auf halber Strecke gingen nach links und rechts Haustüren ab, auch sie altertümlich gestaltet und früher vermutlich einmal Zeichen von bürgerlichem Wohlstand.

Froelich las die Klingelschilder, fand neben der linken Tür den gesuchten Namen und klingelte. Pfleiderer öffnete nicht, doch nach ein paar Minuten hörte Froelich Schritte im Treppenhaus. Er wappnete sich schon für einen Streit, aber als die Tür aufschwang, kam eine junge Frau heraus, eine helle Wollmütze über die blonden Haare gezogen und einen Rucksack über der Schulter. Sie drückte sich an Froelich vorbei hinaus, kümmerte sich aber sonst nicht um ihn.

Er schob seinen Fuß in den Türspalt, wartete, bis die Frau aus seinem Blickfeld verschwunden war, und betrat dann den Hausflur. Es war düster und roch etwas muffig, die ausgetretenen Holzstufen knarrten, und bis Froelich vor Pfleiderers Haustür stand, war er ein wenig außer Atem. Gerade wollte er noch einmal klingeln, als er aus der Wohnung seltsame Geräusche hörte.

»Uuuuh … Iiiiih … Uuuuooooh!«, drang es durch die Tür, und Froelich sah sich irritiert um, ob wohl noch jemand diese seltsame Szene mitbekam. Die gegenüberliegende Wohnungstür wurde geöffnet, ein älterer Herr kam heraus, in jeder Hand eine prall gefüllte Mülltüte. Der Mann erschrak kurz, als er Froelich bemerkte, die Geräusche aus Pfleiderers Wohnung dagegen schienen ihn nicht allzu sehr zu beunruhigen.

»Macht der das häufiger?«, fragte Froelich und deutete auf Pfleiderers Wohnungstür.

»Ja, mal so und mal anders.«

Damit begann er die Treppe hinunterzusteigen.

»Was meinen Sie mit ›mal so und mal anders‹?«, fragte Froelich noch, aber eigentlich rechnete er gar nicht mehr damit, dass der andere ihn noch beachten würde, und er wandte sich wieder der Wohnungstür zu.

»Weeeg! Weeeg! Huuuuh!«

Pfleiderer rief und heulte mit tiefer Stimme, aber es klang gekünstelt – ganz so, als wolle er Froelich ein Gespenst vorspielen. Das mochte am späten Abend, in der Dunkelheit und vielleicht als Bestandteil einer gruseligen Führung durch die Altstadt, nett wirken – hier durch die Tür und am helllichten Tag war es nur albern. Froelich hielt den Atem an und horchte, ob Pfleiderer in den Pausen seiner skurrilen Darbietung vielleicht ein Kichern entfuhr.

»Huuuuh! Forrrrrt!«, machte es stattdessen. Schritte waren aus der Wohnung zu hören, Pfleiderer schien während seiner Darbietung im Wohnungsflur hin und her zu gehen.

»Ich meine damit, dass er ständig Blödsinn macht – und eben manchmal auch so bekloppt klingt.«

Der alte Mann war unbemerkt direkt hinter Froelich getreten, und Gottfried zuckte zusammen, als er die Stimme so unvermittelt direkt neben seinem Ohr hörte. Der andere stand da wie der Storch im Salat, ließ seine Arme hängen und die Mülltüten baumeln und sah grinsend den erschrockenen Froelich an. Dann zuckte er die Schultern.

»Sie haben mich gefragt.«

»Ja, ja, danke«, sagte Froelich und stellte sich so, dass er den Mann und die Tür gleichzeitig im Blick behalten konnte. »Übt Herr Pfleiderer vielleicht für eine dieser Spezialveranstaltungen, die es drüben in der Altstadt immer wieder gibt? Das klingt für mich ganz nach so einer Gespensterführung oder wie das heißt.«

Er hatte nach dem, was er von der Marketingchefin und der früheren Lokalredakteurin so über Pfleiderer gehört hatte, zwar seine Zweifel, dass sich Pfleiderer ausgerechnet an einer solchen Veranstaltung beteiligen könnte, aber anders konnte er sich die Laute nicht erklären.

Der ältere Herr lachte scheppernd, und es schüttelte ihn so, dass der Müll in seinen Tüten mitraschelte.

»Nein«, brachte er schließlich hervor und schnappte nach Luft, »nein, das kann ich mir nicht vorstellen.«

»Warum finden Sie das denn so lustig?«

»Weil mein lieber Nachbar hier vermutlich lieber allen Touristen den Hals umdrehen würde, als sich jemals an so einer Veranstaltung zu beteiligen.«

»Aha?«

»Ja, und er lässt sich wirklich allerhand einfallen, um solche Touren zu stören. Auch Leserbriefe schreibt er, da können Sie alle paar Tage was in der Zeitung lesen. Und immer geht es um dasselbe: Unsere arme Stadt wird verschandelt, wird als Disneyländle verramscht und so weiter – wobei das noch seine zahmsten Formulierungen waren. Aber was er da jetzt wieder ausheckt, kann ich Ihnen beim besten Willen nicht sagen. Der hat die verrücktesten Ideen, und wenn er wieder seine alte Kreisler-Platte auflegt, dann weiß ich schon, was wieder kommt.«

»Wieso Kreisler?«

»Kennen Sie nicht den Klassiker ›Tauben vergiften im Park‹? Wenn die Platte läuft, natürlich dröhnend laut, dann packt er sich wieder sein Rattengift oder die Brotstücke, in die er Nägel oder Glasscherben drückt, und geht runter zum Kanal. Manchmal übertreibt er es auch und landet selbst im Wasser: Erst vergangene Woche standen seine Schuhe morgens noch nass vor der Tür, und auf der Treppe waren überall Wasserflecken. Da wird er wieder seine Runde gedreht haben: an der Inneren Brücke oder auch bis hinaus zu diesen Hochhäusern zwischen Schelztor- und Mettinger Straße. Der grast die ganze Strecke ab, bis seine Tüte leer ist. Und die ist nicht kleiner als meine beiden hier.«

Der Mann hielt seine Mülltüten hoch und ließ sie wieder sinken.

»Und da vergiftet er Tauben? Am Kanal?«

Froelich wunderte sich.

»Nein«, sagte der ältere Herr und klang ein wenig ungeduldig. »Nicht Tauben, sondern Enten. Aber wahrscheinlich hat er kein passendes Lied für Enten gefunden, dann müssen es eben die Tauben tun.«

Er kicherte.

»Die Enten schwimmen im Kanal herum und stören eigentlich keinen, außer Herrn Pfleiderer natürlich.«

Froelich nickte, dann klingelte er. Pfleiderer unterbrach kurz seinen Singsang und blieb stehen, aber nach einer Minute ging das Getue weiter wie zuvor. Und die Tür blieb zu.

»Herr Pfleiderer«, rief Froelich nun, »ich wollte eigentlich mit Ihnen reden, aber mir ist das hier zu blöd. Ich komme wohl lieber wieder, wenn … wenn es Ihnen wieder bessergeht.«

Er blieb stehen und horchte. Hinter der Tür war nun kein Stöhnen und Raunen mehr zu hören, auch die Schritte waren verstummt.

»Da können Sie lange warten«, sagte der ältere Herr, der alles gespannt verfolgt hatte. Er sah Froelich ein wenig mitleidig an.

»Sie haben es ja schon mitbekommen: Mein lieber Nachbar ist etwas speziell«, sagte er, verzog das Gesicht und machte mit dem Zeigefinger eine kreisende Bewegung neben der Schläfe. »Wenn Sie mit dem nicht unbedingt reden müssen, ersparen Sie es sich lieber.«

»Sie meinen, er ist …?«

Der Mann zuckte mit den Schultern.

»Nichts Genaues weiß man nicht, aber Streit möchte ich mit ihm keinen haben.«

Auf Froelich machte der Mann nicht den Eindruck, als würde er gegenüber einem grantigen Nachbarn zurückstecken – er war nicht allzu groß, aber auch nicht gerade klapprig, und ganz entspannt sah er sich das Geschehen im Hausflur an, obwohl der vermutlich genervte Pfleiderer jeden Moment die Tür aufreißen und herausstürmen konnte.

»Entschuldigen Sie bitte, dass ich mich Ihnen noch gar nicht vorgestellt habe. Gottfried Froelich ist mein Name.«

Er hatte unnötig laut gesprochen und hoffte, dass er sich über diesen Umweg auch Pfleiderer vorgestellt hatte, der vermutlich hinter seiner Tür stand und horchte.

Der Nachbar jedenfalls nickte ihm höflich zu: »Weber, angenehm.«

»Ich wohne erst seit ein paar Monaten hier in der Stadt, drüben in der Beutau habe ich das Bestattungsinstitut von Herrn Sanfftleben übernommen.«

»Ah, Bestatter sind Sie?«

Ein böses Grinsen huschte über Webers Gesicht.

»Dann wäre es mir doch recht, wenn Sie mit Herrn Pfleiderer reden. Vielleicht können Sie ihn ja auch gleich mitnehmen!«

Er war für den letzten Satz auch ein wenig lauter geworden, und es war offensichtlich, dass die Bemerkung in erster Linie für Roland Pfleiderer gedacht war. Er zwinkerte Froelich zu, das Grinsen wurde noch breiter, und schließlich machte er sich mit seinen Mülltüten auf den Weg die Treppe hinunter.

Als unten die Haustür ins Schloss fiel, ging auch Froelich langsam zur Treppe – da knarrte es hinter ihm. Er drehte sich um, vor ihm stand Roland Pfleiderer in der nur zwei Handbreit geöffneten Tür.

»Was wollen Sie eigentlich von mir?«, fragte er misstrauisch.

Froelich konnte ihn nur teilweise sehen, aber anscheinend hatte er sich eine Art schwarzen Umhang übergeworfen, von dem ein Zipfel bis zu den nackten Füßen hinunterreichte.

»Ich wollte mit Ihnen reden.«

»So? Und worüber?«

»Lassen Sie mich rein? Oder sollen wir irgendwo einen Kaffee trinken? Das, worüber ich mit Ihnen reden will, ist kein Thema, das man zwischen Tür und Angel oder hier im Hausflur besprechen sollte.«

Pfleiderer dachte einen Moment nach, dann öffnete er die Tür langsam etwas weiter. Froelich blieb stehen, wo er war. Unten ging die Haustür, Schritte waren zu hören, dann wurde im Erdgeschoss eine Tür aufgeschlossen, jemand ging ein paar Schritte, die Tür fiel wieder zu.

»Sie heißen also Froelich, und Sie sind Bestatter. Habe ich das vorher richtig gehört?«

»Ja, das stimmt.«

»Und was wollen Sie hier? Hier ist niemand gestorben, ich brauche keinen Bestatter, auch wenn Herr Weber das gerne hätte.«

»Können wir das nicht doch drin besprechen?«

Pfleiderer dachte kurz nach.

»Dann kommen Sie halt rein«, brummte er und ging ohne ein weiteres Wort voraus in seine Wohnung. Pfleiderer war barfuß, der schwarze Umhang war ein Kapuzenmantel, dessen Saum seine Unterschenkel umspielte.

Froelich folgte ihm und sah sich dabei um. Die Räume waren hoch und vom etwas düsteren Flur der Wohnung aus blickte man überall ins Helle. Die Fenster ließen viel Sonnenlicht herein, und in seinen Strahlen tanzte der Staub. Überall standen billig oder alt wirkende Möbel, nichts passte zum anderen, und auf jeder Sitzgelegenheit waren Bücher oder Zeitungen gestapelt.

Pfleiderer ging den ganzen langen Flur entlang, und Froelich passierte einige schäbig wirkende dunkelblaue Vorhänge, die vermutlich Regale oder Durchlässe zu kleinen Vorratsräumen verdecken sollten. Am Ende des Flurs kam Froelich in eine unmodern eingerichtete Küche. Sie war groß, bot Platz für einen ausladenden Esstisch aus verschrammten mittelbraunem Holz, eine Eckbank und drei Stühle. Eine Küchenzeile im eigentlichen Sinn gab es nicht: Pfleiderer hatte alle möglichen Schränke und Nachttischchen nebeneinander gestellt, auf denen ein Backofen, ein Gasherd mit Flasche, einige Serviertabletts, ein Brotkorb und vieles andere platziert waren.

Der provisorische Herd wackelte bedenklich, als Pfleiderer an den Reglern hantierte und einen Topf mit Wasser aufsetzte. Doch nichts fiel um, und wenig später kochte das Wasser. Pfleiderer griff in einen kleinen Korb und streute irgendwelche getrockneten Zutaten in das heiße Wasser. Dann nahm er den Topf vom Herd und stellte ihn vor Froelich auf den Küchentisch. Er holte zwei Tassen aus dem Regal und kam wieder herüber – dabei blieb er mit der Schulter an der Küchentür hängen, und die schwang langsam zu.

Schnell stellte Pfleiderer die Tassen ab und drückte die Tür wieder gegen die Wand. Froelich hatte nur einen kurzen Blick darauf werfen können, aber er war sich ziemlich sicher, dass auf der Innenseite der Tür zahlreiche Zeitungsausschnitte aufgeklebt und angepinnt waren – und er glaubte, auf einem Foto auch die markante Innere Brücke erkannt zu haben.

Pfleiderer musterte seinen Gast, aber als der nichts sagte, meinte er nur: »Ich glaube, wir trinken unseren Tee drüben im Wohnzimmer. Bringen Sie den Topf mit?«

Damit schnappte er sich die Tassen und ließ Froelich mit dem Topf zuerst in den Flur hinausgehen.

»Gleich hier rechts«, kommandierte er, und kurz darauf saßen sie sich auf einer durchgesessenen Couchgarnitur gegenüber, zwischen sich ein ausnehmend hässliches Tischchen, wie es Froelich seit den späten Achtzigern nur noch manchmal in seinen Albträumen gesehen hatte.

Pfleiderer goss ihnen ein, und Froelich sah sich derweilen um. Überall Zeitungen und Bücher, einige Buchrücken konnte er halbwegs entziffern – es schien sich vor allem um esoterische Literatur und um solche mit Verschwörungstheorien zu handeln. In einem Regal an der gegenüberliegenden Wand lag eine seltsame Mischung aus verschiedenen Masken und Schals, aus Sturmhauben, Baseball-Kappen und Cowboy-Hüten. Auf einem Berg aus Trillerpfeifen lag eine Spraydose, auf die eine Tröte montiert war, und eine hölzerne Rätsche. Daneben lag in einem Regalfach eine Spielzeugarmbrust, neben der Plastikpfeile mit Gummipropfen am vorderen Ende aufgehäuft waren.

Pfleiderer war seinem Blick gefolgt, ein Grinsen breitete sich auf seinem Gesicht aus.

»Tja, Herr Froelich, Sie sehen, ich nehme meine Sache ernst.«

»Welche Sache?«

»Ich befinde mich gewissermaßen auf einem Kreuzzug.«

Froelich unterdrückte ein Seufzen. Dieser Mann hatte sie nicht mehr alle, so viel war sicher.

»Während unsere Stadtverwaltung das schöne Esslingen zum Schauplatz seiner hanebüchenen Inszenierungen macht, zum Rummelplatz für Touristen, stelle ich mich als einer der wenigen dem entgegen.«

»Sie schreiben Leserbriefe, ich weiß«, sagte Froelich. »Und was machen Sie mit all dem Zeug?«

»Ach, die Briefe!« Pfleiderer winkte ab. »Die schreibe ich natürlich, und ich lasse nicht locker damit, bis endlich alle Welt sieht, wie hier mit unserer stolzen Stadt Schindluder getrieben wird!«

Er nahm einen Schluck aus der Tasse, und seine Augen hatten einen etwas fiebrigen Glanz angenommen.

»Aber noch wichtiger sind meine Aktionen.«

Er ließ sich in seinem Sessel zurücksinken, und ein zufriedenes Lächeln breitete sich auf seinem Gesicht aus.

»Ich …«

Er beugte sich wieder vor, als müsse er das, was er Froelich nun zu sagen hatte, vor heimlichen Lauschern verbergen.

»Ich störe!«, raunte er. »Die Stadt zettelt eine Führung für Touristen an – und ich … ich unterwandere sie. Nicht mehr lange, der Plan steht schon, und ich übe fast jeden Tag dafür. Das wird richtig gut werden, RICHTIG gut!«

Er war wieder lauter geworden, manchmal deklamierte er eher, als dass er sprach. Froelich rutschte auf dem Sofa hin und her.

»Was für ein Irrer!«, ging es ihm durch den Kopf.

»Stellen Sie sich eine Gespensterführung vor. Die Gäste latschen hinter dem Führer her, sind jeden Moment darauf gefasst, dass von irgendwoher ein Schauspieler auf sie zustürmt und im letzten Moment doch noch ausweicht – man will die Herrschaften ja nicht verprellen, gell?«

Er grinste breit.

»Und dann kommt wirklich ein Gespenst aus der dunklen Gasse gerannt.«

Pfleiderer sprang auf, nahm sich eine Sturmhaube, die Rätsche und eine Maske, die wohl Darth Vader darstellen sollte.

»Aber dieses Gespenst«, rief er weiter, »macht nicht im letzten Moment halt, sondern zieht …« – er hob die Rätsche und schwang sie ein paar Zentimeter vor Froelichs Gesicht nach unten – »… zieht einfach durch. Aua! Und aus!«

Pfleiderer strahlte über das ganze Gesicht. Er wartete kurz, als rechnete er mit Applaus, dann legte er die Gerätschaften zurück und setzte sich wieder.

»Na? Gut, oder? Wenn das diesem infantilen Mummenschanz kein Ende setzt, dann weiß ich auch nicht. So oder so ähnlich stelle ich mir das im Moment vor, aber ich arbeite noch daran.«

Froelich wusste nicht recht, wie er daran ein vernünftiges Gespräch anknüpfen konnte, also nahm er einen Schluck aus der Tasse, was er augenblicklich bereute. Die Brühe war heiß, hatte aber sonst keine Ähnlichkeit mit irgendeinem Tee, den er schon einmal getrunken hatte. Salbei schmeckte durch, auch das Aroma von Zitronen oder Orangen glaubte er zu erkennen, aber die Mischung enthielt noch eine Menge anderer Geschmacksrichtungen, eine fürchterlicher als die andere.

»Egal«, dachte Froelich, »da muss ich jetzt durch.«

»Solche Aktionen machen Sie häufiger?«, fragte er.

Pfleiderer nickte selbstzufrieden.

»Auch in der Maille?«

Pfleiderer blinzelte irritiert.

»In der Maille, Sie wissen schon! Aber nicht hier bei Ihnen, sondern drüben bei der Inneren Brücke.«

Pfleiderer schluckte, sagte aber nichts.

»Sie haben sicher in der Zeitung von dem Mord gelesen, von dem Mann, der in diesem Stocherkahn tot aufgefunden wurde.«

»Ja, ich hab das überflogen.«

Pfleiderer wand sich, und Froelich beschloss, aufs Ganze zu gehen.

»Überflogen? Ach ... und deshalb kleben Sie sich die ganzen Ausschnitte zu diesem Fall innen an die Küchentür? So, damit Sie es jeden Tag beim Frühstück und beim Vesper sehen können?«

»Oh ... haben Sie das doch ...?«

»Ja, das habe ich gesehen, obwohl Sie sich so beeilt haben.«

Pfleiderer trank einen Schluck.

»Und?«, fasste Froelich nach.

»Was, ›und‹?«

»Was haben Sie mir dazu zu sagen?«

Pfleiderer dachte nach, knetete seine Hände, dann schien ihm eine Idee zu kommen.

»Wissen Sie was, Herr Froelich? Ich muss Ihnen gar nichts sagen. Ich muss Ihnen nichts erzählen, ich muss Ihnen nicht antworten. Ich muss Ihnen nicht einmal einen Tee kochen!«

Damit stand er auf. Froelich aber blieb sitzen, dachte: »Na ja, Tee …«, und wartete regungslos den Rest von Pfleiderers Tirade ab.

»Ich muss das alles gar nicht machen – denn Sie sind nicht von der Polizei. Sie sind einfach nur Bestatter. Sie können mich mal! Kommen Sie einfach wieder, wenn ich gestorben bin – aber jetzt gehen Sie bitte.«

»Kann ich gerne machen, Herr Pfleiderer«, sagte Froelich, machte aber weiterhin keine Anstalten aufzustehen. »Dann geh ich jetzt und rede mit Frau Bednarz. Sie ist Kommissarin bei der Kripo Esslingen, sie ermittelt in dem Mordfall, und ich kenne sie ganz gut. Es wird sie sicher interessieren, dass ein Mann, der sich häufig an den Neckarkanälen herumtreibt, in seiner Küche Zeitungsausschnitte zu dem Maille-Mord an die Tür klebt – und nervös wird, wenn das jemand bemerkt.«

Pfleiderer setzte sich wieder.

»Oder«, fuhr Froelich fort, »Sie erzählen mir, was Sie so sehr an diesem Mordfall interessiert.«

»Aber warum …?«

»Und ich höre mir alles in Ruhe an, rede mit Ihnen über alles – und kann Frau Bednarz dann vielleicht auch gleich berichten, dass Sie zwar das eine oder andere über diesen Mord wissen, aber dass Sie nicht in den Fall verwickelt sind.«

Froelich ließ eine kurze Pause, Pfleiderer wirkte nun sehr nervös.

»Und Sie sind doch nicht in den Fall verwickelt, oder?«

Pfleiderer sah ihn an, sagte nichts, stand auf und holte sich ein paar Kekse aus der Küche. Froelich sah ganz in Gedanken zum Fenster hinaus und stellte sich vor, wie er draußen durch die Sonne schlenderte und schließlich ins Lokal unten im Haus ging, wo ein großer, dampfender Teller mit irgendetwas Leckerem drin auf ihn wartete. Und ein schönes, großes Bier.

»Das ist eigentlich mein Haus«, sagte Pfleiderer nach einer langen Pause.

Froelich stutzte kurz, dann holte ihn der eine Satz wieder zurück in diese Wohnung mit den hohen Räumen, den Zeitungs- und Bücherstapeln und dem widerlichen Tee.

»Das hier?«, fragte er.

»Nein, nicht das hier.«

Pfleiderer winkte ab und schüttelte den Kopf.

»Das an der Inneren Brücke. Da, wo Robert sich eingenistet hat.«

»Robert Karpa?«

Pfleiderer nickte.

»Ach, gehört ihm das Haus gar nicht? Ich dachte, er hat es vor ein paar Jahren von seiner Tante geerbt.«

»Doch, er hat es geerbt, und dann gehört es ihm wohl auch, zumindest vor dem Gesetz.«

Pfleiderer hob die rechte Hand und zeigte zur Zimmerdecke hinauf.

»Aber vor ihm …«

Froelich sah nach oben.

»Wer wohnt über Ihnen? Wen meinen Sie denn?«

Pfleiderer sah Froelich fassungslos an, und seine Stimme bekam etwas Feierliches.

»Vor Gott«, rief er, und er hätte damit jedem Schmierentheater Ehre gemacht, »vor Gott gehört dieses Haus mir. Vor Gott, verstehen Sie?«

»Nein«, dachte Froelich, doch dabei nickte er und schwieg, um den Mann vielleicht zu bewegen, etwas zu sagen, das auch jemand verstehen konnte, der nicht in Pfleiderers offenbar ziemlich verschwurbelten Gedankenwelt lebte.

Roland Pfleiderer goss sich Tee nach und verschüttete dabei ein paar Tropfen, die er aber nicht weiter beachtete. Seine Hände zitterten leicht, was Froelich bis dahin nicht an ihm aufgefallen war – das Thema schien dem Mann sehr zuzusetzen.

»Tante Magda hat lange dort gelebt, ich konnte mir nie jemand anderen vorstellen, wie er in dem alten Sessel am Fenster saß und einfach so auf die Maille hinaussah.«

»War Magda Lantz denn auch Ihre Tante?«

»Ja«, sagte Pfleiderer im ersten Reflex. Dann schniefte er und schob ein kleinlautes »Nein« nach.

»Das verstehe ich jetzt nicht, tut mir leid. Ist sie nun Ihre Tante oder nicht?«

»Meine Eltern und ich wohnten früher am Kesselwasen, nur ein paar Meter von Tante Magdas Haus entfernt. Vater arbeitete in der Messerfabrik, und meine Mutter musste sich irgendwann auch etwas suchen – sie hatten wohl finanzielle Probleme und mussten sich mächtig strecken, um das Haus am Kanal halten zu können. Als Kind bekommt man das ja nicht immer so genau mit, aber später hat sie es mir erzählt. Da war Vater schon gestorben, und sie selbst hatte sich durch ihre Putzerei den Rücken und durch die zusätzliche Arbeit in der Lackiererei die Lunge kaputt gemacht.«

Froelich wollte schon fragen, welche Lackiererei und welche Messerfabrik er meine, aber dann ließ er es doch – das war für Pfleiderers Geschichte vermutlich nicht weiter wichtig.

»Als sie dann auch noch starb, kam ich zu meiner Tante Dora.«

»Wieso Dora? Ich dachte, Frau Lantz heißt Magda?«

Froelich hatte konzentriert zugehört, aber mit den Tantennamen kam er nicht klar.

»Dora Pfleiderer, meine wirkliche Tante. Sie hat ein Haus neben dem Alten Rathaus.«

»Die Frau, mit der zusammen Sie die Leserbriefe schreiben?«

»Ja, Tante Dora und ich engagieren uns eben für unsere Stadt.«

»Meinetwegen. Und bei Tante Dora lebten Sie nun also. Und was hat es nun mit Tante Magda auf sich? Sie scheinen ja mit der halben Altstadt verwandt zu sein.«

»Mit Tante Magda bin ich nicht verwandt. Sie war mit Tante Dora befreundet, und sie hatte schon in den Jahren zuvor immer mal auf mich aufgepasst, wenn meine Eltern beide zur Arbeit mussten, und Tante Dora ging damals ja auch noch arbeiten. Ich glaube heute, dass sie das auch aus ihrem schlechten Gewissen heraus machte.«

»Wieso sollte Frau Lantz ein schlechtes Gewissen haben? Schließlich hat sie sich doch um Sie gekümmert, obwohl Sie gar nicht ihr richtiger Neffe waren.«

»Meine Mutter hatte unter anderem bei den Lantzens geputzt, und als Tante Magda mitbekam, dass es um unsere Familie finanziell nicht gut stand und dass meine Mutter deshalb noch weitere Arbeit suchte, vermittelte sie ihr den Job draußen in der Lackiererei – in der Lantz-Fabrik an der Mettinger Straße, die es nun schon seit ein paar Jahren nicht mehr gibt. Die Arbeitsbedingungen waren damals nicht so besonders, wissen Sie? Und die Dämpfe haben meine Mutter krank gemacht. Letztendlich ist sie daran dann auch gestorben, aber wer bescheinigt Ihnen da schon einen Zusammenhang mit der Arbeit in der Lackiererei? Es ging ja alles mehr oder weniger korrekt zu in der Fabrik vom Lantz, aber … na ja.«

Pfleiderer machte eine Pause, nahm einen Schluck und wischte sich die Nase mit dem Handrücken ab.

»Jedenfalls hatte Tante Magda ein schlechtes Gewissen. Sie hat mich richtig verhätschelt. Eigentlich hat sie mich an den Tagen, an denen ich bei ihr war, behandelt wie einen richtigen Neffen, fast wie einen Sohn. Das war schön, damals.«

Er starrte vor sich auf die Tischplatte und schien sich an damals zu erinnern. Sein Blick wurde weich, er räusperte sich, sah kurz zum Fenster hinaus und atmete ein paar Mal tief durch.

»Als es ihr dann mit der Zeit schlechterging, konnte ich mich revanchieren: Ich hab sie gepflegt, hab sie mit ihrem Rollstuhl durch die Stadt geschoben. Und weil sie unbedingt in die Maille wollte, die sie so liebte, bin ich mit ihr immer ganz außen rum: Die Ritterstraße entlang bis vorne ans Café, dann durch den Park zurück, unter der Brücke durch, an unserem alten Haus am Kesselwasen vorbei und dann den steilen Durchgang zur Archivstraße hoch. Vor allem dort hatte sie einen Heidenspaß: Ich brachte ihren Rollstuhl kaum die steile Rampe hoch, und sie spornte mich, wenn sie gut drauf war, immer mit ›Hü!‹ und ›Auf geht's!‹ und ›Schneller!‹ an.«

Er lächelte wehmütig.

»War ja nicht bös gemeint, und danach haben wir miteinander Kaffee getrunken und Obstkuchen gegessen.«

Er nahm noch einen Schluck aus seiner Tasse.

»Und dann«, er sah Froelich jetzt direkt in die Augen, »und dann war sie eines Tages tot, und alles kam durcheinander. Das Haus, in dem ich mich so wohl und so geborgen gefühlt hatte, erbte Tante Magdas echter Neffe Robert – dabei hat der sich all die Jahre einen Dreck um seine Tante gekümmert. Und wenn er mal vorbeikam, hat er sie meistens nur angepumpt.«

Pfleiderer schüttelte den Kopf, als könnte er es noch immer nicht fassen, wie schlecht es für ihn gelaufen war.

»Ich habe Robert noch gefragt, ob ich nicht die kleine Dachwohnung haben könne, um wenigstens auf diese Weise Tante Magda und ihrem Haus noch verbunden zu bleiben. Er hat mich nur ausgelacht, hat mir die Miete genannt, die er haben wollte – und die ich natürlich nicht bezahlen konnte. Ich hab mich damals mit Gelegenheitsjobs über Wasser gehalten, und weil Tante Dora mich zu dieser Zeit umsonst bei sich wohnen ließ, reichte das Geld gerade so. Dann hat er noch gemeint, dass ich doch genug von Tante Magda geerbt hätte – und das sagte er so höhnisch, das habe ich ihm bis heute nicht vergessen.«

»Und jetzt hat Robert Karpa ein Problem: In einem der Boote, mit denen er künftig sein Geld verdienen wollte, wurde ein Toter gefunden. Gut möglich, dass er seine beruflichen Pläne jetzt knicken kann. Das muss eine wahre Genugtuung für Sie sein, so wie Sie gerade über Karpa geschimpft haben.«

Pfleiderer zuckte mit den Schultern.

»Was haben Sie denn von Tante Magda geerbt?«

»Kommen Sie mit«, sagte Pfleiderer und erhob sich. »Ich zeig's Ihnen.«

Sie gingen zum benachbarten Zimmer hinüber. Es war ein kleiner Raum mit hellbraun getünchten Wänden und fleckigem Holzboden. An der linken Wand stand ein billiges Regal aus Fichtenholz, darin war eine Stereoanlage aufgebaut, daneben standen einige LPs neben einem CD-Stapel. Auf dem vordersten Plattencover war ein Mann mit Brille zu sehen, der sich mit beiden Armen auf sein Klavier lehnte, und darunter stand in weißer und gelber Schrift: »Die Georg Kreisler Platte«.

An der rechten Wand hingen zwei Farbfotos, auf das Format von kleinen Postern vergrößert, die zwei ältere Damen im Sonntagsstaat zeigten. Pfleiderer war Froelichs Blick gefolgt.

»Das sind Tante Dora und Tante Magda«, erklärte er. Magda Lantz war offensichtlich eine sehr würdige alte Dame gewesen, etwas moppelig vielleicht, aber unter der sorgfältig gelegten Frisur blitzten zwei lustige Augen hervor, und das nur leicht faltige Gesicht wirkte gütig und freundlich. Dora Pfleiderer dagegen stufte Froelich auf den ersten Blick als die Giftspritze ein, die schon Brigitte Becker am Binokelabend beschrieben hatte: verkniffene Miene, ein bitterer Zug um den schmalen Mund, und neben den aufeinandergepressten Lippen zeigten die Mundwinkel scharf nach unten; die etwas im Schatten liegenden Augen funkelten den Betrachter mit einem stechenden Blick an, der nichts Gutes verhieß.

»Sehen die beiden nicht toll aus auf den Fotos?«, fragte Pfleiderer, der inzwischen ebenfalls vor den Portraits stand.

»Ja, ja«, log Froelich und wandte sich dem wuchtigsten Möbelstück in diesem Raum zu, einem uralten, an der Lehne schon etwas abgeschabten Sessel, der so aufgestellt war, dass man von ihm aus einen Blick hinüber zur Altstadt hatte, zur Burg und den Kirchen – und zum schöneren Teil der Maille auf der anderen Seite der Straße.

»Das hier habe ich geerbt«, sagte Pfleiderer und tätschelte die Lehne.

»War das der Sessel, in dem Ihre Tante früher am Fenster saß, wie Sie vorhin erzählt haben?«

Pfleiderer nickte und verzog das Gesicht.

»Tante Magda hatte gewusst, wie gern ich bei ihr war. Als kleiner Junge saß ich bei ihr auf dem Schoß und sie hat mir vorgelesen – oder sie hat mir Geschichten aus dem alten Esslingen erzählt, die sie von ihren Eltern hatte. Und natürlich immer wieder die Legende vom Teufel, der auf dem Markt einen Apfel will und eine Zwiebel bekommt.«

Pfleiderer grinste.

»Das ist auch eine richtig schöne Geschichte. Sie sind kein Esslinger, oder? Also, ich meine: Sie stammen ursprünglich nicht von hier, nicht wahr? Ihr Name sagt mir nichts, und meine Tanten kannten eigentlich alle Alteingesessenen und erzählten mir gern, wie diese und jene Familien zusammenhingen. Wollen Sie die Geschichte vom Teufel und der Zwiebel mal hören?«

»Nein, danke, die kenn ich schon.«

»Ach, schade eigentlich. Wie auch immer: Als Kind saß ich mit ihr auf diesem Sessel. Und auch später noch habe ich ihr immer vorgeschwärmt, wie schön ich das Erinnerungsbild fand: sie in ihrem großen Sessel direkt am Fenster, mit dem tollen Blick vom Haus hinaus in die Maille.«

Pfleiderers Lächeln wurde trauriger.

»Das hat sie sich wohl gemerkt, aber sie hat es leider falsch verstanden. Und so kam ich zu diesem Sessel – das Haus wäre mir lieber gewesen, aber das hat sich ja Robert unter den Nagel gerissen.«

»Er hat es geerbt«, erinnerte ihn Froelich.

»Ja, ja, geerbt, schon klar. Jeder Lantz und jeder noch so entfernte Verwandte hat geerbt, als Tante Magda starb. Wirklich jeder hat seinen Teil bekommen, es war ja mehr als genug da. Die Lantzens hatten mit ihrer Fabrik ein stolzes Vermögen angehäuft, und Tante Magda hat es geschickt bewahrt und vermehrt. Nur für mich … für mich blieb nicht mehr als dieser alte Sessel. Mein Gott, wenn da nicht Tante Magda immer dringesessen hätte, wäre der schon längst auf dem Sperrmüll gelandet, das kann ich Ihnen sagen!«

Er hatte sich in Rage geredet und stand nun mit geballten Fäusten hinter dem Sessel und starrte zum Fenster hinaus. Das Haus, das Magda Lantz ihrem Neffen Robert vermacht hatte, war von hier aus gut zu sehen. Zwischen den Gebäuden lag die ganze Maille, doch die beiden Männer, die darin wohnten, trennte weit mehr als nur die paar hundert Meter.

Froelich wusste nicht recht, ob er sich nun verabschieden solle oder ob von Pfleiderer noch etwas Nützliches zu erfahren war.

»Und nun wohne ich hier zur Miete, in diesem alten Kasten auf der falschen Seite der Maille.«

Pfleiderer sprach leiser als zuvor, aber mit einer hörbar hasserfüllten Stimme.

»Das hat Tante Magda noch verfügt. Sie wollte hier etwas für die Kultur tun, also hat sie das Haus in eine Stiftung überführt und hat klare Regeln für die Nutzung vorgegeben: Kultur, Gastronomie und in den oberen beiden Etagen günstige Mietwohnungen – sie hat sogar vorgeschrieben, dass die Miete hier nie höher sein darf als fünfzig Prozent des in diesem Stadtviertel üblichen Preises. Und eine Wohnung war für mich reserviert, immerhin.«

»Na, dann haben Sie doch wenigstens eine Wohnung geerbt, wenn schon kein Haus«, versuchte Froelich den Enttäuschten zu trösten.

»Nein, nein, die hab ich nicht geerbt: Ich zahle meine Miete. Aber ich darf eben hier wohnen, weil es Tante Magda, die edle Spenderin, so verfügt hat. Ist das nicht großzügig?«

Er schnaubte und schloss seine Fäuste wieder fester. Dann drehte er sich abrupt um und sah Froelich wütend an.

»Sie gehen jetzt«, sagte er und nickte in Richtung Flur. »Wir haben jetzt lange genug geplaudert, ich hab noch etwas vor.«

Damit ging er an das Holzregal, nahm das Kreisler-Album zur Hand, holte die LP aus der Hülle und legte sie liebevoll auf den Plattenteller. Froelich ging langsam aus dem Zimmer, und eilig folgte ihm Pfleiderer, um ihn ohne Umwege zur Wohnungstür zu bugsieren. Froelich rollte mit den Augen: Vermutlich hatte sein Gastgeber Angst, er würde sich die Artikelsammlung an der Innenseite der Küchentür noch genauer ansehen.

Die Tür schlug hinter Froelich zu, und als er die ersten Stufen hinuntergestiegen war, hörte er aus Pfleiderers Wohnung ein fröhlich klimperndes Klavier, dann setzte eine markante Gesangsstimme ein, die einen bösen Text in gemütlichem österreichischen Akzent sang.

Das klang nicht gut für die Enten in den Neckarkanälen.

* * *

Wieder im Institut angekommen, sah er sofort im Briefkasten nach, und tatsächlich hatte Hildegard Mühlens inzwischen einen Packen mit Kopien eingeworfen: Leserbriefe von Dora und Roland Pfleiderer und dazu einige Zeitungsartikel, in denen es um die Nutzung der Neckarkanäle und die Streitigkeiten ging, die sich daran zwischen Anglern und einem Bootsverleiher namens Frieder Wünschle entzündet hatten. Die Leserbriefe ergaben nichts Neues, ergiebiger fand er da schon die Artikel. Der Streit zwischen Anglern und Wünschle schwelte offenbar schon länger, und es sah nicht so aus, als wäre eine der beiden Seiten zu einem Kompromiss bereit. Ob das etwas mit Clarsens Tod zu tun haben konnte? Zumindest hätte ein Angler etwas Verdächtiges bemerkt haben können – Froelich hatte irgendwo gelesen, dass man fürs Angeln früh raus musste, also konnte genauso gut auch am Morgen, bevor der tote Clarsen gefunden worden war, jemand sein Glück in einem der Kanäle versucht haben.

Ein Angler wurde in mehreren Artikeln namentlich genannt, und Froelich fand im Esslinger Telefonbuch tatsächlich auch einen passenden Eintrag. Er ließ es durchklingeln, aber weder meldete sich jemand noch sprang ein Anrufbeantworter an. Blieb im Moment nur noch der Bootsverleiher. Auch der stand im Telefonbuch, und die dort abgedruckte Adresse musste er nicht auf dem Stadtplan suchen: Frieder Wünschle wohnte in der Wehrneckarstraße, also am südlicheren der beiden Neckarkanäle und nur rund hundert Meter Luftlinie vom Fundort der Leiche entfernt.

Es nieselte leicht, und als er von der Inneren Brücke in den Stadtpark hinunterging, wurde der Regen etwas stärker. Zum Glück öffnete Wünschle gleich, als Froelich bei ihm klingelte. Er fragte gar nicht lange, was sein Besucher eigentlich von ihm wollte, sondern ging voraus in ein kleines Büro im Erdgeschoss, das mit ein paar Stühlen und einem runden Bistrotisch als Besprechungsecke eingerichtet war. Dort bot Wünschle ihm einen Platz an, schnappte sich Stift und Terminkalender und setzte sich.

»So. Wie kann ich Ihnen helfen?«

Froelich fiel erst jetzt ein, dass er sich gar keinen Vorwand zurechtgelegt hatte, um Wünschle in ein Gespräch zu verwickeln. Also nahm er das Missverständnis dankbar in Kauf.

»Nun, ich müsste zunächst einmal wissen, welche Art von Booten man bei Ihnen leihen kann.«

»Ich habe Kanus und Ruderboote – und jetzt kommt's darauf an, was Sie sich vorstellen. Wenn Sie allein oder geführt selbst paddeln wollen, rate ich Ihnen zu den Kanus. Das ist sehr naturnah, und Sie erleben Esslingen wirklich einmal von einer ganz anderen Seite. Sehr spannend.«

»Aha.«

»Und wenn Sie sich mit Freunden oder Kollegen ein, zwei schöne Stunden machen möchten, dazu vielleicht einen schönen Wein trinken und etwas Leckeres essen, dann hätte ich das hier für Sie.«

Er griff zu einem Regal neben der Sitzgruppe, erwischte einen Flyer und faltete ihn vor Froelich aus. Die Boote mit den montierten Tischen waren zu sehen, bei schönstem Sonnenschein fotografiert und gefüllt mit lachenden Menschen.

»Sieht toll aus«, sagte Froelich, dann sah er Wünschle an. »Und Stocherkähne? Gondeln? Haben Sie das nicht auch?«

Kurz huschte ein Schatten über Wünschles Gesicht, aber sonst zeigte er keine Reaktion.

»Nein, tut mir leid, das führe ich nicht.«

»Gibt es denn noch einen Verleiher, und kann es sein, dass der solche Boote hat?«

»Auf der anderen Seite der Maille wohnt Robert Karpa, der hat so etwas. Aber der hat sein Geschäft noch nicht eröffnet. Und ich weiß auch nicht, ob das so schnell etwas werden wird.«

»Wegen des Mordes?«

Wünschle stutzte.

»Ja, wegen des Mordes.«

Er musterte Froelich.

»Sind Sie von hier?«, fragte er dann.

»Ja, ja«, beeilte sich Froelich zu sagen. Er hatte den Eindruck, dass er sich im Moment auf dünnem Eis befand. »Ich wohne drüben in der Beutau. Noch nicht sehr lange, aber das mit dem Toten stand ja überall in der Zeitung.«

»Leider.«

»Schlecht fürs Geschäft, oder?«

»Im Prinzip schon, aber wir haben gerade eh keine Saison. Und vielleicht ist die Geschichte im Frühling schon wieder vergessen, wer weiß. Das geht ja manchmal schnell.«

»Da haben Sie recht. Bleibt immer noch Herr Karpa – trägt sich das denn für zwei Betriebe hier in der Innenstadt?«

»Ich glaube, das wird eher sein Problem sein als meins. Ich bin gut eingeführt mit meinen Touren, arbeite mit der Stadt zusammen – und unter uns: Robert Karpa hat schon viele Ideen gehabt, nur umgesetzt hat er davon die wenigsten. Ich glaube auch nicht, dass er sich so ganz im Klaren darüber ist, wie viel Arbeit ein solcher Bootsverleih bedeutet, wenn man es ernst nimmt.«

»Und Sie nehmen es ernst.«

»Klar, muss ich ja.«

»Und wenn jemand das Gerücht verbreiten würde, Herr Wünschle sei froh, dass der Leichenfund seinem künftigen Konkurrenten einen Strich durch die Rechnung macht?«

Wünschle sah Froelich verblüfft an.

»Dem würde ich eine reinhauen, ganz klar. Ich kenne Robert schon lange, und ich wünsche ihm das Allerbeste – nur wenn er geschäftlich gegen mich antritt, wird er den Kürzeren ziehen.«

Wünschle musterte sein Gegenüber.

»Sie wollen kein Boot leihen, richtig? Sie wollen mich aushorchen.«

Er stand auf und sah etwas gereizt aus. Froelich erhob sich ebenfalls und fühlte sich nicht mehr besonders wohl in seiner Haut. Dann nickte er.

»Okay, und warum? Sind Sie von der Polizei? Oder von der Zeitung?«

»Weder noch: Ich bin Bestatter, und die Leiche des Toten liegt bei mir im Kühlraum.«

Wünschles Unterkiefer klappte herunter.

»Und nun horche ich mich ein bisschen um, damit ich für die Vorbereitungen der Beerdigung und für die Gespräche mit dem Pfarrer Hintergrundwissen habe.«

Froelich log aus dem Stegreif drauflos, und er hoffte inständig, dass Wünschle verblüfft genug war, um diesen Blödsinn nicht zu durchschauen.

»Aha«, machte Wünschle und schien mit sich zu ringen. Er wirkte verunsichert, und Froelich wurde schon wieder mutiger.

»Haben Sie denn etwas beobachtet? Ich meine, an dem Morgen, an dem der Tote dort drüben gefunden wurde?«

Wünschle schüttelte den Kopf.

»Waren Sie noch nicht wach?«

»Klar war ich wach. Ich geh im Winterhalbjahr jeden Morgen los zur Frühschicht. Draußen in Oberesslingen arbeite ich in der Produktion, wir stellen Schalldämpfer für Auspuffanlagen her. So gegen fünf, halb sechs gehe ich los. Ich muss ja bis zum Saisonbeginn irgendwie durchkommen. Da komm ich gegen halb drei am Nachmittag wieder zurück, und dann bin ich so müde, dass ich mich erst einmal hinlegen muss. Meine Frau meckert jeden Morgen, dass mein Wecker so früh klingelt, aber was will man machen?«

»Aber wenn Sie um diese Uhrzeit aus dem Haus gehen: Haben Sie da nichts von dem mitbekommen, was drüben am anderen Ende des Parks vor sich ging?«

»Nein, hab ich nicht. So früh am Morgen interessiert mich noch nichts außer meinem Kaffee. Bis raus nach Oberesslingen werde ich gerade so halbwegs wach, aber hier vor dem Haus ... Nein, ich hab nichts mitbekommen, als ich losgefahren bin. Und unser Schlafzimmer geht nach hinten raus.«

»Ich habe über Ihren Streit mit den Anglern in der Zeitung gelesen, das klang schon recht kernig. Und wenn jetzt Herr Karpa auch noch einen Bootsverleih eröffnen will: Das muss den Anglern doch ein Dorn im Auge sein.«

»Klar, mir ja auch. Aber nach dem Mord könnte ich mir gut vorstellen, dass er die Finger davon lässt und seine beiden Boote wieder verkauft. Stocherkahn und Gondel ...«

Wünschle tippte sich an die Stirn.

»Der hat sie doch nicht alle.«

»Wissen Sie denn, ob die Angler sauer waren, als sie von Karpas Plänen erfuhren?«

»Klar waren die sauer. Marohn, Klenk und diese ganzen anderen Wurmbader regen sich ja schon wegen meiner Boote tierisch auf. Die hetzen gegen mich, schimpfen und beschweren sich – aber was sollen sie letztendlich machen? Ich hab meine Genehmigung, Karpa hat seine – damit ist die Sache eigentlich gegessen.«

Froelich nickte.

»Apropos«, sagte Wünschle, »ich habe Hunger und würde jetzt gerne etwas essen. Und wenn Sie ohnehin kein Boot bei mir leihen wollen, beenden wir das Gespräch jetzt lieber. Ich habe schon viel zu lange mit Ihnen geredet.«

Damit machte er Anstalten, die Tür zu schließen. Gleich darauf öffnete er sie noch einmal und raunte Froelich zu: »Und erzählen Sie keinen Scheiß über mich, ja?«

* * *

Das Navi leitete Zora Wilde in die richtige Straße, danach war das Bestattungsinstitut nicht mehr zu verfehlen: Auf dem Hof vor dem Haus standen der Leichenwagen und die Ente, mit der Froelich nach Manolzweiler hinaufgefahren war, als sie sich zum Mittagessen getroffen hatten.

Zora parkte ihren Kleinwagen in der Lücke zwischen den beiden Fahrzeugen, doch dann zögerte sie auszusteigen. Gottfried hatte ihr vergangenen Mittwoch zwar angeboten, sie könne ihm ihr Herz ausschütten, wenn ihr danach war – aber hatte er das auch so gemeint?

Dabei konnte sie gerade heute gut jemanden zum Zuhören brauchen. Sie war Rainer Ernst begegnet, dem Waiblinger Kripo-Kommissar, mit dem sie sich nach einer heftigen Affäre eine gemeinsame Zukunft hatte vorstellen können. Zwar hatte sie die Hoffnung gegen alle Vernunft noch nicht endgültig aufgegeben, aber wann immer sie Ernst seit einem letzten Gespräch vor rund einem Jahr zufällig über den Weg lief, kam der ganze Schmerz wieder hoch. Zumal sie es bis dahin nicht gewöhnt war, einen Mann, den sie wollte, nicht zu bekommen.

Selbst der dicke Gottfried hatte große Augen gemacht, als er sie zum ersten Mal sah, dachte sie und musste lächeln. Inzwischen hatte sich fast schon eine Freundschaft zwischen ihnen angebahnt – also lag es doch nahe, mit ihm über ihre Gefühlslage zu reden. Außerdem war ihre engste Freundin Jutta übers Wochenende weggefahren.

Während Zora noch am Steuer saß, um einen Song im Autoradio zu Ende zu hören, klopfte es am Seitenfenster. Das Geräusch riss sie aus ihren Gedanken, sie schreckte hoch, sah sich um – und erschrak gleich noch einmal. Direkt vor ihr starrte das faltige Gesicht eines hageren, gebeugt dastehenden Mannes ins Auto herein – Zora hatte genau vor ihren Augen die buschigen grauen Augenbrauen des Alten, nur durch die Fensterscheibe getrennt.

Es dauerte einen Moment, bis sie Bestatter Sanfftleben erkannte. Und es dauerte etwas länger, bis ihr Herz wieder im normalen Takt schlug. Noch etwas bleich ließ sie das Fenster herunter und begrüßte den alten Bestatter.

»Guten Tag, Frau Dr. Wilde«, schnarrte Sanfftleben. »Ich wollte Sie nicht erschrecken, tut mir leid.«

»Geht schon wieder, Herr Sanfftleben, kein Problem.«

Zora machte Anstalten, die Tür zu öffnen, und der Alte trat zur Seite, um sie aussteigen zu lassen.

»Wollen Sie Herrn Froelich besuchen?«

»Ja, ich dachte, ich schau mal vorbei.«

Zora ging aufs Haus zu und musste sich ein Grinsen verkneifen. Dem neben ihr herhuschenden Sanfftleben war überdeutlich anzusehen, dass er vor Neugier fast platzte, sich aber nicht zu fragen traute.

»Gibt es denn noch Unklarheiten zu Clarsens Tod?«, brachte er schließlich hervor, als Zora den Klingelknopf drückte.

»Am Samstag?«, fragte sie beiläufig. »Nein, am Wochenende sollte die Zeit doch für Privates reserviert bleiben, finden Sie nicht auch?«

Sanfftleben nickte, und offensichtlich dachte er fieberhaft darüber nach, wie er noch weiter nachfragen konnte, ohne unverschämt zu wirken. Zora ließ ihn zappeln und klingelte noch einmal, doch im Haus regte sich nichts.

»Schade«, sagte sie. »Er scheint nicht da zu sein.«

»Doch, doch«, beeilte sich Sanfftleben. »Er ist da, ich habe ihn vorhin noch gesehen. Aber wenn er Musik macht, bekommt er nichts von dem mit, was um ihn herum passiert.« Sein Blick bekam etwas Schwärmerisches. »Eigentlich beneidenswert, wenn man so vollständig in etwas eintauchen kann.«

»Ach, er macht gerade Musik? Dann ist es ja doppelt schade: Ich hätte ihn so gerne mal spielen hören.«

Enttäuscht wandte sich Zora ab und ging ein paar Schritte auf ihren Wagen zu.

»Bleiben Sie bitte, Frau Dr. Wilde«, rief Sanfftleben ihr hinterher. »Ich bring Sie zu ihm.«

Und schon ging er ihr voraus ums Haus herum. Vor dem Hintereingang kramte er einen Schlüsselbund aus der Jackentasche, schloss auf und winkte Zora, ihm zu folgen. Sie trat hinter ihm in einen Flur, einige dezente Wandleuchten flammten automatisch auf und verbreiteten ein angenehmes Licht. Zwischen den Lampen hingen Landschaftsbilder, und zusammen mit der angenehmen Wandfarbe erzeugte das eine entspannte, positive Atmosphäre.

Sanfftleben war ihren Blicken gefolgt.

»Unpassend für ein Bestattungsinstitut, nicht wahr? Ich hatte so schöne Holzschnitte, und in allen Ecken war Schilfgras drapiert – aber das hier ... Nun ja, ich will Herrn Froelich natürlich nicht reinreden, es ist ja jetzt sein Institut.«

Damit öffnete er eine Tür und ging Zora in die Garage voraus. Von dort führte ihn sein Weg in ein lange nicht mehr frisch geweißeltes Treppenhaus.

»Wir haben natürlich einen Aufzug«, erzählte er, während sie die Stufen hinunterstiegen. »Aber ich vertrage die engen Kästen seit ein paar Jahren nicht mehr so besonders gut. Wenn ich also den Aufzug nicht unbedingt nehmen muss, weil wir jemanden runter in den Kühlraum bringen wollen, gehe ich lieber zu Fuß.« Er lachte heiser. »Ist ja auch viel gesünder.«

»Kühlraum?«, fragte Zora, aber Sanfftleben war schon unten angekommen und strebte durch eine Stahltür.

Als sie ihn im nächsten Flur wieder erreicht hatte, stand der alte Mann bereits grinsend in einer offenen Tür, machte eine übertrieben dienernde Geste und murmelte: »Bitteschön, da ist unser Musiker!«

Zora sah vor sich den geräumigen Kühlraum des Bestattungsinstituts Sanfftleben – er sah eigentlich aus wie alle anderen Kühlräume, die sie seit ihrem Studium zu Gesicht bekommen hatte. Die einzige Ausnahme war Froelich selbst und die Gerätschaften, die ihn umgaben.

Er saß mit dem Rücken zur Tür an der Wand und spielte so hingebungsvoll Keyboard, dass er seine beiden Besucher vermutlich nicht einmal bemerkt hätte, wenn sie direkt durch sein Blickfeld gegangen wären. Neben ihm stand ein kleines Schränkchen, auf dem Notenblätter und ein Stift lagen. An der Wand stapelten sich in einem Regal ein paar Geräte, vermutlich Verstärker oder etwas in der Art – Zora kannte sich da nicht so aus.

In einem der obersten Fächer des Regals befanden sich die schwarzen Boxen, die ordentlich damit zu tun hatten, den ganzen Kühlraum mit wuchtig angeschlagenen Klavierakkorden auszufüllen, die sich an den kahlen Wänden des großen Raums brachen und dabei einen natürlichen Hall erhielten. Dazu röhrte und raunzte Gottfried Froelich so laut und so beseelt, dass er mit seiner schönen, rauen und kräftigen Stimme meistens ganz gut gegen das üppig verstärkte Keyboard ankam.

Zora sah zu Sanfftleben hin, der zuckte nur mit den Schultern, grinste und lehnte sich an den Türrahmen, als richtete er sich auf eine längere Wartezeit ein. Zora wandte sich wieder Froelich zu und beobachtete ihn. Wäre da nicht seine selten ausladende Figur gewesen, man hätte ihn in seinem dicken Mantel und der tief heruntergezogenen Wollmütze vielleicht gar nicht erkannt. Dass er aber ganz bei der Sache war und dass er mächtig Spaß hatte am Musizieren –

das war ihm trotz Vermummung auch von hinten gut anzusehen.

Nach einigen Minuten – Zora begann schon abwechselnd von einem Fuß auf den anderen zu treten, weil ihr allmählich kalt wurde – machte Froelich eine Pause und knetete sich ein wenig die Finger.

»Nicht schon wieder erschrecken!«, rief Sanfftleben in die Stille, und Froelich drehte sich zu ihnen um. Erst grinste er, dann sah er Zora, erschrak doch ein wenig und stand schnell auf.

»Oh, Zora, ich habe dich gar nicht kommen hören«, begann er und verhaspelte sich fast beim Reden.

Er kam auf sie zu und achtete gar nicht weiter auf seinen alten Kollegen – was in diesem Fall von Vorteil war, denn Sanfftleben grinste so anzüglich über das ganze Gesicht, dass man nicht lange raten musste, was ihm im Moment durch den Kopf ging.

»Das ist ja schön, dass du mich besuchen kommst«, sagte Froelich und drückte ihr die Hand. »Magst du mit hoch? Ich mach uns einen Kaffee?«

Sanfftleben räusperte sich.

»Natürlich, Herr Sanfftleben, Sie bekommen auch einen.«

»Eigentlich würde ich dich am liebsten noch ein bisschen spielen hören«, sagte Zora. »Aber im Moment muss ich mich erst einmal aufwärmen. Da wäre Kaffee eine gute Idee.«

»Wissen Sie was, Herr Froelich?«, sagte Sanfftleben. »Ich mach uns einen Kaffee, ich kenn mich hier ja noch aus. Und Sie zeigen so lange Frau Dr. Wilde den Kühlraum und Ihre Musikecke, wenn Sie mögen – für die paar Minuten halten Sie es doch noch hier unten aus, Frau Dr. Wilde, oder?«

Damit war er schon verschwunden, und Froelich ging mit ihr zum Keyboard hinüber und erklärte ihr, was er da für sein musikalisches Hobby aufgebaut hatte.

»Du schreibst auch selbst Lieder?«, fragte sie und zeigte auf die Notenblätter, auf denen ein paar Melodien skizziert waren.

»Ja, ab und zu, aber nichts, was man nicht von einem Bestatter erwarten würde.«

Sie sah ihn fragend an.

»Na ja, Blues halt und ähnlich trauriges Zeug«, druckste er herum, dann lachte er auf: »Einer meiner Songs heißt ›Six Feet Under‹ – du siehst also: Ich denke dann doch wieder immer nur ans Geschäft.«

Zora lachte, dann schob sie ihn auf den Klavierhocker.

»Dieses ›Six Feet Under‹ spielst du mir jetzt mal vor, okay?«

Froelich zierte sich kurz, aber dann legte er los, und als er fertig war, klatschte Zora laut und anhaltend Applaus – und das nicht nur, weil sie es genoss, wie davon ihre Finger wieder etwas wärmer wurden.

»Ist unsere gemeinsame Leiche denn noch hier?«, fragte sie schließlich.

»Ja, liegt dort drüben.«

Froelich deutete auf einen Sarg, der etwas abseits stand.

»Die Bestattung ist am Montag, wird auch langsam Zeit. Ewig kann ich ihn selbst in diesem Kühlraum nicht lagern. Zum Glück musste ich Clarsens Mutter nicht auch noch das Aufbahren ausreden – sie will alles eher dezent, und ihren Sohn sollen die Leute so in Erinnerung behalten, wie er zu Lebzeiten aussah.«

Er ging zu einem anderen Sarg und winkte Zora heran.

»An ihr arbeite ich gerade.«

Sie sah auf ein Mädchen von vielleicht neunzehn Jahren hinunter, dessen Kopf auf einem dichten Nest aus dunkelblonden Haaren ruhte. Sie lag wie schlafend, ihr Gesicht wirkte wächsern, aber die blassen Wangen wiesen sanfte Spuren von Rouge auf.

»Was ist mit ihr?«

»Unfalltod, kam mit ihrem Roller von der Straße ab. Der Roller blieb an der Leitplanke hängen, das Mädchen schleuderte darüber hinweg, verlor unterwegs ihren Helm, den sie sich nur ganz lässig und mit offenem Helmband übergestülpt hatte, und knallte gegen eine Mauer. Vom Hinterkopf war nicht mehr viel übrig, und ich habe ziemlich lange gesucht, bis ich eine passende Perücke gefunden habe. Jetzt muss ich nur noch hier etwas nacharbeiten, dann sollte es gehen.«

Er deutete auf einige Schrammen zwischen Ohr und Kinn, die den friedlichen Eindruck noch etwas störten.

»Ist schon ganz gut geworden. Ich habe ja nur gelernt, wie man sie auseinandernimmt. Das Zusammensetzen überlassen meine Kollegen und ich gerne anderen.« Sie lächelte und ging mit ihm nach draußen. Inzwischen war es Froelich richtig kalt geworden, und er freute sich auf den gemeinsamen Kaffee.

* * *

KP war noch schlechter drauf als sonst. Die Tüte aus dem Kanal, an der er ein paar Tage lang viel Freude gehabt hatte, war längst leer, und zuletzt hatten es die Passanten immer zu eilig gehabt, um sich die Zeit zu nehmen, für ihn ein paar Münzen aus dem Geldbeutel zu kramen. Zeit für ihn hatte nur der Kaufmann, der mit dem Besen in der Hand auf ihn zugestürmt war und ihn mit wüsten Gesten und unter lautstarken Beschimpfungen von seinen Auslagen weggescheucht hatte. Fast wäre er im Wegrennen noch gestolpert – doch er fand im letzten Moment doch noch das Gleichgewicht wieder. Es wäre auch wirklich schade gewesen um die Flasche Korn, die er im Supermarkt in den Hosenbund gesteckt und unter dem Shirt verborgen hatte. Einen Sturz hätte sie kaum heil überstanden.

Ab und zu hatte er diesen Dicken wieder gesehen, der ihn gleich nach dem ersten Treffen am Schelztorturm an die Polizei verpfiffen hatte, aber jedes Mal hatte er sich schnell noch in eine Einfahrt drücken oder hinter ein Hauseck stellen können, bevor der ihn entdeckt hatte. Ab und zu bekam er seinen Cousin zu Gesicht, aber auf den hatte er noch weniger Lust, also hielt er sich auch seinetwegen irgendwo in Deckung.

Als er Lisa aus dem Haus an der Inneren Brücke kommen sah, hätte er sie beinahe nicht mehr erkannt. Er wusste zwar, dass sie längst keine Piercings und keine schwarzen Klamotten mehr trug, dass sie spießig geworden war und sogar eine eigene Wohnung hatte – doch ihr aktuelles Erscheinungsbild wurde immer wieder von den alten Bildern überlagert, die er sich in Erinnerung rief, wenn er nachts irgendwo leidlich gemütlich lag und sich zu sehr nach ihrer Nähe sehnte, um einfach einschlafen zu können.

Sie hatte ihn damals gebeten, ebenfalls mit dem Leben draußen aufzuhören und sich gemeinsam eine feste Bleibe und Arbeit zu suchen – an manchen Tagen tat es ihm leid, dass er auf den Vorschlag nicht eingegangen war, dass er sie in seiner plötzlichen Wut sogar fortgejagt hatte.

Heute war so ein Tag.

KP schlurfte mit gesenktem Kopf am Bahnhof vorbei und schlug die Richtung auf die Weinberge oberhalb der Mettinger Straße ein. Dort, in der Neckarhalde, würde er sich verkriechen, und dann … Er grub mit seiner rechten Hand in der Jackentasche.

In der Pliensauvorstadt hatte er schon vor längerer Zeit drei ältere Damen ausbaldowert, die ab und zu vergaßen, ihre zum Garten gehenden Fenster richtig zu schließen, und die sich zweimal die Woche im Café um die Ecke zu Schonkaffee und Kirschtorte trafen. Das wurde zu den beiden einzigen festen Terminen in seinem Wochenablauf. Sobald das Trio in dem Café aufkreuzte, klapperte er deren Wohnungen ab, stieg, wenn es ging, durch ein Fenster ein und bediente sich mit Ess- und Trinkbarem, manchmal auch mit etwas Heftpflaster – aber nie so maßlos, dass die Frauen etwas merken konnten. Sie waren wohl schon etwas vergesslich, worauf ja auch die Sache mit den Fenstern hindeutete, also würde die eine oder andere fehlende Flasche nicht auffallen.

Diesmal hatte er keine Rücksicht nehmen müssen – er hatte nicht vor, diese Quelle noch einmal zu nutzen: Er stopfte sich alles in die Taschen, was auch nur entfernt nach Schlafmitteln aussah. Auf dem Weg zurück über den Neckar hatte er sich auf dem Steg an den Rand gestellt und seine Beute gesichtet. Was nicht taugte, flog in den Fluss, den brauchbaren Rest stopfte er sich in die Jackentasche.

Während er danach so vor sich hintappte, hing er seinen trüben Gedanken nach. Wenig später hatte er sein Ziel erreicht. Er sah ein Stück vor sich das Neckarhaldentor, bog nach rechts vom Weg ab und ging zwischen den Reben hindurch bis zu einer Mauer. Mit dem linken Schuh suchte er Halt in einer kleinen Lücke zwischen den Steinen, an den Fugen der Mauer zog er sich langsam hoch, bis er sich mit den Ellbogen auf die Mauerkrone lehnen konnte. Nun zog er die Flasche Korn hervor und schob sie sacht ein bisschen in den Wengert hinein, der direkt hinter der Mauer weiter anstieg, dann zog er sich vollends hinauf.

Oben verschnaufte er kurz, schnappte sich die Schnapsflasche und suchte sich ein paar Meter oberhalb des Neckarhaldentors ein einigermaßen gemütliches Plätzchen, das ihm Ruhe für die kommenden Stunden versprach und einen atemberaubenden Blick über die Esslinger Altstadt bot.

Er fegte ein paar umherliegende Steinchen und Aststücke der Reben beiseite und legte sich der Länge nach hin. Die Flasche rammte er in den Boden und drehte sie ein paar Mal, bis sie einen sicheren und geraden Stand hatte. Dann griff er in die Jackentasche und holte eine Handvoll Tabletten hervor. Er kannte sich mit Schlafmitteln nicht aus, aber zusammen mit dem Korn sollten die Medikamente für einen sicheren Abgang reichen.

* * *

Sanfftleben war diesmal kein bisschen frech, verzichtete auf anzügliche Witze und saß einfach nur manierlich mit Zora Wilde und Gottfried Froelich am Tisch, trank Kaffee und aß von dem Hefezopf, den Froelich heute früh gekauft hatte. Zora schmierte sich ein wenig Butter auf ihre Schnitten, und Froelich aß den Zopf mit Butter und einer dicken Schicht Nuss-Nougat-Creme.

Sie unterhielten sich über alles Mögliche, und irgendwann landeten sie auch bei dem Mord, dem Zora und Gottfried ihr Kennenlernen zu verdanken hatten. Froelich erzählte, was er von der Polizei erfahren und was er selbst herausgefunden hatte. Zora hörte ihm gespannt zu, wurde aber aus den Details, die er nannte, nicht so recht schlau.

»Und wer war's denn nun?«

Froelich zuckte mit den Schultern.

»Und der Zettel, die Uhr und dieses Etui mit den Visitenkarten – was kann es damit auf sich haben?«

»Keine Ahnung«, sagte Froelich und nahm sich noch ein Stück Hefezopf. Er griff gerade nach dem Messer, als er Sanfftleben ansah.

»Mein Gott, Sie sind ja ganz bleich!«

Sanfftleben schluckte, räusperte sich und sah zwischen Zora und Froelich hin und her.

»Ich weiß auch nicht«, krächzte er dann. »Irgendwie ist mir gerade … Vielleicht ist der Kaffee zu stark, oder …«

Froelich und Zora sprangen auf und sahen ihn besorgt an, aber Sanfftleben winkte nur ab.

»Ich geh jetzt nach Hause, lasse Sie beide allein – dann trinke ich noch einen kräftigen Obstler und leg mich ins Bett. Morgen bin ich dann wieder wie neu.«

Sanfftleben verabschiedete sich, und Froelich begleitete ihn hinaus, immer noch in Sorge um den alten Mann. Nachdenklich kam er wieder zurück. »Sanfftleben hat meinen Kaffee doch bisher immer vertragen«, ging es ihm durch den Kopf, aber er kam und kam nicht auf einen anderen Grund für Sanfftlebens plötzliches Unwohlsein.

»Meinst du, er kommt allein nach Hause?«, fragte Zora besorgt.

»Ja, der ist zäh. Und ich kann ja gleich morgen früh nach ihm sehen.«

»Gut«, sagte Zora erleichtert und nahm einen Schluck Kaffee. »Wenn ich ehrlich bin, ist es mir ganz recht, wenn wir jetzt zu zweit sind. Du hattest mir in Manolzweiler angeboten, dir meine verkorkste Geschichte anzuhören. Du weißt schon: unglücklich verliebt und so.«

Er nickte, und Zora begann zu erzählen. Es dauerte keine zwei Minuten, bis Froelich keinen Gedanken mehr an Sanfftleben verschwendete. Und als Zora spät an diesem Abend die Wohnung über dem Bestattungsinstitut verließ und Froelich sie zum Abschied freundschaftlich in den Arm nahm und sie ordentlich an sich drückte, wurde es Zora ganz warm ums Herz.

»Ich glaube«, sagte sie im Hinausgehen, »dass wir noch ganz dicke Freunde werden.«

Froelich lachte.

»Na ja, Freunde ist in Ordnung, aber … bleib du mal, wie du bist, ich bin ja dick genug für uns beide.«

Als er eine Stunde später ins Bett wollte, rief Inge an. Froelich plauderte mit ihr, und wegen Zora hatte er nicht die Spur eines schlechten Gewissens. Warum auch? Allerdings vermied er es trotzdem, von Zoras Besuch zu erzählen – das konnte am Telefon, wenn es blöd lief, völlig falsch rüberkommen.

* * *

KP holte aus der Innentasche seiner Jacke einen zugeklebten, ziemlich dicken Briefumschlag, der an seine Mutter adressiert war. Dort unten in der Altstadt zu seinen Füßen würde sie auch jetzt gerade unermüdlich werkeln und sich dabei über alles Mögliche aufregen, das es eigentlich gar nicht wert war. Er erinnerte sich, wie Lisa ihn gebeten hatte, doch wieder Kontakt mit seiner Familie aufzunehmen, die ihm doch sicher für einen Neustart finanziell unter die Arme greifen konnte. Ja, Geld war genügend da, aber all die Kohle war es nicht wert, sich wieder den alten Vorwürfen, dem alten Gezeter auszusetzen.

Dass er damals nicht mit Lisa zusammen neu angefangen hatte, bereute er sehr. Dass er damals nicht wieder den Kontakt zur Familie gesucht hatte, bereute er dagegen kein bisschen.

Deshalb war ihm der Brief so schwergefallen. Er wollte keine schmutzige Wäsche waschen, er wollte niemandem allzu sehr wehtun – wobei es sie sicher treffen würde, wenn sie erfuhr, dass er all die Jahre so nah bei seiner Mutter gelebt hatte, ohne dass sie es ahnte. Eine Zeitlang hatte er sich in anderen Städten herumgetrieben, aber seit sechs Jahren war er wieder zurück in Esslingen – und die ganze Zeit über hatte er es nicht fertiggebracht, wieder Kontakt mit seiner Mutter aufzunehmen.

Den Wortlaut des Briefes hatte er trotz seiner Länge noch genau vor Augen – Kunststück: Er hatte ihn ja auch oft genug begonnen, zerrissen, wieder begonnen, zu Ende geschrieben, wieder zerrissen und wieder von Neuem geschrieben. »Liebe Mutter«, hatte er sich als Anrede regelrecht abzwingen müssen, der Rest war weniger schwer – und das geschwungene »Dein Junge« am Ende fiel ihm leichter, als er gedacht hatte.

KP besah sich den dicken Briefumschlag noch einmal von allen Seiten, als hätte er ihn zum ersten Mal vor sich. Dann drückte er ihn eine Weile gegen seine Stirn, nahm ihn schließlich und steckte ihn knapp über dem Boden so fest zwischen den Stamm einer Rebe und den stützenden Holzpflock, dass ihn vermutlich auch eine Windbö nicht losreißen würde.

Er schraubte die Flasche auf, nahm einen großen Schluck und stellte sie wieder zurück. Er schüttete die Hälfte der Tabletten auf seine Hand und beförderte sie mit Schwung in seinen Mund. Das Zerkauen bescherte ihm sofort einen bitteren Geschmack im Mund, also spülte er mit Korn nach. Die zweite Hälfte schluckte er Tablette für Tablette unzerkaut hinunter, und zwischendurch nahm er wieder mal einen Schluck aus der Schnapsflasche. Einmal verschluckte er sich, rang nach Luft und war ganz erleichtert, als er nach einigem Husten endlich wieder zu Atem kam.

Mit einem traurigen Lächeln legte er sich auf die Seite, stützte sich auf den linken Ellbogen. Er sah auf Esslingen hinunter. Links begrenzten die Rebstöcke sein Blickfeld, rechts war es sein rechter Schuh.

KP schloss ein Auge, nahm die Stadtkirche St. Dionys ins Visier und kickte mit seiner Schuhspitze einmal quer durch die beiden Türme. Er grinste, legte sich noch etwas bequemer hin und prostete seiner Stadt zu, bis er die Flasche leer neben sich fallen ließ. Müdigkeit machte sich in ihm breit, und das Letzte, was er sah, als ihm die Augenlider zufielen, war die im stimmungsvollen Abendlicht unter ihm liegende Stadt, in der er sein ganzes Leben verbracht hatte.

Einen kurzen Moment beschäftigte ihn der Gedanke, ob er heute womöglich einen schweren Fehler beging. Dann verlor er das Bewusstsein.

Dass die Kornflasche langsam über die Erde rollte, das kurze Stück hangabwärts allmählich Schwung aufnahm und am Ende leise polternd über die Mauer hinweg holperte, hörte KP nicht mehr.

Sonntag, 6. November

Am Sonntag erwachte Froelich schon kurz nach vier, und so sehr er sich auch hin und her wälzte: Er konnte doch nicht mehr einschlafen. Also zog er sich an und ging aus dem Haus. Ob er wohl den Kollegen Sanfftleben treffen würde?

Der irrte doch, wie er mal erzählt hatte, gerne nachts durch die Stadt, wenn er nicht schlafen konnte. Aber so blass, wie er gestern gewesen war, lag Sanfftleben sicher noch völlig platt im Bett. Er würde nachher bei ihm vorbeischauen, aber noch war es zu früh.

Draußen war es recht kühl, und Froelich zog den Mantel etwas enger zusammen. In der Geiselbachstraße war es völlig still, kein Auto fuhr um diese Zeit, und auch zu Fuß war niemand unterwegs. Die Unterführung in Richtung Marktplatz lag verlassen, stank aber durchdringend nach Urin und Erbrochenem. Froelich sah aufmerksam auf den Boden, um nicht in irgendwelche unappetitlichen Hinterlassenschaften von Nachtschwärmern oder Hunden zu treten, aber bis auf ein paar Bierdosen und eine zerdepperte Weinflasche lag ihm nichts im Weg.

Trotzdem atmete er erleichtert durch, als er die Unterführung hinter sich hatte und vor ihm das Alte Rathaus in den Himmel ragte. So verlassen hatte er den Platz vor dem historischen Gebäude noch nie gesehen und auch nicht den Marktplatz, auf den er nun zusteuerte. Er hatte kein festes Ziel, aber als vor ihm der Schelztorturm auftauchte, fiel ihm KP wieder ein. Wo der wohl für diese Nacht untergeschlüpft war? Und vielleicht hatte er ja wirklich noch etwas an einem der Kanäle gefunden, was im Mordfall weiterhelfen konnte – ein Gespräch mit KP würde nicht schaden, da war sich Froelich sicher.

Und da er ohnehin nicht wusste, wohin er gehen sollte, konnte er sich genauso gut nach KP umsehen. Er wanderte eine Weile westlich der Altstadt umher und sah aufmerksam in alle Einfahrten, an denen er vorbeikam. Er marschierte die Schelztorstraße entlang, bog bei den dortigen Hochhäusern in einen Privatweg ein und suchte sich einen Durchgang zur nächsten Hauptstraße. Als er über eine kleine Brücke die Mettinger Straße erreichte, sah er vor sich die Weinberge, die sich die Neckarhalde hinauf regelrecht über ihm auftürmten. Hier hatte er KP zuletzt gesehen, vielleicht hatte er irgendwo dort oben einen Schlupfwinkel, in dem er ab und zu übernachtete.

Froelich ging gemächlich los, und zwanzig Minuten später stand er schwer schnaufend, vornübergebeugt und die beiden Hände auf die Oberschenkel gestützt vor dem Torhäuschen. Es war mit seinen wuchtigen Mauersteinen, mit den diagonal zweifarbig gestreiften Klappläden, dem nach vier Seiten steil abgeschrägten Ziegeldach und der seltsamen Dachspitze mit der aufgespießten Metallkugel tatsächlich so schön wie auf den Bildern. Und als er sich umdrehte, nahm ihm der Anblick auf die vor ihm liegende Altstadt fast den restlichen Atem. Die Kirchtürme und das über das Neckartal ausgebreitete und auf beiden Seiten den Hang hinaufwuchernde Esslingen beherrschten die Szenerie so sehr, dass die weiter hinten sichtbaren Türme des Altbacher Kraftwerks und die vom Schurwald her auf den Stuttgarter Flughafen zuschwebenden Flugzeuge gar nicht mehr ins Gewicht fielen.

Gut zehn Minuten stand er einfach nur da und staunte, dann wandte er sich wieder um und ging unter dem Tor durch, um sich weiter oben noch ein wenig nach KP umzusehen. Jedenfalls war er in diese Richtung davongelaufen, als er ihn das bisher letzte Mal gesehen hatte. Plötzlich knirschte es unter Froelichs Schuhen, und er trat erschrocken einen Schritt zur Seite. Er sah sich um und bemerkte einige Glasscherben auf dem Weg, direkt nach dem Torhäuschen. Am Wegrand lag eine dicke kreisrunde Scherbe, und ein Stück daneben fand er einen Flaschenhals, an dem noch der obere Teil eines Etiketts hing. Billiger Korn war in dieser Flasche gewesen.

Froelich sah sich um, konnte aber kein weiteres Indiz für ein nächtliches Gelage hier oben in den Weinbergen entdecken. Er ging rückwärts bis an den Rand des Weges, stellte sich auf die Zehenspitzen und starrte nach oben in dem Bemühen, trotz der Dunkelheit zwischen den Reben etwas zu erkennen – oft genug hatte er es schon erlebt, dass sich Leute mit Schnaps regelrecht abschossen und dann einfach einschliefen und eine kalte Nacht lang irgendwo draußen liegen blieben.

Er ging zurück durchs Neckarhaldentor und schaute auch von hier aus noch einmal nach oben, und tatsächlich war es ihm, als ragte dort droben ein Bein hervor. Er folgte dem Weg abwärts, bis links eine kleine Steintreppe in den steilen Wengert hineinführte, und ging die Steigung wieder zurück, bis ihm eine mehr als mannshohe Mauer den weiteren Weg versperrte. Er sah nach oben, und was da direkt über ihm über die Mauer hing, war tatsächlich ein Bein, das in Jeans und Stiefel steckte.

Er konnte den Stiefel mit seiner Hand erreichen und rüttelte ein wenig, doch als er losließ, pendelte das Bein leblos in seine alte Position zurück.

Schnell zückte Froelich sein Handy und rief den Notarzt. Dann ging er wieder zurück zum Weg und suchte oberhalb des Neckarhaldentors einen Durchlass hinauf zu der Stelle, wo der Notfall lag. Inzwischen hatte er Angst, dass es sich um KP handeln konnte – und dass der Mann nicht einfach nur seinen Rausch ausschlief.

Die Mauer entlang des Weges konnte Froelich unmöglich erklettern, aber eine kleine Tür ein paar Meter weiter erwies sich als unverschlossen, und dahinter führte eine Steintreppe hangaufwärts. Einige Schritte weiter lag wirklich ein menschlicher Körper auf dem Boden.

Es war … KP. Er lag seitlich, und seine Beine zeigten in Richtung Altstadt, eines leicht angewinkelt, das andere über der Mauer im Freien baumelnd. Froelich schaltete an seinem Handy eine kleine Lampe an und leuchtete herum. KP atmete noch, wenn auch sehr flach. Vor seinem Mund hatte sich eine kleine Lache mit Erbrochenem gebildet. Auch ein paar Tabletten lagen verstreut. Neben seiner rechten Hand lag ein dicker Briefumschlag. Froelich fasste ihn nicht an, aber die Anschrift – den Namen Dora Pfleiderer und eine Adresse am Esslinger Rathaus – konnte er auch so lesen.

Unten auf dem Weg fuhr ein Wagen heran, Schritte waren zu hören.

»Hier!«, rief Froelich nach unten. »Ein paar Meter den Weg hinauf ist eine offene Tür, die Treppe dahinter führt hier herauf.«

Er wedelte mit dem Handy. Die Sanitäter waren schon im nächsten Moment neben ihm, der Notarzt kam direkt dahinter herbeigerannt. Froelich machte schnell Platz, aber der Arzt scheuchte ihn mit einem knappen Kommando nach unten zum Notarztwagen.

Als KP wenig später auf dem Weg ins Krankenhaus war, stand Froelich noch allein vor dem Neckarhaldentor und sah zur Stadt hinunter. Er hatte dem vorbeihuschenden Notarzt zwar noch seine Visitenkarte zustecken und ihn bitten können, ihn anzurufen, sobald er wisse, wie es KP gehe – aber der Arzt machte nicht den Eindruck, als würde ihn außer dem Zustand des Bewusstlosen irgendetwas anderes interessieren.

Also beschloss Froelich sich im Krankenhaus selbst nach KP zu erkundigen. Im Innenhof des Instituts stieg er in den Leichenwagen, weil es das erste Auto war, das er erreichte, und wollte gerade losfahren, als er Sanfftleben herbeikommen sah. Der Alte beschleunigte seinen Schritt und schlüpfte auf den Beifahrersitz.

»Schon wieder ein neuer Kunde?«, fragte er, als Froelich zügig losfuhr. »Langsam läuft's ja wieder. Aber schon so früh am Morgen?«

»Nein, aber fast wäre es so weit gewesen«, sagte Froelich, und dann erzählte er Sanfftleben von KPs wohl gescheitertem Selbstmordversuch.

Froelich flitzte die Hirschlandstraße hinunter, und als Sanfftleben wild zu gestikulieren begann und in eine Seitenstraße zeigte, winkte er nur ab und fuhr weiter zur Haupteinfahrt. Vor der geschlossenen Schranke blieb er stehen. Der Pförtner meldete sich aus der krächzenden Sprechanlage.

»Machen Sie bitte auf? Hier wurde gerade ein Notfall eingeliefert, ich hab den Mann gefunden und würde gerne wissen, ob er seinen Selbstmordversuch überlebt.«

»Geht's noch?«, erklang die Stimme des Pförtners aus dem Lautsprecher. »Ich lass Sie doch mit dem Leichenwagen nicht hier rein!«

»Aber ich bin doch nicht als Bestatter hier, sondern …«

»Mir egal. Hier auf meinem Bildschirm seh ich Sie im Leichenwagen sitzen, und Leichenwagen fahren nur über den Rolf-Nesch-Weg aufs Gelände. Ende der Durchsage!«

Froelich hörte noch das Knacken, mit dem der Pförtner das Gespräch beendete, dann schnallte er sich ab.

»Genau das wollte ich Ihnen vorher sagen, als Sie so flott am Nesch-Weg vorbeigebraust sind«, sagte Sanfftleben.

»Sorry, ich war ganz in Gedanken.«

»Gehen Sie ruhig schon mal zu Fuß rein. Ich fahr mit dem Leichenwagen hintenrum, und wir treffen uns dann in der Notaufnahme.«

Als der alte Bestatter die Notaufnahme erreichte, saß Froelich in einem der Warteräume und knetete seine Finger.

»Wissen Sie schon was?«

»Nein«, sagte Froelich, »leider nicht.«

Da kam ein junger Arzt den Flur entlanggelaufen, hielt eine Visitenkarte in der Hand und sah sich suchend um.

»Herr Froelich?«, sagte er, als er vor den beiden Bestattern stand.

»Das bin ich, und das ist mein Kollege Sanfftleben.«

»Herr Sanfftleben? Sind Sie nicht der Bestatter aus der Beutau?«

»Was ist denn mit KP?«, drängelte Froelich.

»Sieht so aus, als seien Sie in Ihrer Rolle als Bestatter zu früh dran: Er wird es überleben, aber wir behalten ihn noch zwei, drei Tage da. Außerdem muss jeden Augenblick die Polizei kommen. Es wurde ein dicker Umschlag bei ihm gefunden, vermutlich ein Abschiedsbrief. Sind Sie verwandt mit unserem Patienten?«

»Nein, ich bin ein Bekannter von ihm.«

»Sie sprachen gerade von einem gewissen ›KP‹ – ich nehme an, das ist er. Wie heißt er denn richtig?«

Froelich zuckte mit den Schultern.

»Ich dachte, Sie kennen ihn.«

»KP ist ein Obdachloser, und ich habe ihn ein paar Mal getroffen. Aber sein Brief war, soweit ich das oben im Weinberg entziffern konnte, an eine Frau Pfleiderer, wohnhaft in der Innenstadt, gerichtet. Also wird der zweite Buchstabe in seinem Kürzel vermutlich für Pfleiderer stehen.«

»Und der erste für Klemens, nehme ich an«, sagte Jana Bednarz. Die Kommissarin war während des Gesprächs in der Notaufnahme angekommen und zeigte dem Arzt nun ihren Dienstausweis. »Ihr obdachloser Freund, Herr Froelich, ist vermutlich Klemens, der verschollene Sohn von Dora Pfleiderer. Gut, dass Sie ihn gefunden haben, aber jetzt sollten Sie nach Hause gehen. Schlafen Sie eine Runde, ich halte Sie auf dem Laufenden.«

Froelich und Sanfftleben verabschiedeten sich, und die Kommissarin ging mit dem Arzt zu KPs Krankenzimmer, gefolgt von zwei uniformierten Beamten, die inzwischen ebenfalls eingetroffen waren.

* * *

Robert Karpa hatte sich morgens aus dem Bett geschlichen, hatte sich sogar Schuhe und Jacke erst draußen im Hausflur angezogen, um Lisa nicht zu wecken. Dann war er zum Bäcker gegangen, hatte sich mit süßen Stückle, Croissants und Brezeln eingedeckt und damit beladen wieder leise in die Wohnung geschlichen.

In der Küche saß Lisa und trank Kaffee.

»Ach, Mensch, ich wollte dich überraschen, Frühstück im Bett, kuscheln, das volle Programm.«

Er sah sie an und zwinkerte ihr zu, aber Lisa blieb ernst und zeigte auf die Kaffeemaschine.

»Ist noch einer drin für dich.«

Karpa hatte nicht einmal Lust, seine Enttäuschung zu überspielen. Er schenkte sich eine Tasse ein, setzte sich und sah Lisa mürrisch an.

»Na, mit dem falschen Fuß aufgestanden?«

Lisa sah kurz auf, dann senkte sie den Blick wieder und brütete vor sich hin. Fünf Minuten machte Karpa das mit, dann griff er zu dem kleinen Radio in der Ecke und schaltete es ein.

»Nein, bitte nicht«, sagte Lisa. »Schalt wieder aus. Ich muss dir was erzählen. Du sollst es von mir erfahren, nicht von jemand anderem.«

Karpa schaltete das Radio aus und sah seine Freundin gespannt an.

»Du … du kennst diesen alten Bestatter, diesen Sanfftleben. Richtig?«

Karpa nickte, aber er hatte keine Ahnung, worauf sie hinauswollte.

»Hast du auch den Toten gekannt, der dort unten im Stocherkahn lag?«

Karpa rutschte unbehaglich auf seinem Platz herum.

»Ja, ich … indirekt habe ich ihn gekannt. Ich … ich war mal mit seiner Schwester zusammen. Das ist aber Jahre her.«

Lisa nickte bedächtig.

»Aber das ist schon ewig vorbei, was soll das denn jetzt alles noch?«

»Ich kenn die auch«, sagte Lisa nur und starrte dann wieder auf ihre Tasse.

»Wie: Du kennst die auch – Monika?«

»Ja, die hab ich auch schon getroffen, aber ich meine Markus Clarsen. Ich kannte ihn. Und ich kenne diesen Bestatter Sanfftleben.«

Karpa sah gespannt zu Lisa hin, und er musste auch nur noch kurz warten, bevor sie ihm alles erzählte. Alles.

* * *

Jana Bednarz blätterte in ihren Akten. Dass sie schon wieder sonntags an ihrem Schreibtisch saß, störte sie nicht allzu sehr. Sie mochte ihren Job, und privat war im Moment nicht viel los mit ihr. Aber dass sie noch immer nicht den Maille-Mord aufgeklärt hatte, das wurmte sie.

»Maille-Mord«, so hatte ein Journalist den Fall griffig genannt, und inzwischen waren fast alle Berichterstatter auf diesen Titel eingestiegen. Ab und zu machte der Staatsanwalt Druck, und die Pressestelle der Polizeidirektion fragte nach neuen Details in einer Weise, durch die hindurch schon die zunehmende Ungeduld der Medien zu erkennen war. Aber für Druck von außen war Jana Bednarz unempfänglich, das interessierte sie nicht – ohnehin machte sie sich selbst den meisten Druck.

Wieder und wieder ging sie in Gedanken den möglichen Tathergang durch, doch am Ende blieben in jeder denkbaren Version immer noch ungeklärte Fragen übrig, und alle Theorien waren gleich stimmig. Oder unstimmig. Sie hatte inzwischen zahlreiche Puzzlestücke ermittelt, aber sie ergaben zusammengesetzt noch keinen eindeutigen Verlauf der Mordnacht.

Sie nahm ein Blatt Papier, schrieb die Namen derjenigen auf, die sie am ehesten für fähig und motiviert hielt, Markus Clarsen ermordet zu haben. Dann dachte sie über jeden nach, wog die Indizien ab und strich einige der Namen wieder durch. Drei blieben übrig, zu allen dreien hatten die Kriminaltechniker Spuren am Stocherkahn oder an Clarsens Leichnam festgestellt, und einer kam ihr so unwahrscheinlich vor, dass sie ihn am liebsten auch schnell noch ausgestrichen hätte.

Sie ließ es dann doch, denn man konnte ja nie wissen. Bisher hatte sie ihre Menschenkenntnis selten getäuscht, aber irgendwann konnte immer das erste Mal sein. Sie musste jetzt noch ein paar Anrufe erledigen, dann sollte sich morgen vollends alles aufklären lassen.

* * *

Gottfried Froelich ging noch einmal die Liste für Markus Clarsens Beerdigung durch, als Jana Bednarz anrief.

»Ja, die ist morgen«, sagte er. »Um vierzehn Uhr beginnt die Trauerfeier, danach geht's raus ans Grab. Ich nehme mal an, bis etwa fünfzehn Uhr dreißig sind wir fertig.«

Dann erzählte er ihr, dass er in etwa einer Stunde noch KP im Krankenhaus besuchen wolle.

»Das ist nett von Ihnen. Es ist übrigens tatsächlich Klemens, der Sohn von Dora Pfleiderer«, sagte die Kommissarin. »Jahrelang war er aus dem Leben seiner Mutter verschwunden, und dann versucht er mit Blick auf die Innenstadt Selbstmord zu begehen ...«

»Das klingt ja fast wie in diesen Schicksalsromanen.«

»Allerdings. Bevor Sie Pfleiderer besuchen, sollten Sie vielleicht noch kurz hier bei mir in der Direktion vorbeikommen. Ginge das?«

»Natürlich, was gibt's denn?«

»Sag ich Ihnen nachher, okay? Ich will was ausprobieren, dabei könnten Sie mir helfen.«

* * *

Froelich schlüpfte gerade in seine Jacke, als es an der Tür läutete. Draußen stand Sanfftleben.

»Ich soll Sie gleich mitbringen, hat Jana gesagt.«

»Ach? Mich hat sie auch angerufen, sie wollte in der Direktion irgendetwas mit mir besprechen. Gut, gehen wir.«

Im Polizeigebäude mussten sie kurz warten, bis der Kollege von der Wache die Kommissarin gerufen hatte. Nach fünf Minuten öffnete sich die Tür, und Jana Bednarz führte die beiden Bestatter in ihr Büro. Der Schreibtisch war aufgeräumt, nirgendwo lagen Notizen oder irgendwelche Unterlagen herum, und alle Schranktüren waren verschlossen.

»Könnten Sie hier noch auf mich warten? Wir haben unten im Soko-Raum gerade eine Besprechung. Lesen Sie doch so lange den Abschiedsbrief von Klemens Pfleiderer durch – immerhin haben Sie, Herr Froelich, ihn gefunden. Auf meinem Tisch liegt eine Kopie des Briefs, die dürfen Sie also gerne anfassen. Sie müssen es ja hinterher nicht unbedingt meinem Chef erzählen.«

Mit einem Lächeln verschwand sie nach draußen und zog die Tür hinter sich zu. Froelich zog sich einen Besucherstuhl heran, Sanfftleben einen zweiten, dann schob er den Brief seinem jüngeren Kollegen hin.

»Ich hab meine Brille vergessen, könnten Sie …?«

»Liebe Mutter«, las Froelich vor, »wenn du diesen Brief liest, ist das wahr geworden, was du sicherlich schon seit Jahren glaubst und den anderen über mich erzählst: Ich bin tot. Und in gewisser Weise habe ich tatsächlich dort draußen bei der Eishalle zu sterben begonnen, eigentlich gleich zweimal: das erste Mal bei Vaters Tod, und das zweite Mal 1994. Ich habe damals meine Mütze und die Schuhe an verschiedenen Stellen flussabwärts in den Neckar geworfen, und offenbar seid ihr alle drauf reingefallen – vielleicht war es dir auch ganz recht, dass ich auf diese Weise aus deinem Leben verschwand. Schließlich habe ich dir viel Kummer bereitet und habe, wenn man es genau nimmt, dein Leben, so wie du es jahrelang geliebt hast, auf dem Gewissen. Ohne Vater war nichts wie vorher, auch du nicht, und dass du mich jeden Tag, jede Stunde hast spüren lassen, wie sehr du mir übelnimmst, dass Vater meinetwegen starb, hat mich schier zerrissen. Dazu deine Vorwürfe, deine immer bitterer werdende Art – ich habe es einfach nicht mehr ausgehalten, deshalb bin ich ins Wasser gegangen, zumindest habe ich euch das alle glauben lassen.«

Froelich sah fragend zu Sanfftleben hin.

»Dazu kann ich Ihnen nachher etwas erzählen«, sagte der alte Bestatter. »Aber lesen Sie erst einmal zu Ende.«

»Dass ich für meine Inszenierung ausgerechnet die Stelle am Fluss ausgesucht habe, an der Vater ertrank, tut mir leid.

Mir ist erst in den Jahren nach meinem Verschwinden klar geworden, dass ich dich damit sehr verletzt haben muss, dass ich dir mit diesem Detail auf eine Art wehgetan habe, die mir nicht zustand, trotz all deiner Boshaftigkeiten mir gegenüber und deines kaum unterdrückten Hasses dem Jungen gegenüber, der dich das Liebste gekostet hat. Dafür möchte ich mich bei dir hiermit entschuldigen – aber auch nur dafür!«

Froelich machte eine kurze Pause, bevor er weiterlas.

»Mir selbst hat mein Untertauchen – das Wortspiel musste sein, sorry! – zuerst geholfen. Ich habe mich lange wie befreit gefühlt, befreit von der Bürde, eine Familie auf dem Gewissen zu haben und mit dem überlebenden Opfer, also dir, tagtäglich konfrontiert zu werden. Ich konnte mich endlich wieder spüren, nichts lenkte mich ab, niemand machte mir Vorwürfe. Dass sich zugleich auch niemand um mich kümmerte, war genau genommen nicht neu: Schon bei dir musste ich vor allem funktionieren, durfte keine Mühe machen. ›Selbstständig sein‹ hast du das genannt, und dabei, glaube ich, wolltest du nur möglichst wenig mit mir zu tun haben. Du siehst, Mutter: Dieses Geschenk habe ich dir in den vergangenen Jahren auf meine Art gemacht. Ich hoffe, es hat dir geholfen, über deinen Verlust hinwegzukommen. Was mich betrifft, hast du die Lücke ja längst gefüllt: Ich habe Roland häufig in unserem Haus, nein … in deinem Haus ein- und ausgehen sehen, vermutlich hast du dich sehr um ihn gekümmert, wie damals, als er nach dem Tod von Tante Elsa zu uns zog. Vielleicht ist er dir ein besserer Sohn geworden, als ich es war.«

Froelich seufzte. Solche verkorksten Familienverhältnisse gingen ihm seit jeher an die Nieren.

»Woher ich das mit Roland weiß, ist schnell erklärt: Nachdem ich mich ein paar Jahre lang in anderen Städten herumgetrieben habe, lebe ich seit einiger Zeit wieder in Esslingen, habe mir überall in der Stadt und am Stadtrand Plätze gesucht und eingerichtet, in denen ich übernachten oder einfach mal in Ruhe nachdenken kann. Und manchmal, wenn ich durch Esslingen stromere und nach Zeug suche, das außer mir keiner mehr haben will, komme ich auch an deinem Haus vorbei. Ich meine: Kam ich – damit ist es ja vorbei, wenn du diesen Brief liest.«

Froelich blätterte um.

»Vielleicht hätte ich mich schon länger« – das Wort »umgebracht« stand da, war durchgestrichen und danach doch wieder neu hingeschrieben worden. »Vielleicht hätte ich mich schon länger umgebracht, und vielleicht hätte ich es auch nie getan. Beides verdanke ich – auch wenn ›verdanken‹ hier etwas seltsam klingt – einem Mädchen, das ich kennengelernt habe. Sie heißt Lisa, und sie war eine Zeitlang mit mir zusammen, hat sich meine Verstecke mit mir geteilt und hat mir geholfen, Essbares und ab und zu eine Zigarette oder ein Bier zu klauen. Als wir eine Weile zusammen waren, hat sie ihre Eltern durch einen Unfall verloren. Natürlich war sie traurig deswegen, aber insgeheim habe ich sie fast beneidet: Denn sie war nicht schuld am Tod ihrer Eltern. Und niemand machte ihr deswegen Vorwürfe. Weißt du, Mutter: Trauer ist schon schlimm genug, aber zudem noch schuld zu sein an allem … das ist zu viel, viel zu viel! Irgendwann hat Lisa wieder Kontakt zu ihrer Familie aufgenommen, sie hat einen Job gefunden und eine Wohnung, und dann war ich wieder allein. Sie wollte mit mir zusammen in die Wohnung ziehen, und fast hätte sie mich überredet. Es ging uns damals nicht besonders gut, und es war saukalt hier draußen. Aber dann sagte sie: ›Melde dich doch bei deiner Mutter, die hilft dir sicher‹ – das habe ich nicht fertiggebracht, also bin ich geblieben, wo ich war, unbekannt, unerkannt und für niemanden von Bedeutung. Klingt sentimental, was? Tja, am Ende werden wir wohl alle weich, du ja vielleicht auch irgendwann einmal. Wieder. Das ist auch der einzige Traum, den ich von Zeit zu Zeit habe und der sich immer so ähnlich wiederholt: Papa, du und ich gehen gemeinsam spazieren, ihr haltet meine Hände, ich hopse und singe, die Sonne scheint, alles ist gut und richtig. Der Traum verändert sich manchmal, aber immer ist er sehr schön – und immer endet er auf dieselbe Weise: Ich sehe zur Seite, merke, wo am Neckarufer wir uns gerade befinden, und dann schrecke ich hoch, wache auf und sitze mit rasendem Puls da und warte darauf, dass die Erinnerung etwas verblasst. Darauf habe ich nun lange genug gewartet.«

Froelich blätterte ein letztes Mal um.

»Ich weiß, dass es nicht möglich ist. Aber wenn es möglich wäre, würde ich die Zeit so gern wieder zurückdrehen. Wir wären alle glücklich, und ich könnte, wie ganz früher einmal, einfach wieder nur Klemens sein, dein Junge.«

Sanfftleben seufzte, ließ den Kopf sinken und massierte sich die knochigen Schläfen.

»Starker Tobak, was?«, sagte Froelich nach einer Weile.

Sanfftleben nickte.

»Und was können Sie mir nun über diese tolle Familie erzählen?«

»Nichts Schönes, fürchte ich. Den Tod des Vaters hat Klemens in seinem Brief ja schon erwähnt. Das war eine tragische Geschichte, damals. Horst Pfleiderer, der Vater, war sehr fleißig und stadtbekannt, arbeitete als Handwerker und brachte mit den Jahren ganz gut Geld auf die Seite. Sie renovierten das Haus am Alten Rathaus, das seit ewigen Zeiten der Familie gehörte, und hatten hinterher noch genug übrig, um sich finanziell fürs Erste keine Sorgen mehr machen zu müssen – zumal Horst natürlich genauso fleißig weiterarbeitete wie bisher. Seine Frau Dora war nicht unbedingt eine Schönheit, aber sie hatte den Haushalt im Griff und sparte sehr geschickt. Als der kleine Klemens geboren wurde, schien ihr Glück perfekt: Sie kümmerte sich um den Jungen, machte nebenbei die Büroarbeit für ihren Mann – und jede freie Minute verbrachten die drei zusammen.«

»Klingt schöner als hier im Brief«, sagte Froelich.

»Ja, noch. Als Klemens größer wurde, unternahmen Vater und Sohn immer häufiger etwas zu zweit – so Männersachen, Sie wissen schon: zelten, angeln, im Boot rausfahren, ins Stadion gehen, all so was.«

»Und die Mutter?«

Sanfftleben zuckte mit den Schultern.

»Vielleicht wollte sie ab und zu auch mal ihre Ruhe, vielleicht war sie aber auch eifersüchtig – ich weiß es nicht. Man sieht in die Leute ja nicht rein, und die Fassade der Pfleiderers war immer tipptopp. Ist sie eigentlich auch heute noch.«

»Na ja«, widersprach Froelich, »als besonders nett gilt Dora Pfleiderer ja nicht gerade.«

»Aber die Kehrwoche wird gemacht, die Fenster sind geputzt, und beim Einkaufen bleibt sie niemandem Geld schuldig.«

Froelich grinste. Es konnte so einfach sein, als Schwabe einen guten Ruf zu genießen.

»Eines Tages, da muss der Junge elf oder zwölf Jahre alt gewesen sein, macht Klemens mit seinem Vater wieder einmal eine Bootstour. Als der Junge einen Krampf im Bein bekommt, rudert Horst ans Ufer und will seinem Sohn aus dem Boot helfen. Der Junge fällt aber ins Wasser und schreit um Hilfe. Und weil Klemens doch diesen Krampf hat, fürchtet Horst, sein Sohn könne ertrinken. Tatsächlich treibt der Junge etwas ab. Horst also sofort rein ins Wasser, mit all seinen Kleidern, er zieht Klemens wieder hoch an die Oberfläche, bugsiert ihn noch bis ans Ufer, schiebt den Jungen noch die Kaimauer hoch, dann greift er sich an die Brust, erleidet einen Herzinfarkt und treibt davon. Und der Junge, völlig geschockt, bleibt regungslos am Ufer hocken und starrt aufs Wasser hinaus, bis ihn eine Viertelstunde später ein Mann anspricht, der seinen Hund spazieren führt. Der hat dann zwar gleich Hilfe geholt, aber für Horst Pfleiderer kam das alles viel zu spät. Er wurde weiter unten gefunden. Der Arzt stellte fest, dass sein Herz der Rettung seines Sohnes nicht gewachsen war – er hatte es wohl jahrelang mit dem Arbeiten etwas übertrieben. Ich habe mich um die Beerdigung gekümmert, die ganze Stadt kam auf den Friedhof – aber Horst war nun mal tot, und Dora hat das nie verwunden. Etwa sieben oder acht Jahre später verschwand dann der Junge – Herbert Mühlens hat Ihnen das ja schon im Goldenen Habicht erzählt. Kleider und die Schuhe von ihm wurden im Neckar oder am Ufer gefunden, die Polizei suchte nach ihm, und es sah so aus, als hätte er sich genau an der Stelle ins Wasser gestürzt, an der damals sein Vater starb.«

Froelich hörte fassungslos zu.

»Sie haben Klemens nie gefunden – was eigentlich unmöglich ist, denn die Leiche hätte sich irgendwo am Ufer oder in einem Wehr oder einer Schleuse verfangen müssen. Der Neckar ist ja überall reguliert und begrenzt und … Irgendwann schloss die Polizei die Akten. Ihrer Meinung nach hatte Klemens seinen Selbstmord nur vorgetäuscht und war in Wirklichkeit abgehauen – und das brachten sie dann auch Dora so schonend wie möglich bei. Der Junge, so scheint es, hat selbst aber geglaubt, er sei mit seiner Inszenierung durchgekommen.«

Sanfftleben zuckte mit den Schultern.

»Klemens war damals schon volljährig, also konnte ihm keiner verbieten, einfach wegzugehen, und damit endete die Geschichte bisher. Ich habe später einmal mit Dora über ihren Sohn gesprochen. Mir kam sie deswegen nicht wirklich bedrückt vor, ich hatte fast den Eindruck, sie fühlte sich von einer Last befreit – aber diesen Gedanken habe ich damals natürlich gleich wieder verworfen. Immerhin hatte sie, auf die eine oder andere Weise, ihren einzigen Sohn verloren. Aber wenn ich mir jetzt so anhöre, was Klemens in seinem Abschiedsbrief geschrieben hat …«

Die Tür zum Büro öffnete sich und die Kommissarin kam herein.

»Ganz schön happig, was?«, fragte sie, deutete auf den Brief und setzte sich auf ihren Bürostuhl. »Jedenfalls hat Klemens letztlich Glück gehabt, und er hat jetzt die Chance, sich irgendwann doch noch mit seiner Mutter auszusöhnen.«

Damit nahm sie die Kopie des Briefes wieder an sich und verstaute sie in einer Schreibtischschublade.

»Aber eigentlich will ich jetzt etwas ganz anderes besprechen. Wir hatten gerade Soko-Konferenz, und es scheint, als würden wir den Fall morgen oder übermorgen vollends aufklären können. Wir haben jede Menge Indizien beisammen, die Untersuchung des Stocherkahns und der direkten Umgebung des Tatorts hat einiges ergeben. Im Moment haben wir nur ein Problem: Einer unserer Verdächtigen ist verschwunden.«

»Wer?«, fragten Froelich und Sanfftleben wie aus einem Mund.

»Roland Pfleiderer, unser durchgeknallter Innenstadtschützer.«

»Er hat Clarsen umgebracht?«

Froelich konnte sich den Mann durchaus als Täter vorstellen, aber was war sein Motiv? Wenn, dann war ihm doch höchstens Karpa verhasst, der in Pfleiderers Augen mit seinem Bootsprojekt die Idylle für die Anwohner der Neckarkanäle noch mehr bedrohte, als es ohnehin schon der Fall war. Tot war aber Clarsen.

»Das habe ich nicht gesagt, Herr Froelich. Wir haben Spuren von Pfleiderer am Kahn und auf der Rampe gefunden – aber nicht nur von ihm.«

Froelich sah sie fragend an, aber die Kommissarin zuckte nur mit den Schultern.

»Das muss fürs Erste reichen, Herr Froelich. Mehr kann ich Ihnen im Moment nicht sagen.«

»Und was meinten Sie, als Sie vorhin am Telefon davon sprachen, dass ich Ihnen bei einem Experiment helfen soll?«

»Dazu müssen wir erst Roland Pfleiderer haben, die anderen stehen gewissermaßen parat.«

Froelich sah sie erneut fragend an, Jana Bednarz grinste.

»Jetzt lassen Sie mir halt mein Geheimnis. Nur so viel: Sobald wir Roland Pfleiderer gefunden haben, würde ich gerne mit einigen Leuten frühmorgens etwas in der Maille durchspielen.«

»Die Mordnacht, nehme ich an.«

»Genau, Herr Froelich. Und wenn Sie mögen, kommen Sie mit dazu. Ich ruf Sie an.«

»Mich auch?«, meldete sich Sanfftleben zu Wort.

»Dich auch, natürlich – du warst ja vor Ort, als die ersten Beamten in die Maille kamen.«

Sanfftleben nickte zufrieden, seine Neugier war besänftigt. Und Jana Bednarz war froh, dass er von sich aus gefragt hatte. Sie hatte schon überlegt, wie sie ihn ebenfalls möglichst unauffällig zur Teilnahme an ihrer kleinen Inszenierung bringen konnte.

* * *

In der Notaufnahme war nun ordentlich Betrieb. In den Warteräumen saßen so viele schlecht gelaunte Männer, Frauen und Kinder, dass kein Platz mehr frei war. Und auch die beiden Frauen in der Anmeldung, eine in Schwesterntracht, die andere in normaler Straßenkleidung, wirkten gestresst und waren nicht besonders guter Stimmung. Froelich war froh, als er endlich Klemens Pfleiderers Zimmernummer bekommen hatte, und trollte sich.

KP lag auf dem Rücken, starrte an die Decke und sah furchtbar bleich aus. Als Froelich ins Zimmer trat und die Tür leise wieder hinter sich zudrückte, reagierte er erst gar nicht. Erst als sein Besucher einen Schemel heranzog und sich direkt neben das Bett setzte, drehte er langsam den Kopf zu Froelich hin.

»Hallo, KP.«

Pfleiderer sah ihn an, und es schien ein bisschen zu dauern, bis er sich erinnerte, wer da vor ihm saß.

»Ach, der Dicke.«

Damit wandte er den Kopf wieder ab und starrte weiter an die Decke.

»Na, hast du mich schon wieder an die Bullen verpfiffen?«, sagte er nach einer Weile.

»Wieso verpfiffen?«

Pfleiderer lächelte schwach.

»Als wir uns zum ersten Mal getroffen haben, bist du sofort zur Polizei gerannt mit diesem Datenstick, den ich dir gegeben habe. Meinst du, ich hätte das nicht mitbekommen, nur weil du einen kleinen Umweg genommen hast?«

»Mist«, dachte Froelich, aber er sagte nichts.

Eine Weile saß er stumm neben dem Bett, und der andere starrte an die Decke, dann fragte Pfleiderer: »Und was willst du jetzt?«

»Ich hab dich gefunden und wollte sehen, wie es dir geht.«

»Das hat mir der Arzt schon gesagt. Er meinte, ein Bestatter hätte mich oben beim Neckarhaldentor gefunden und gleich den Notarzt gerufen, und ich solle Ihnen irgendwann einmal dafür danken, dass Sie mir wohl das Leben gerettet haben. Und hinterher seien sogar gleich zwei Bestatter in die Notaufnahme gekommen, um sich nach meinem Zustand zu erkundigen – und beide seien froh gewesen, dass ich noch lebte. War witzig, wie er das erzählt hat. Ich glaube, der Typ hat Humor, der ist ganz okay.«

»Ja, ist er wohl.«

»Und als der Arzt dann noch meinte, dass einer dieser Bestatter ziemlich dick gewesen sei, konnte ich mir schon denken, dass du das warst.«

»Den anderen kennst du auch.«

»Woher soll ich den kennen? Der wird ja wohl nicht auch unter Brücken leben wie ich?«

»Nein, der wohnt bei mir in der Nähe, in der Beutau. Das war mein Vorgänger, Herr Sanfftleben.«

Pfleiderer schwieg und starrte weiter an die Decke. Seine Kieferknochen mahlten.

»Ich weiß, dass du ihn kennst. Von früher, Klemens. Er hat deinen Vater beerdigt.«

Pfleiderers Kopf flog herum und seine Augen fixierten sein Gegenüber. »Woher kennt der meinen Namen?« – diese Frage stand ihm deutlich ins Gesicht geschrieben.

»Die Polizei hat deinen Abschiedsbrief.«

Pfleiderer öffnete den Mund, sagte aber nichts.

»Und wir haben ihn gelesen.«

Der Mund klappte wieder zu.

»Willst du mit mir darüber reden?«

»Bist du jetzt auch noch Psychiater, oder was?«, schnappte Pfleiderer, aber seine Augen schimmerten verräterisch.

»Soll ich den Brief für dich zu deiner Mutter bringen?«

Langsam schüttelte Pfleiderer den Kopf.

»Dann lass uns reden«, sagte Froelich und wartete.

Nach einer Weiler redete KP, und es schien ihm zu helfen. Neues erfuhr Froelich nicht, im Brief hatte alles Wesentliche gestanden, aber während KP erzählte, während er seine Gefühle schilderte, seine Verzweiflung, seine Einsamkeit, reifte in Froelich ein Entschluss.

Montag, 7. November

Auf der Fahrt hinauf nach Aichelberg fragte sich Gottfried Froelich immer wieder, ob er Klemens Pfleiderer in den Rücken gefallen war, ob er sein Vertrauen missbraucht hatte.

Kurz nach acht hatte Jana Bednarz angerufen, und im Hintergrund waren Stimmen zu hören, als fände gerade eine Besprechung statt. Sie fragte ihn, ob er einen Unterschlupf von KP kenne. Denn bisher liege ihnen nur der Abschiedsbrief vor – und er habe ja mindestens noch diesen Kescher besessen, mit dem er seine Fundstücke aus den Neckarkanälen fischte.

Froelich dachte nach. Außer dem Fleckchen beim Neckarhaldentor, von dem die Polizei durch den Selbstmordversuch wusste, konnte er nur eine Stelle nennen, an der er KP gesehen hatte: das Gelände der alten Fabrik an der Mettinger Straße. Jana Bednarz hatte, noch bevor sie ganz aufgelegt hatte, die ersten Polizisten schon dort hinkommandiert.

Dementsprechend hatte Froelich ein ungutes Gefühl, als er zusammen mit Sanfftleben den Rollwagen mit Markus Clarsens Sarg ins Aussegnungsgebäude schob. Um das Stehpult herum und dort, wo sie den geschlossenen Sarg jetzt für die Feierlichkeiten aufstellten, platzierten die Gärtner ihren Blumenschmuck.

Als sie ihre Vorbereitungen abgeschlossen hatten, holte Sanfftleben einen Weidenkorb und eine Picknickdecke aus dem Leichenwagen und traf sich mit Froelich an einem etwas versteckten Platz direkt außerhalb des Friedhofs. Manchmal blieb zwischen den Vorbereitungen und der Bestattung nicht genügend Zeit, um noch irgendwo essen zu gehen, also hatte sich Sanfftleben mit den Jahren angewöhnt, ein Vesper und etwas zu trinken mitzunehmen. Es gab Gerauchtes und großzügig abgeschnittene Stücke Schinkenwurst, dazu Bauernbrot, saure Gurken und ein Bier, und zum Dessert einen würzigen Ziegenkäse.

Froelich lehnte sich an einen Baumstamm und streckte die Beine auf der Picknickdecke aus. Vor ihm lag ein Acker, gleich dahinter begann der Wald. Ein Traktor fuhr auf dem Weg vorbei, der direkt am Waldrand entlangführte. Der Bauer auf dem Fahrersitz starrte zu ihnen herüber. Froelich winkte, und der Bauer sah schnell wieder weg. Kurz war es ihm, als spiegelte sich Sonnenlicht im Wald auf etwas Metallischem, aber dann konnte er nicht erkennen, was es war, und er widmete sich dem letzten Stück Ziegenkäse. Dann ging er wieder zur Aussegnungshalle, während Sanfftleben den Korb zurück zum Wagen brachte.

Die Stuhlreihen vor dem Stehpult füllten sich bereits. Froelich sah unauffällig auf die Uhr: eine halbe Stunde noch, bis die Feier begann. Ganz vorn hingen zwei Frauenmäntel, und auf dem Stuhl dazwischen lagen zwei Gesangbücher und ein kleiner Handstrauß dunkelroter Rosen.

Das Klingeln seines Handys ließ Froelich zusammenfahren, einige der Wartenden wandten sich ihm zu und blickten ihn tadelnd an. Er eilte hinaus ins Freie, fingerte dabei sein

Handy hervor und sah auf dem Display eine Esslinger Nummer, die ihm bekannt vorkam, zu der ihm aber kein Name angezeigt wurde.

»Froelich, guten Tag«, meldete er sich und wich einigen Trauergästen aus, die sonst mit gesenktem Blick geradewegs in ihn hineingeschlendert wären.

Der Arzt aus der Notaufnahme war dran.

»Klemens Pfleiderer ist weg«, sagte er.

»So? Wollten Sie ihn denn noch dabehalten?«

»Es wäre sicher kein Fehler gewesen, wenn er noch einen Tag geblieben wäre, aber er ist schon wieder weitgehend auf dem Damm. Pfleiderers Zustand ist nicht das Problem. Nur: Die Polizei hatte auf Station einen Beamten vor seiner Tür postiert. Der Beamte musste wohl mal kurz weg, und als er wiederkam, war der Patient verschwunden. Der Stationsarzt hat es mir vorhin in der Kantine erzählt, da wollte ich es Ihnen auch gleich sagen – Sie haben sich doch so für den Mann eingesetzt.«

»Vielen Dank«, sagte Froelich und klappte sein Handy nachdenklich zu.

* * *

Klemens Pfleiderer schlich eine Weile den Zaun entlang um den Friedhof herum, bis er endlich eine Stelle fand, die von Clarsens Grab aus nicht einzusehen war und an der ihm der Zaun nur bis zum Schritt reichte. Er kletterte hinüber, ging geduckt ein paar Schritte in den Friedhof hinein und kauerte sich hinter einen Grabstein, neben dem ein Busch für zusätzliche Deckung sorgte. Der Zug mit Pfarrer, Sarg und Trauergemeinde war elend langsam vorangekommen, und als endlich die Letzten um die offene Grube herum Aufstellung genommen hatten, hatte Pfleiderer bereits das Gefühl, dass seine Beine allmählich taub wurden.

Nach allem, was er damals nachts in der Maille hatte beobachten können, hätte er auf dem Friedhof auch Lisa erwartet. Vielleicht hockte sie ebenfalls irgendwo im Verborgenen, vielleicht mischte sie sich unauffällig in die Trauergesellschaft, hielt sich in den letzten Reihen verborgen und würde wieder verschwinden, bevor das lange Defilee der bekümmert dreinblickenden Gäste sich am Grab entlanggeschoben hätte.

Er sah sich um, aber nirgendwo konnte er Lisa entdecken. Ohnehin kannte er fast niemanden hier. Die beiden Bestatter standen etwas abseits, Froelich unterhielt sich mit der Kommissarin, die er aus dem Krankenhaus kannte. Sie sah sich ständig um und strich immer wieder eine dunkelblonde Strähne hinters Ohr. Kurz sah Froelich in seine Richtung, dann verabschiedete er sich von der Kommissarin und ging davon.

Schließlich gab Pfleiderer auf: Lisa, so schien es, war nicht gekommen. Langsam schlich er zurück und achtete darauf, möglichst bei jedem Schritt einen Grabstein und den Busch daneben als Deckung zwischen sich und den anderen zu lassen. Draußen folgte er der Friedhofsbegrenzung in Richtung Hauptstraße, von wo aus er hoffentlich per Anhalter wieder zurück nach Esslingen kommen würde.

Für die letzten Meter bis zur Straße konnte er einen Feldweg nehmen. Kurz vor der Hauptstraße kam der Leichenwagen auf ihn zu und hielt neben ihm an. Gottfried Froelich beugte sich vom Fahrersitz herüber und stieß ihm die Beifahrertür auf.

Dass sie dabei von Roland Pfleiderer beobachtet wurden, der sich ebenfalls am Rand des Friedhofs versteckt und dann vorsichtig wieder zurückgezogen hatte, bemerkten sie nicht. Er wartete noch kurz, dann ging er zum Waldrand hinüber, zerrte ein altes Mofa aus dem Unterholz hervor und machte sich auf den Weg zurück nach Esslingen.

Die ganze Fahrt über rang er mit sich, ob er seinen Plan noch umsetzen konnte, so aufgewühlt wie er war. Er hatte Klemens gesehen, das erste Mal nach all den Jahren, und er hatte ihn gleich erkannt, im Profil, wie er hinter diesem

Grabstein hockte und gebannt zur Zeremonie hinübersah. Würde er nun, da Dora Pfleiderers Sohn wieder hier war, schon wieder eine Tante verlieren? Auch Markus Clarsen ging ihm nicht aus dem Sinn. Seine Idee hatte im ersten Moment so bestechend gewirkt, jetzt war alles nur noch falsch, wenn er darüber nachdachte. Und es sah ganz danach aus, als wüsste diese Kommissarin über alles Bescheid. Oder sollte es Zufall gewesen sein, dass sie ihn gestern angerufen und ihm auf die Mailbox gesprochen hatte, wann und wo Markus Clarsen beerdigt würde? Natürlich war ihm klar, dass sie ihm eine Falle stellte – aber die Beerdigung wollte er trotzdem nicht verpassen. Zumindest in dieser Hinsicht war ja alles gutgegangen. Aber hatte der Tote im Kahn denn wirklich etwas gebracht? Wünschle würde weiterhin seine Boote vermieten und bereitete sie mit kleinen Reparaturen auf die kommende Saison vor, und Karpa schien sich auch nicht wirklich von seinen Plänen abbringen zu lassen. Den Stocherkahn hatte zwar die Polizei mitgenommen, aber irgendwann würde er ihn zurückbekommen. Und die Gondel lag unverändert neben der Rampe vertäut.

Als er vor sich die ersten Häuser von Esslingen sah, ließ er das Mofa am Straßenrand ausrollen. Der Motor hustete jämmerlich vor sich hin. Fünf Minuten stand er da und sah auf den Stadtrand, dann war sein Entschluss gefasst.

Natürlich würde er heute Abend alles so machen wie geplant und geübt, ganz egal, wie er sich fühlte. Hier ging es nicht um ihn. Hier ging es um etwas Größeres.

* * *

»Die Kommissarin war ganz schön enttäuscht, dass ihr Plan nicht aufgegangen ist«, sagte Froelich, als sie ihr Ziel erreicht hatten. Er fuhr langsam zwischen den Firmengebäuden hindurch und fand für den Leichenwagen einen freien Parkplatz ganz hinten am Ende der breiten Stichstraße. »Sie hat

Sie und ein paar andere irgendwo auf dem Friedhof erwartet, aber sie hat Sie nicht entdeckt.«

»Will Sie mich verhaften?«

»Hätte Sie denn Grund dazu?«

Klemens sagte nichts und stieg aus. Gemeinsam mit Froelich ging er auf einem Holzsteg zur Neckarinsel hinüber. Ein Restaurant in einem niedrigen Gebäude ließen sie rechts liegen, aber Froelich merkte sich das Lokal und nahm sich vor, hier mal mit Inge essen zu gehen. Es ging ein Stück auf Spazierwegen entlang, dann lag vor ihnen der schiffbare Arm des Neckars.

Klemens blieb stehen und sah sich um. Neben ihm stand ein großes Wohnmobil, am Kai war ein Hausboot vertäut, das offenbar gerade renoviert wurde. Froelich konnte durch die großen Fenster einen sonnendurchfluteten Innenraum sehen, in dem ein mächtiges Aquarium stand. Ein großer Hund mit glattem dunklem Fell setzte sich hinter eines der Fenster und sah aufmerksam zu ihnen herüber.

Hinter dem Hausboot stand das Eisstadion. Klemens Pfleiderer streckte den Arm aus und deutete auf eine Stelle im Fluss, nicht allzu weit vom Ufer entfernt.

»Dort hinten ist es passiert.«

Sie gingen das letzte Stück, blieben schweigend an der Kaimauer stehen und sahen auf den dahinfließenden Neckar.

»Scheiße gelaufen, oder?«, sagte Klemens schließlich, sah Froelich an und lächelte traurig, als der nur nickte.

Pfleiderer sah noch eine Weile stumm auf den Fluss, dann drehte er sich zu Froelich hin.

»Nehmen Sie mich mit zurück in die Stadt?«

»Das hatte ich ohnehin vor. Und ich wollte Ihnen dazu auch noch einen Vorschlag machen.«

Pfleiderer sah ihn erst fragend an, dann breitete sich ein ablehnender Zug auf seinem Gesicht aus.

»Jetzt hören Sie sich doch erst einmal an, wie ich mir das gedacht habe«, sagte Froelich schnell.

* * *

Froelich war heilfroh, als er endlich wieder die Treppe hinuntersteigen konnte. Hinter ihm im Wohnzimmer saßen Dora Pfleiderer und ihr Sohn Klemens beisammen und sprachen miteinander. Es hatte ihn einige Überredungskunst gekostet, Klemens so weit zu bringen, und die erste Reaktion seiner Mutter hätte fast alles wieder zunichte gemacht.

Sie hatte nur in ihrer Haustür gestanden, hatte den Sohn angestarrt, kein Wort gesagt und doch mit ihrer Miene deutlich gemacht, dass sie auf diese Begegnung nicht vorbereitet war – und sie auch nicht als freudige Überraschung empfand. Für einen kurzen Moment hatte Froelich sogar Angst, sie könnte ihnen beiden die Tür wieder vor der Nase zuschlagen, deshalb ging er in die Offensive, schob die Frau zurück in ihren Hausflur, ging frech an ihr vorbei die Treppe hinauf und drehte sich erst einige Stufen weiter oben wieder um.

»Kommen Sie beide bitte auch?«, hatte er gerufen und war dann einfach weitergegangen. Als er hinter sich die Schritte hörte, fiel ihm der erste Stein vom Herzen.

Froelich drückte die Haustür auf, trat hinaus und atmete tief durch. Da bemerkte er Jana Bednarz, die am Alten Rathaus lehnte und einigen Beamten, die sich direkt mit dem Rücken an Dora Pfleiderers Haus aufgestellt hatten, ein Zeichen gab. Froelich blieb stehen, und weil er mit seiner Statur den Eingang komplett verstellte, hatte er etwas Zeit gewonnen.

»Was ist denn hier los?«, fragte er zu der Kommissarin hinüber.

»Wir haben gesehen, wie Sie und Klemens Pfleiderer vorhin ins Haus gegangen sind. Wir wollen ihn mitnehmen, es geht um den Mord an Markus Clarsen.«

»Deshalb haben Sie die ganze Zeit mit Ihren Blicken die Trauergesellschaft abgesucht.«

»Aber leider ist er nicht gekommen«, sagte Jana Bednarz. »Ich habe sogar, als wir auf dem Friedhof beisammenstanden, darauf geachtet, ob jemand hinter einem der Grabsteine versteckt war.«

»Da hätten Sie ihn sehen können. Er war da.«

»Mist!«

»Ich hab ihn auch nur zufällig entdeckt und bin dann raus, um mit ihm zu reden.«

»Und haben mir nichts davon gesagt? Herr Froelich, ich dachte, wir arbeiten zusammen!«

»Ich wollte ihn nicht schon wieder verraten.«

»Wieso ›verraten‹? Hören Sie mal: Wir sind hier nicht im Indianerlager oder so, es geht um einen Mord – und Klemens Pfleiderer ist einer der Verdächtigen. Er hatte Clarsens Datenstick bei sich, er hat natürlich kein Alibi – und zumindest um die Ecke rum hat er auch ein Motiv: Die Leiche wurde im Boot von Karpa gefunden, und Karpa ist der aktuelle Lebensgefährte von Pfleiderers alter Flamme Lisa.«

»Lisa Hetzel? Sie hat er in seinem Abschiedsbrief mit dem Mädchen gemeint, mit dem er sich seine Unterschlupfe geteilt hat?«

Jana Bednarz nickte.

»Okay, da hätte ich auch draufkommen können. Aber warten Sie bitte wenigstens, bis er und seine Mutter sich ausgesprochen haben. Die sitzen gerade oben im Wohnzimmer und reden, endlich mal nach all den Jahren.«

Bednarz nickte. Es war ja tatsächlich egal, ob sie Pfleiderer jetzt oder in einer Stunde mitnehmen würde.

»Der haut Ihnen schon nicht ab«, sagte Froelich noch. »Sie können ja zur Sicherheit noch einen Beamten hinter dem Haus postieren. Vielleicht gibt es dort einen Hintereingang oder eine Kellertreppe.«

»Da stehen schon zwei von meinen Leuten«, sagte sie und grinste.

Froelich nickte, bedankte sich für ihre Geduld und ging langsam über den Marktplatz auf die Beutauvorstadt zu.

Das Lied, das er an diesem Abend im Kühlraum komponierte, war ein Blues, und ein selten trauriger obendrein.

Froelich trank dazu den schwäbischen Whisky leer, und als er die letzte Textstrophe aufs Blatt krakelte, war seine ohnehin nicht schöne Handschrift gar nicht mehr zu entziffern.

* * *

Die Gruppe zählte etwa fünfzehn Gäste, und ihre rotglänzenden Gesichter und das breite Lächeln gaben Herbert Mühlens wieder einmal recht: Allzu viel machte er offenbar nicht falsch in seiner neuen Rolle. Seit er als Journalist im Ruhestand war, führte er regelmäßig Besuchergruppen durch die Innenstadt, erzählte ihnen von früheren Ereignissen in der Lokalpolitik, gab Anekdoten von einstigen und aktuellen Amtsträgern zum Besten und erklärte geduldig auch auf die hundertste Frage hin, was es denn nun mit dem Begriff der Zwieblinger, mit der Uhr des Alten Rathauses, mit der Krypta von St. Dionys, mit der balancierenden Figur auf dem Schelztorturm oder mit dem dreimastigen Segelschiff auf der Turmspitze der früheren Feuerwache auf sich hatte.

Am liebsten aber waren ihm Abende wie dieser: Wenn er seine Begleiter durch die Innenstadt führte und immer wieder gespenstische Gestalten aus dem Dunkel auftauchten, den Gästen eine kurze Einlage bescherten und nach einigem Theater wieder von der Bildfläche verschwanden.

Heute waren Hexen an der Reihe, Spukgestalten und Figuren aus der Unterwelt, und als sie die Stadtkirche umrundet hatten und auf die Archivstraße zuhielten, sah Mühlens schon voller Vorfreude am Stammhaus der dortigen Sektkellerei vorbei auf die im Dunkeln liegende Abzweigung in die Zehentgasse. Dort würde gleich Kalle auftauchen, wie immer übertrieben gruselig kostümiert und von den Gästen meist mit großem Hallo empfangen.

Doch das erste Geräusch kam von der anderen Seite.

»Uuuuh … Iiiiih … Uuuuooooh!«, machte eine Männerstimme, die tief dröhnte, aber mühsam verstellt klang.

Die Köpfe der Gäste, die ohnehin schon seit ein paar Minuten auf den nächsten spannenden Zwischenfall gefasst waren, ruckten nach rechts. Mühlens schaute dorthin, wo der Fußweg vom Kesselwasen her durch einen Torbogen und dann auf einem schmalen Streifen zwischen Mauern nach oben zum Platz hinter St. Dionys führte. Doch er konnte nichts erkennen, die Mauer verbarg einen Teil des Weges, und selbst, was theoretisch zu sehen gewesen wäre, lag um diese Zeit im Schatten.

»Uuuuh … Iiiiih … Uuuuooooh!«, machte es wieder, und die Ersten näherten sich behutsam der Mauer, die den kleinen Platz von dem Weg abgrenzte.

Mühlens trat ebenfalls etwas näher und versuchte, den Mann zu erspähen, der sich dort an der Geisterführung beteiligte. Kalle war es nicht, da war er sich sicher: Er hatte einen dröhnenden Bass und genug Puste, damit die halbe Altstadt zu beschallen – vermutlich verdankte er die Kraft seiner Lungen seiner Vergangenheit als Langstreckenschwimmer. Wer aber war dann dort unten und trieb seinen Scherz mit den Teilnehmern der Führung?

Kurz sah Mühlens zur Zehentgasse hinüber. Ihm war so gewesen, als hätte er dort eine Bewegung wahrgenommen, aber die Ecke lag still und verlassen. In der Ferne hörte er Schritte, die sich schnell entfernten, aber das hatte hier in der Stadtmitte nicht unbedingt etwas zu bedeuten.

»Weeeg! Weeeg! Huuuuh!«

Einige Gäste zuckten zurück, offenbar kam die Stimme nun direkt vom Fuß der Mauer, und Mühlens beugte sich leicht nach vorn: Tatsächlich, dort schien sich jemand im Schatten verborgen zu halten.

Oben tuschelten die Besucher, Lachen wurde laut, und einige stießen sich gegenseitig mit den Ellbogen an, voller Vorfreude auf das, was sich die Veranstalter wieder für sie hatten einfallen lassen.

»Uuuuh … Iiiiih … Uuuuh!«

Allmählich war Mühlens etwas genervt von dem Unbekannten. Wenn er schon Teil der Geisterführung sein wollte, musste er sich schon etwas mehr einfallen lassen als dieses kindische »Uuuuh«. Mühlens schüttelte den Kopf, beobachtete seine Begleiter, und als er den Eindruck bekam, auch denen sei die Einlage allmählich zu lasch, beschloss er, der Szene ein Ende zu setzen.

»Huuuuh! Forrrrrt!«, klang es nun von unten, und plötzlich flogen zwei runde Gegenstände über die Mauer, die sich beim Aufprall auf den Mänteln zweier Besucher klatschend als überreife Tomaten entpuppten. Immer weitere Tomaten flogen herauf, und die eine oder andere traf die Teilnehmer der Führung am Kopf oder auf der Kleidung – binnen Sekunden war aus der gespannt-fröhlichen Runde ein wütend um sich blickender, tiefrot eingesauter Haufen geworden. Mühlens rannte zu dem Weg hin, so schnell es sein Hüftleiden zuließ, aber er sah den Unbekannten nur noch hastig im Mauerdurchgang verschwinden.

»Scheiße!«, entfuhr es ihm. Mühlens war klar, dass er den anderen nie und nimmer einholen würde, also kümmerte er sich um seine Gäste.

Die machten ihm bittere Vorwürfe, drohten mit der Reinigungsrechnung, dem Anwalt und Schlimmerem, und der zu Journalistenzeiten stets für seine eisernen Nerven gerühmte Mühlens hatte alle Hände voll zu tun, die Gemüter wieder einigermaßen zu beruhigen.

»Da, der Teufel!«, rief eine ältere Dame, die nicht getroffen worden war und sich aus den Streitigkeiten bisher herausgehalten hatte.

Mühlens fuhr herum und sah den höllisch gut kostümierten Kalle den Weg zu ihnen heraufkommen. Er hielt einen Mann im Schwitzkasten, der jünger war als er, aber vor allem weniger kräftig.

»Hallo, Herbert«, sagte er, als bedeutete es keine besondere Anstrengung, den Fremden so mit sich zu schleppen. »Ich habe von drüben« – er nickte zur Zehentgasse hinüber – »mitbekommen, dass wir heute einen ›freien Mitarbeiter‹ haben. Also bin ich außen rum und habe dem Burschen den Fluchtweg abgeschnitten. Er ist kräftiger, als er aussieht, aber mit mir hätte er sich lieber nicht anlegen sollen.«

Mühlens nickte anerkennend. Mit Kalles Kondition und einer gesunden Hüfte hätte er das vielleicht auch so gemacht.

»War er das?«, fragte Kalle noch und besah staunend die verschmutzten Mäntel und Jacken der Männer und Frauen.

»Wenn du den richtigen Typen erwischt hast, war er das, ja.«

»Tja, du Blödmann, dann zeig uns mal deine Hände.«

Als der Fremde nicht reagierte, schnappte Kalle sein rechtes Handgelenk und drehte es mit einer kurzen Bewegung so, dass der andere das Gesicht vor Schmerzen verzog und ein wenig in die Knie ging. Seine Handfläche war rot verschmiert, und an einer Stelle klebte noch ein Stück angefaulter Tomatenhaut. Kalle musste ihn schnell erwischt haben, wenn er sich noch nicht einmal die Hände hatte abwischen können.

Mühlens zog sein Handy hervor und wählte aus dem Menü die Nummer von Brigitte Becker. Sie hatte allen Gästeführern eingeschärft, ihr besondere Vorkommnisse während der Rundgänge sofort und unabhängig von Tag und Uhrzeit zu melden – da konnte sich Mühlens gerade als Brigittes Binokelpartner schlecht dagegen sträuben, obwohl er der Meinung war, dass er und Kalle die Situation auch ohne weitere Hilfe regeln könnten. Da Brigitte Becker mit Freunden in einem Lokal am Hafenmarkt zu Abend aß, hatte sie keinen weiten Weg.

Der Fremde stand mit dem Rücken zu Mühlens, die anderen starrten wütend auf den Mann, und schließlich riss Kalle ihm die tief ins Gesicht gezogene Kapuze vom Kopf.

»Ach, der ist das schon wieder!«, war nun eine Frauenstimme zu hören, und in die Gruppe kam Bewegung.

Caroline Henninger drängte sich durch die anderen nach vorne. Mühlens kannte sie als engagierte und wortgewaltige Elternbeirätin an derselben Schule, die auch sein ältester Enkel besuchte. Doch diesmal hielt sie sich nicht lange mit dem Austausch von Argumenten auf: Sie holte kurz mit der rechten Hand aus, und noch bevor er ihr in den Arm fallen konnte, knallte ihre flache Hand in das Gesicht des Fremden. Dann blieb sie kurz vor dem Mann stehen, starrte ihn an, zitternd vor Wut, während ihr Gegenüber ein wenig in sich zusammensackte. Schließlich wandte sie sich an Mühlens.

»Dieser Idiot hat mit Steinen auf die Boote geworfen, in denen mein Sohn Hendrik und seine Klasse am vorletzten Freitag eine Kanalrundfahrt gemacht haben. Ich saß mit drin, und es hat nicht viel gefehlt und dieser Schwachkopf hätte jemanden mit seinen blöden Steinen verletzt.«

Mühlens trat etwas näher, damit er das Gesicht des Mannes sehen konnte. Einige Haarsträhnen waren ihm in die hohe Stirn gerutscht, panisch sah er sich nach allen Seiten um, was ihm nun als Nächstes blühen würde, und der Schnauzer und der dünne Ziegenbart zitterten merklich. Der Kerl hatte die Hosen gestrichen voll – und Mühlens kannte ihn. Leider.

»So, Herr Pfleiderer, reichen Ihnen die Leserbriefe nicht mehr?«

Brigitte Becker war in die Runde getreten und hatte sich sofort direkt vor dem Störenfried aufgestellt.

»Ich …«

»Sie halten die Klappe!«

Brigitte Becker war normalerweise eine sehr beherrschte Frau, von der Mitarbeiter auch nach peinlichen Fehlern so gut wie nie ein lautes Wort zu hören bekamen – aber dieser Pfleiderer und vor allem seine heutige Aktion gingen ihr offenbar sehr gegen den Strich. Mühlens hatte sich in seinem Beruf angewöhnt, sich von allen möglichen Leuten, mit denen er zu tun hatte, Details zu merken, die ihm Hinweise auf ihren wirklichen Gemütszustand gaben. Bei Brigitte Becker waren es die Hände, und wirklich: Während sie Pfleiderer mit ihren Augen fast durchbohrte, öffneten und schlossen sich ihre Fäuste in einem fort.

Im Moment, das sah er deutlich, war mit der Chefin des Esslinger Stadtmarketings nicht zu spaßen.

»Mein Gott, wie bescheuert muss man sein, sich so etwas einfallen zu lassen?«

Pfleiderer stand da und blieb stumm.

»Eine kluge Entscheidung«, dachte sich Mühlens.

»Er hat sich dort hinter der Mauer versteckt«, sagte er zu Brigitte Becker. »Hat ein bisschen rumgeheult und so getan, als gehörte er zu unserer Tour – und dann flogen die Tomaten. Kalle hat ihm den Weg abgeschnitten und ihn … überredet, zu uns zu kommen.«

»Gut gemacht, Kalle«, sagte sie und wandte sich wieder an Pfleiderer. »Das wird teuer, Herr Pfleiderer.« Damit ließ sie ihn stehen und bat Mühlens und Kalle, den Störenfried zur Polizei zu bringen und dort sofort Anzeige zu erstatten.

»Ich komm dann nachher rüber zur Direktion und kümmere mich weiter drum«, sagte sie, dann senkte sie die Stimme und flüsterte Mühlens zu: »Aber jetzt muss ich erst mal unsere Gäste besänftigen.«

Mühlens grinste, hakte Pfleiderer auf einer Seite unter, Kalle griff sich den anderen Arm, und so marschierten sie schnurstracks an der Kirche vorbei in Richtung Polizei.

»So, meine Damen und Herren«, rief Brigitte Becker in die Runde. »Auf diesen Schreck haben Sie sich aber einen kleinen Imbiss verdient. Kommen Sie mit, ich glaube, ich weiß jetzt genau das Richtige für Sie. Das geht natürlich alles auf meine Rechnung.«

Damit mischte sie sich unter die Gäste und lotste sie die Archivstraße hinunter auf ein Lokal zu, in dem sie gerne mit größeren Gruppen auf ein frisch gezapftes Bier und ein deftiges Essen einkehrte. Auf dem Weg notierte sie sich noch die Namen und Adressen der Gäste und fotografierte mit dem Handy die beschmutzten Kleidungsstücke, und als der letzte Teilnehmer der frühzeitig beendeten Geisterführung am großen Holztisch Platz genommen, sein Getränk bestellt und die Speisekarte vor sich liegen hatte, begann sich die Stimmung wieder zu entspannen.

Dienstag, 8. November

Das Telefon klingelte, und auf dem Weg in den Flur stellte er fest, dass er noch etwas wacklig auf den Beinen war.

»Guten Morgen, Herr Froelich«, sagte Jana Bednarz, und sie klang schon völlig wach. »Entschuldigen Sie bitte, wenn ich Sie zu dieser unchristlichen Zeit anrufe. Aber ich hätte nun alle beisammen, die ich für mein Experiment brauche. Kommen Sie bitte? Ich gebe auch gleich Ihrem Kollegen Bescheid.«

Froelich sah zur Wanduhr hin: fünf Uhr morgens. Er klatschte sich so lange kaltes Wasser ins Gesicht, bis er halbwegs wach war. Dann zog er sich an und marschierte durch die kühle Morgenluft hinunter zum Stadtpark.

Die Anlegestelle war bereits mit Scheinwerfern grell ausgeleuchtet, einer der Scheinwerfer war so ungünstig ausgerichtet, dass er mehr als den Tatort die Fassade von Robert Karpas Haus beleuchtete. Offenbar waren die Polizisten, die sich um die Beleuchtung gekümmert hatten, nicht weniger müde als er selbst.

Jana Bednarz stand mit zwei anderen Kommissaren, die er vom Sehen kannte, und mit einigen uniformierten Beamten zusammen. Je zwei von ihnen hatten Klemens und Roland Pfleiderer zwischen sich genommen, die sich gegenseitig neugierig und misstrauisch zugleich musterten. Ein paar Schritte abseits stand Sanfftleben und trat von einem Bein aufs andere.

»Na, kalt, Herr Kollege?«, fragte Froelich, aber Sanfftleben schüttelte nur den Kopf und sah weiter zu den beiden Pfleiderers hin. Er wirkte besorgt.

In Karpas Wohnung ging das Licht an, Lisa Hetzel kam ans Fenster und sah herunter auf die frühmorgendliche Szenerie. Dann verschwand sie, das Licht ging wieder aus. Froelich ging zu Kommissarin Bednarz hinüber.

»Und was wird das jetzt?«

»Ich warte noch, aber wir sind gleich so weit, Herr Froelich. Danke, dass Sie gekommen sind.«

Jana Bednarz verstummte und sah zur Treppe hinüber, die von der Inneren Brücke in den Stadtpark herunterführte. Kurz darauf tauchte dort Lisa Hetzel auf, ein paar Schritte hinter ihr kam Robert Karpa, der sich im Gehen noch die Jacke zumachte und fragend zwischen seiner Freundin und der seltsamen Versammlung am Kanal hin und her schaute.

Jana Bednarz gab den Beamten einen Wink, und kurz darauf standen sie, Sanfftleben, Froelich, Lisa Hetzel, Robert Karpa und die beiden Pfleiderers in einem kleinen Kreis beisammen.

»Dann müssen wir nicht so schreien«, sagte sie und sah alle der Reihe nach forschend an. »Ich würde gerne mit Ihnen die Nacht von Markus Clarsens Tod durchspielen. Ich sage Ihnen, was wir schon sicher wissen – und dann helfen Sie mir dabei, dass wir für den Rest nicht mehr auf Vermutungen angewiesen sind.«

Niemand antwortete, alle sahen nervös vom einen zum anderen.

»Hallo, KP«, sagte Lisa Hetzel schließlich leise, und Klemens nickte ihr matt lächelnd zu.

»Markus Clarsen starb am späten Abend, und zwar genau hier«, sagte Jana Bednarz ungerührt und deutete auf den Boden zu ihren Füßen. Alle sahen hinunter, Lisa Hetzel trat einen kleinen Schritt zurück.

»Wir haben hier etwas Blut gefunden, Spuren deuten darauf hin, dass Herr Clarsen hier gestürzt ist und zunächst einmal liegen blieb.«

Lisa Hetzel senkte den Blick, Klemens Pfleiderer ließ sie nicht aus den Augen.

»Wollen Sie, Frau Hetzel, uns nicht erzählen, was hier passierte?«

Lisa Hetzel schwieg. Robert Karpa sah fragend zu ihr hin, und Froelich blickte zwischen der Kommissarin und der jungen Frau hin und her.

»Na los, Frau Hetzel«, sagte Jana Bednarz. »Wir haben einen Stein gefunden, an dem sich Ihre DNA und das Blut von Markus Clarsen nachweisen ließen.«

»Das wollte ich nicht«, stammelte Lisa. »Es war ein Unfall.«

Karpa schluckte.

»Dann erzählen Sie uns von diesem Unfall«, hakte die Kommissarin nach.

»Marlon, also der Chef von CarvSys hat mir gekündigt. Angeblich soll ich einen Laptop geklaut haben.«

»Aber du hast den Laptop nicht geklaut«, merkte Karpa an.

»Lass es bitte, Robert«, sagte sie leise.

»Warum denn? Die wollen dir den Mord an Clarsen unterschieben, dabei wollte der Typ dir nur an die Wäsche, genau wie dein Chef. Das hast du mir doch selbst erzählt!«

Lisa drückte schweigend seine Hand.

»Erzählen Sie es uns, Frau Hetzel«, forderte Jana Bednarz die junge Frau auf.

»Ich ... Ich hatte so große Angst, dass ich ohne den Job bei CarvSys wieder abrutschen könnte. Das hätte ich nicht mehr ausgehalten.«

Sie sah Klemens Pfleiderer in die Augen.

»Tut mir leid, KP, ich will dir mit meiner Geschichte nicht wehtun.«

Karpas Gesicht war ein einziges Fragezeichen, Klemens schluckte. Lisa sah betreten auf ihre Schuhspitzen, damit rückte aber auch die Stelle in ihr Blickfeld, an der Clarsen erschlagen worden war. Sie hob den Kopf und sah Robert Karpa traurig an.

»Weißt du, Robert, ich hab dir nicht alles erzählt. Ich …«

Sie sah in die Runde, fing die Blicke von Jana Bednarz und Froelich auf, beide nickten ihr aufmunternd zu. Dann gab sie sich einen Ruck.

»Ich hab dir das mit Marlon Salzner erzählt, meinem Chef, und von Markus Clarsen. Aber der Grund, warum ich meinen Job bei CarvSys unbedingt behalten wollte, hat mit ihm zu tun.«

Sie deutete auf Klemens Pfleiderer.

»Es ist schon eine Weile her, aber früher mal war ich mit KP zusammen. Wir haben beide in Hinterhöfen und alten Gebäuden geschlafen, haben uns den ganzen Tag in der Stadt herumgetrieben und die Leute angebettelt. Irgendwann wollte ich das nicht mehr – und ich hatte Angst, dass ich, wenn ich mal arbeitslos werde, und vor allem, wenn mir der Ruf einer diebischen Schlampe vorauseilt, nie wieder einen Job finde. Und dass ich dann wieder abrutsche.«

Karpa sah sie mit fiebrigem Blick an, Lisa suchte Blickkontakt mit Klemens.

»Es war eine schöne Zeit, KP, versteh mich nicht falsch. Ich hab dich wirklich gemocht, damals, ich mag dich immer noch. Aber das ist doch kein Leben …«

Sie sah ihn flehend an, wandte sich dann zu Jana Bednarz um.

»Ja, ich habe Markus erschlagen. Ich war abends noch einmal rausgegangen, weil ich vom Kanalufer her ein verdächtiges Geräusch gehört hatte. Es klang, als würde sich jemand am Gittertor vor der Rampe zu schaffen machen – und Robert hatte ohnehin die ganze Zeit Angst, jemand könnte seine Pläne mit den Booten sabotieren. Aber als ich unten in der Maille angekommen war, konnte ich zunächst niemanden entdecken. Dann fiel mir auf, dass jemand das Schloss des Gittertors aufgebrochen hatte und dass das Tor nur noch angelehnt, aber nicht mehr abgeschlossen war. Ich habe mich umgesehen, und dann sah ich ihn.«

»Markus Clarsen?«, vergewisserte sich Jana Bednarz.

»Ja, Markus. Er stand am Fuß der Brücke, und er wirkte so entspannt. Ich dachte sofort, dass er das Gittertor aufgebrochen hatte und dass er irgendetwas gegen Roberts Projekt im Schilde führte. Ich wurde richtig wütend, und wie ich gerade so richtig in Fahrt war und insgeheim geflucht habe, klaubte ich ein paar Steine zusammen, ließ alle fallen bis auf einen, der genau in meine Handfläche passte, und dann bin ich zu ihm hin, habe ihn angesprochen und wollte ihn zur Rede stellen, auch wegen dieser Schweinerei, die er sich mir gegenüber erlaubt hat. Da verspricht er mir seine Hilfe, und nachdem ich mit ihm im Bett war, will er nichts mehr davon wissen! Er hat aber nur höhnisch gelacht und mir ins Gesicht gesagt, dass ich als Firmenmatratze ja ganz okay war, aber für sonst nichts tauge. Da habe ich zugeschlagen. Ich hatte ja noch den Stein in der Hand, und damit hab ich ihn getroffen.«

Karpa sah sie entsetzt an, Klemens Pfleiderer wurde ganz blass.

»Als er dann hier auf dem Boden lag und am Kopf das Blut durchs Haar sickerte, habe ich schnell den Stein ein Stück weggeworfen. Markus lag da und hat sich nicht geregt. Ich habe mich umgesehen, habe niemanden entdeckt, der mich beobachtet haben könnte, und bin schnell rauf in meine Wohnung.«

»Und dann?«

»Erst habe ich geheult, wusste nicht, was ich machen sollte und wollte eigentlich die Polizei anrufen. Vorher habe ich noch einmal runtergesehen in die Maille, aber an der Stelle, an der ich Markus niedergeschlagen hatte, lag er nicht mehr. Erst verstand ich das nicht, aber dann dachte ich, dass ich ihn wohl zum Glück nicht so hart getroffen hätte und dass er sich gerade irgendwohin schleppte, wo ihm geholfen werden konnte. Sie können sich vorstellen, wie erleichtert ich war.«

Jana Bednarz nickte.

»Und …« – Lisas Stimme zitterte – » …und wie verzweifelt, als ich am Morgen die Polizei hier am Kanal sah und den Leichenwagen …«

»Danke, Frau Hetzel«, sagte die Kommissarin. »Das passt zu allem, was wir bisher an Spuren gefunden haben.«

»Also ist Clarsen noch aufgestanden und wollte weggehen?«, fragte Froelich.

Jana Bednarz schüttelte den Kopf und sah zwischen Klemens und Roland Pfleiderer hin und her.

»Kann mir das bitte jemand von Ihnen beiden erklären?«

Klemens sah fragend zu Roland hin. Der ließ die Schultern hängen und sah mit Tränen in den Augen hinauf zu Karpas Haus.

»Jetzt red schon, du Arsch!«, fuhr ihn Klemens so wütend an, dass sein Cousin erschrocken einen Schritt nach hinten machte und dabei die beiden Beamten an seiner Seite ins Wanken brachte.

»Der war tot«, jammerte er dann. »Mausetot. Lag einfach nur da und war tot.«

Roland Pfleiderers Stimme wirkte brüchig, und in seinem Blick flackerte es, als stünde er kurz vor einer Panikattacke.

»Nein«, sagte Jana Bednarz. »Er hat noch gelebt.«

»Oh Gott«, entfuhr es Roland Pfleiderer, und alle Farbe wich ihm aus dem Gesicht.

Es dauerte ein, zwei Minuten, dann begann er zu erzählen.

»Ich sah den Toten da liegen, also ich meine: diesen Clarsen. Und da dachte ich mir: Wenn der eh schon tot ist, dann kann ich damit doch noch dem Robert eins reinwürgen.«

Karpa sah ihn wütend an, als wollte er auf ihn losgehen.

»Da brauchst du dich gar nicht so aufzuregen«, schimpfte Roland Pfleiderer. »Du hast mir mein Haus weggenommen. Ich war hier immer bei Tante Magda, hab auf ihrem Schoß gesessen, hab zum Fenster rausgeangelt. Und ich hab mich um sie gekümmert, als du in Tübingen noch dein schönes Leben genossen hast – das ist mein Haus!«

»Bitte, Herr Pfleiderer«, rief ihn Jana Bednarz zur Ordnung.

»Pfff …«, machte Pfleiderer noch, dann fuhr er fort. »Ich hab den Mann gefesselt, dann hab ich ihn zum Stocherkahn rübergeschleift. Ihr seid doch immer alle so darauf erpicht, dass es in der Stadt Inszenierungen gibt, für die Gäste von außerhalb – und ich wollte, dass ihr Bewohner auch mal was davon habt.«

Er kicherte heiser, die Umstehenden sahen ihn irritiert an. Froelich überraschte das Verhalten des Mannes am wenigsten, er hatte ja schon erlebt, wie durchgeknallt er sein konnte.

»Also habe ich die Leiche richtig fest gefesselt, habe sie hinten an den Stocherkahn bugsiert und sie dann langsam unter dem Boot durchgezogen. Mit dem Gesicht nach oben, damit auch überall am Kahn Spuren von der Leiche sind. Einmal hatte ich den Eindruck, dass das Boot wackelt, als würde sich der Mann noch wehren, aber der war ja tot, also hatte er sich vermutlich nur mit den Kleidern irgendwo am Boden des Kahns verfangen.«

»Aber er war nicht tot«, sagte Jana Bednarz leise. »Zumindest noch nicht, bevor Sie ihn nicht kielgeholt hatten.«

Pfleiderer starrte die Kommissarin an und nickte.

»Und dann haben Sie den Leichnam nach oben gezogen und halb ins Boot gelegt?«

Roland Pfleiderer nickte erneut.

»Und die Zwiebel?«, fragte Froelich.

Ein schräges Grinsen huschte über Pfleiderers Gesicht.

»Das war gut, oder? Eine Zwiebel – Zwieblinger, Sie verstehen? Sie kennen die Geschichte?«

Froelich sah ihn an, sagte aber nichts. Der Mann war irre.

»Ich hatte zu diesem Zeitpunkt immer ein, zwei Zwiebeln in der Tasche, wenn ich abends in die Stadt ging. Ich hatte eigentlich vor, damit mal bei Robert oder diesem anderen Bootsverleiher, diesem Wünschle, ein Fenster einzuwerfen, aber es hatte sich irgendwie nie die Gelegenheit ergeben. Und jetzt passte das einfach. Das mit der Zwiebel.«

Jana Bednarz gab zwei der Beamten ein Zeichen, sie nahmen Roland Pfleiderer in die Mitte und gingen mit ihm zu einem der Streifenwagen, die in der Durchfahrt zum Kesselwasen standen. Als sich zwei andere Uniformierte daranmachten, auch Lisa Hetzel abzuführen, stellte sich Klemens ihnen in den Weg.

»Nein, sie war's nicht!«, rief er und wandte sich dann zu Jana Bednarz um. »Ich habe Clarsen erschlagen. Ich habe das mit Lisas Kündigung erfahren, ich wusste, dass Clarsen sie reingelegt hat – da habe ich ihn erschlagen. Mit einem Stein, genau hier.«

Er deutete auf die Stelle, die Jana Bednarz vorhin genannt hatte.

»Lisa hat da oben zum Fenster rausgesehen und hat mich beobachtet. Und jetzt will sie mich schützen, aber das lasse ich nicht zu! Nehmen Sie mich mit, Frau Kommissarin, ich war's!«

»Gut«, sagte Jana Bednarz knapp. »Nehmen Sie alle drei mit und bereiten Sie alles für die Aussagen vor. Ich komme dann gleich nach.«

Kurz darauf fuhren die Streifenwagen davon, und Jana Bednarz fixierte Sanfftleben, der unter ihrem strengen Blick regelrecht zusammensackte.

Froelich, der noch völlig verblüfft den Streifenwagen hinterhersah und dem gebeugt davontrottenden Karpa, verstand nun gar nichts mehr.

»Wieso ist es denn jetzt plötzlich Klemens Pfleiderer gewesen?«

»War er nicht«, sagte die Kommissarin, ohne Sanfftleben aus dem Blick zu lassen. »Lisa Hetzel war's. Sie hat ihn niedergeschlagen, wollte ihn aber wohl nicht töten. Und Roland Pfleiderer, dieser Knallkopf, wollte mit der vermeintlichen Leiche eine gruselige Show abziehen und hat Markus Clarsen damit letztendlich getötet. Wir haben Wasser in seiner Lunge gefunden, und auch sonst passt alles zu den Aussagen der beiden und zu den Spuren, die wir gefunden haben.«

»Und warum nehmen Sie Klemens Pfleiderer dann mit?«

»Er will sich seiner alten Liebe gegenüber als Held beweisen – das kann er gerne tun. Außerdem hat er es dann heute Nacht wärmer als draußen. Wer weiß, ob er heute schon bei seiner Mutter hätte übernachten wollen. Ich könnte mir gut vorstellen, dass die beiden noch ein paar Tage brauchen, bis sie halbwegs ihren Frieden miteinander gemacht haben.«

»Und die Indizien? Die Armbanduhr neben Robert Karpas Mülleimer, die Schachtel mit den Visitenkarten im Zimmer von Markus Clarsens Schwester Monika – was ist damit?«

»Tja«, sagte Jana Bednarz und wandte sich Sanfftleben zu. »Was ist damit?«

Der alte Bestatter schluckte, dann ging ein Ruck durch seinen hageren Körper, und er gab alles zu. Wie er dem Toten, bevor die Polizei eintraf, die Armbanduhr abgenommen und die Weißgoldschachtel aus der Jacke gezogen hatte. Wie er später die Armbanduhr neben dem Mülleimer deponiert und die Schachtel mit den Visitenkarten durch ein offenes Fenster in Monika Clarsens Zimmer geworfen hatte.

»Ich wollte die beiden in Schwierigkeiten bringen. Ich hatte das Gefühl, dass ich das Sebastian schuldig sei«, sagte er schließlich. »Monika Clarsen hatte ihm den Laufpass gegeben, Robert Karpa hat sie ihm ausgespannt – danach hat er sich aufgehängt. An seinem 29. Geburtstag. Karpa hatte meinen Sohn ausgelacht und als Totengräber verhöhnt. Ich hab das später von Nachbarn erfahren, die den Streit der beiden um Monika mitbekommen haben, es mir aber lange nicht erzählen wollten. Das war auch hier, in der Maille, nur ein paar Meter näher an der Treppe.«

Jana Bednarz nickte und zog ein kleines schwarzes Buch aus der Jacke. Sanfftleben sah es und verstand.

»Hier, Herr Froelich«, sagte sie. »Das hat Ihren Kollegen verraten. Unser Binokel-Büchle, in das er als unser Schriftführer immer unsere Punkte und dazu die Namen notierte. Die Handschrift ist dieselbe wie auf dem Zettel, den wir in Karpas Müll gefunden haben. Leicht verstellt, aber nicht gut genug.«

»Der Zettel mit den Vornamen?«

Jana Bednarz nickte.

»Und jetzt begleiten Sie bitte Ihren Kollegen nach Hause. Richard, pack das Nötigste zusammen und komm dann zu mir in die Direktion. Ich werde dich wohl ein, zwei Tage bei uns behalten müssen – gerade weil wir uns auch privat kennen, muss ich da eher überkorrekt sein. Ich hoffe, du verstehst das.«

Sanfftleben nickte, dann trat sie einen Schritt auf den alten Mann zu und nahm seine Hand. Dann drehte sie sich um und machte sich auf den Weg zum Polizeigebäude.

Donnerstag, 10. November

Gottfried Froelich hielt sich etwas abseits von der großen Gruppe, die gerade durch die Altstadt geführt wurde. Links von ihm ging Zora, rechts von ihm Inge, und beide hatten ein Glas Sekt in der Hand. Die beiden Frauen hatten sich schnell angefreundet, obwohl Inge erst misstrauisch war, als sie von ihrer Recherchereise nach Hause kam und Zora und Gottfried so einträchtig miteinander am Kaffeetisch sitzen sah. Und nun hatte Froelich die Idee gehabt, die beiden zu einer Geisterführung zu begleiten, die für sie eine spezielle Überraschung versprach.

Für diese Überraschung war er sogar selbst verantwortlich, zumindest teilweise. Als er eines Abends seinem alten Kollegen Sanfftleben begegnet und darüber ordentlich erschrocken war, riet er ihm im Spaß, sich doch einmal als Teilnehmer einer dieser Geisterführungen anzubieten, die Esslingens Besucher so sehr begeisterten – und Innenstadtbewohner wie die Wagenknechts so sehr auf die Palme brachten. Sanfftleben hatte seinen Vorschlag ernster genommen, als er je gedacht hätte.

Gerade hatte die Menschentraube die Sektkellerei erreicht, als ein hagerer Mann unter lautem Geheul aus einer Seitengasse gerannt kam, einige der Gäste am Mantel zupfte und kurz darauf wieder unter lautem Geheul auf der anderen Seite im Dunkel verschwand.

Inge und Zora sahen sich kurz verblüfft an, dann brachen sie in schallendes Gelächter aus. Froelich führte sie um die nächste Ecke, wo Richard Sanfftleben etwas außer Atem an der Mauer lehnte und sich über das Gesicht wischte. Er hatte sich nicht verkleidet, nur das Gesicht war weiß geschminkt – und dazu trug er einen seiner etwas älteren Bestatteranzüge, der ihm noch mehr um die Knochen schlackerte als der aktuelle.

Jana Bednarz hatte ihn nach einer Nacht in der Zelle wieder nach Hause gehen lassen. Nun wartete er auf seine Gerichtsverhandlung, Fluchtgefahr konnte man in seinem Fall ausschließen. Und, da er irgendetwas Neues mit seiner Freizeit anfangen wollte, hatte er sich an Froelichs Bemerkung erinnert. Zora ging mit dem alten Bestatter über den Marktplatz, wo bei Felice ein Tisch für die beiden reserviert war. Mit Inge hatte Froelich etwas anderes vor.

Eine Stunde später saß Inge strahlend in der Gondel, prostete Froelich mit Jahrgangssekt zu und aß Häppchen, während das Boot gemächlich über die Kanäle glitt. Hinter ihnen stakste Frieder Wünschle als Gondoliere und war froh, dass er nicht auch noch singen musste. Er war für diesen Abend eingesprungen, weil sich Robert Karpa noch nicht von Lisa Hetzels Geständnis erholt hatte, und für das kommende Frühjahr hatten sie sich vorgenommen, dem örtlichen Fischerverein eine gemeinsame Ausfahrt anzubieten. Kostenlos, als eine Art Friedensangebot.

»Sag mal, Gottfried«, meinte Inge nach einer Weile. »Als wir zu Sanfftlebens lustigem Auftritt gegangen sind, haben sich beim Alten Rathaus ein paar Leute an ihren Häusern zu schaffen gemacht. Ich glaube, die haben Bretter vor ihre Kellerfenster genagelt oder so etwas. Weißt du, was das sollte?«

»Ach, Inge, morgen geht die Fasnet los. Da wollten sich die Wagenknechts und die Müllers einfach nur rechtzeitig vorbereiten.«

Inge sah Froelich verständnislos an, aber der sah nur über das Wasser hinweg und lächelte zufrieden.

ENDE

Dank

Danke an alle, die sich auch seltsame Fragen gefallen ließen und die diesem Buch informative und skurrile Details bescherten – die Fehler im Text, falls Sie welche finden, kreiden Sie einfach mir an.

Danke auch an all jene, die mir hinter den Kulissen als Ideengeber, mit Anregungen oder konstruktiver Kritik dabei halfen, aus allem ein hoffentlich unterhaltsames Buch zu machen. Und schließlich danke an meine Frau und die Jungs, die mich jeden Abend wieder verlässlich in die wirkliche Welt zurückgeholt haben.

Sollte sich jemand in diesem Buch wiedererkennen, danke ich für das (unverdiente) Lob: Wie in Krimis üblich, sind Handlung und Personen (bis auf wenige Ausnahmen, die ich zuvor brav um Erlaubnis gefragt habe) frei erfunden. Für Versuche, herauszufinden, was an den Schauplätzen real und was erfunden ist, wünsche ich viel Spaß.

Jürgen Seibold

ISBN 978-3-87407-851-1